Diogenes Taschenbuch 22455

Georges Simenon

Doktor Bergelon

Roman

Deutsch von Günter Seib

Diogenes

Titel der Originalausgabe:
›Bergelon‹

Umschlagfoto: Martin Thomas. Aus: Martin Thomas/
Claudia Zimmermann: ›Stolzes Flandern‹,
Die bibliophilen Taschenbücher,
Harenberg Kommunikation,
Dortmund 1987

Deutsche Erstausgabe

80/92/43/1
ISBN 3 257 22455 9

1

Man brauchte nicht Arzt zu sein, um die Diagnose zu stellen: Bergelon hatte einen Kater. Das war an sich noch nicht weiter unangenehm, vor allem nicht, solange er liegenblieb. Er war schweißnaß, und ihm schien, als schwitze er durch die Haut allmählich alle Müdigkeit, alles Schlechte aus. Dazu noch dieses Kribbeln wie von einer langsam verheilenden Wunde...

Gleich, nach dem Aufstehen, würde sich das ändern. Kopfweh würde er haben. Sich benommen fühlen. Zuwider war ihm dieser Schwebezustand eigentlich nicht, auch nicht die gemischten Gefühle dabei: von Zeit zu Zeit war es ganz angenehm, sich ein paar Stunden Selbstmitleid zu gönnen.

Automatisch tastete er im Bett neben sich und stellte mit geschlossenen Augen fest, daß Germaine schon auf war. Der unvermeidliche Schönheitsfehler. Einen Vorwurf würde sie ihm nicht machen, aber schwermütig sein, den ganzen Tag. Schwermütig und, schlimmer noch, sanft. Und er, das wußte er jetzt schon, würde unweigerlich stottern:

»Ich glaube, gestern abend habe ich etwas zuviel getrunken...«

Und seine Frau darauf mit einem vagen, resignierten Abwinken:

»Schon gut...«

Und trotzdem würde Bergelon um sie herumstreichen, sich rechtfertigen, beweisen wollen, daß es nicht seine Schuld war, daß es letztendlich sein Gutes hatte.

Die Augen immer noch geschlossen, runzelte er die Stirn. Eine Fliege hatte sich ihm auf die Nase gesetzt. Das Fenster stand offen. Sonnenlicht flutete ins Zimmer. Auf der Straße regte sich nichts. Man hörte weder den Gemüsehändler hupen noch Haustüren aufgehen und zuklappen wie sonst, wenn die Anwohner, Angestellte zumeist, zur Arbeit gingen.

Zudem wurde zur Messe geläutet: Sonntag also. Germaine kehrte zurück und zog im Flur den Mantel aus. Sie kam von der Frühmesse in St. Nicholas, wo sie kommuniziert hatte.

Türen schlugen, Nagelschuhe schrammten über das Fichtenholz der Treppe. Émile machte sich zu den Pfadfindern auf, während seine Schwester wieder eine Stunde lang das Bad besetzt halten würde.

Émile traute sich wohl nicht, seinen Vater zu wecken, um ihm das Sonntagsgeld abzuverlangen, das er ihm hinter dem Rücken der Mutter zusteckte.

Der Tisch wurde gedeckt. Wasser brodelte auf dem Gaskocher, denn im Sommer wurde sonntags kein Feuer im Herd gemacht.

Genau da spürte Bergelon plötzlich eine Art Stich. Und mit diesem fast unmerklichen Stich fing alles an. Genau wie bei manchen Patienten.

»Haben Sie in letzter Zeit nichts gespürt?«

»Ich weiß nicht so recht. Doch, manchmal, meist morgens vor dem Frühstück, so ein Stechen in der Brust...«

»Wie lange schon?«

Für ihn Routinefragen, sein täglich Brot. Für die Patienten aber waren die paar Minuten im Sprechzimmer nach dem Herumsitzen auf den grünen Polsterstühlchen im Wartezimmer der alles entscheidende Wendepunkt. Was kaum merkliches Unbehagen und Stechen gewesen war, erhielt nun einen Namen, und aus Leuten wurden von einem Moment zum andern Kranke.

Er schwitzte jetzt stärker, hätte beinahe die Augen aufgeschlagen und begonnen, klar zu denken, aber dann duselte er lieber noch ein paar Minuten weiter.

Ein Gesicht... Eines dieser unfertigen und trotzdem kantigen Jungmännergesichter mit leicht aggressiver Unsicherheit im Blick... Sie erschienen öfter in seinem Sprechzimmer und fragten fast immer dasselbe:

»Habe ich *das*?«

Er spürte, wie sie innerlich zitterten. Zwischen Oberlippe und Nase glitzerten feine Schweißperlen.

Diesmal war es anders gewesen. Cosson, der Sohn des Polizisten, der an Magenkrebs gestorben war – Bergelon selbst hatte ihn behandelt –, hatte ihn mit einer Angst angesehen, die fast schon bedrohlich wirkte.

Er wälzte sich auf die andere Seite. Er müßte sich aufraffen und aufstehen. Die Tür knarrte auf. Es war Émile.

»Schläfst du?«

Aus den Augenschlitzen sah er seinen Sohn, storchbeinig, mit Knubbelknien, in Pfadfinderkluft.

»In meiner Hosentasche ist Kleingeld. Nimm dir zehn Francs...«

Neuerliches Unbehagen, als er Émile die Smokinghose hochheben sah. Seinen Smoking trug Bergelon nämlich kaum einmal im Jahr. Der Smoking erinnerte ihn an Mandalin, den Chirurgen. Und bei Mandalin fiel ihm wieder die Klinik in der Oberstadt und der Park mit den blühenden Tulpen ein, den Jean Cosson mit großen Schritten durchmessen hatte.

»Ist deine Mutter schon zurück?«

Er wußte es, fragte aber trotzdem. Der seifige Nachgeschmack im Mund kam vom Whisky. Whisky hatte er nämlich bei Mandalin beim Bridge getrunken. Bestimmt hatte er sich blamiert. Gefragt, ob er Kontraktbridge spiele, hatte er aufs Geratewohl zugesagt. Und sich übernommen, wie jedesmal, wenn er getrunken hatte. Er hatte zu hoch gereizt und obendrein eigensinnig beweisen wollen, daß er recht gehabt hatte.

»Wo geht's heute hin?«

»In den Wald von Méran. Die Wölflinge müssen drei Fährten suchen, und ...«

Ein Klingeln, unten im Sprechzimmer. Das Telefon. Germaine nahm ab und rief dann ins Treppenhaus:

»Elias! ... Für dich ...«

Er griff sich seinen fliederfarbenen Morgenrock, schlüpfte auf der Treppe hinein und spürte sogleich fürchterliche Kopfschmerzen. Durch die angelehnte Tür sah er im Eßzimmer seine Frau und seine Tochter.

»Hallo ... Hier Doktor Bergelon ...«

Er erkannte die Stimme sofort:

»Sind Sie dran, Väterchen?«

Es war so eine Marotte von Mandalin, alle Leute mit »Väterchen« anzureden.

»Wie geht's? ... Nicht zuviel Haarspitzenkatarrh? ... Was Sie nicht sagen! ... Ich rufe wegen Cossons Frau an.

Meine Frau und ich sind bei Freunden in der Sologne zum Mittagessen eingeladen und müssen gleich los... Sind Sie so nett und sehen in der Klinik nach?«

Bergelon zitterten die Hände, aber das kam sicher davon, daß er gestern Abend zuviel getrunken hatte.

»Was Neues?« fragte er.

»Die Schwester hat gerade angerufen... Unverändert...«

»Und?«

»Nichts... Was meinen Sie denn, was ich da machen kann, Väterchen?... Ich bin gegen Abend zurück... Ich ruf Sie dann an... Meine Verehrung an Ihre Gattin...«

Da hatte er es. Er blieb wie angewurzelt stehen und legte langsam den Hörer auf.

Warum sollte ausgerechnet er in die Klinik? War denn er der Chirurg? Hatte etwa er um drei Uhr früh Cossons Frau entbunden?

Er spürte kaum den Kuß, den ihm sein Sohn auf Zehenspitzen auf die Stirn pappte, bevor er auf die Straße stürzte und die Haustür zuschmiß, daß das ganze Haus erzitterte.

»Irgendwann schmeißt er sie noch kaputt...«, stellte Germaine resigniert wie immer fest, stets auf das Schlimmste gefaßt.

»Kommst du nicht frühstücken?«

Ihrem ersten beunruhigten Blick konnte er nicht ausweichen, auch nicht Annies neugieriger Musterung. Annie war ausgehfertig, sie wollte zum Hochamt. Mit dreizehn war sie in allen Ansichten und in ihrem ganzen Mienenspiel schon ganz die Mutter.

Ihr Pech! Er gab die üblichen Küßchen, eins auf jede

Wange, und setzte sich auf seinen Stammplatz gegenüber der offenen Terrassentür, die auf das Gärtchen hinausging; in einem Auslauf ganz hinten gackerten sechs Hühner und ein Hahn. Hoch oben am Himmel brummte ein Flugzeug aus Bourges oder Moulins. Die Glocken begannen wieder zu läuten, aber nicht mehr die der hiesigen Pfarrei. Der Schall kam von weiter her, von einer anderen Kirche.

Das Tischtuch war blauweiß kariert. Bergelon hatte eine Kaffeekanne für sich, denn er trank ihn schwarz und mochte auch keine Zichorie.

War es denn wirklich so eine Tragödie? Er sah Cosson wieder vor sich, im Garten der Klinik, während es allmählich tagte. Wahrhaftig eine schöne Klinik da auf dem Hügel zwischen den Bäumen und Neubauvillen. Mandalin wußte, wie empfänglich Patienten für Luxus sind und daß man mit hübschen Krankenschwestern in gefälliger Tracht für eine Operation wesentlich mehr verlangen kann.

Bergelon war zwischendurch hinausgegangen, um eine Zigarette zu rauchen. Volltrunken war er nicht. Oder war er schon wieder nüchtern? Modriger Erdgeruch stieg vom feuchten Boden auf. In den Nachbarhäusern waren die Rolläden noch unten. Ein Chauffeur, schon früh auf den Beinen, spritzte eine elegante Limousine mit dem Schlauch ab. Drunten in der Ebene floß die Loire dahin.

Und Cosson beugte sich über ein Tulpenbeet, während seine Frau gebar.

Cosson wirkte zerfahren. Das war seine Art, immer verspannt. Als Bergelon nähertrat, war es ihm offenbar ein Bedürfnis, auf die Blumen zu weisen und theatralisch zu fragen:

»Ist es nicht unglaublich, daß sie so kurz und schmerzlos austreiben, wogegen ...«

Er schniefte, schneuzte sich, schielte stolz zu einem Klinikfenster hinauf, einem Fenster mit beigem Vorhang, hinter dem Licht schimmerte.

Meinte er das wirklich ernst? War es ihm vor einem Monat wirklich ernst gewesen, als er zu Bergelon gekommen war, um seine Frau, die Tochter eines pensionierten Eisenbahners, untersuchen zu lassen?

»Sind Sie sicher, Doktor, daß das Kind richtig liegt?«

Ewig verspannt! Viel zu verspannt! Schon vom bloßen Hinsehen wurde man müde!

Und außerdem viel zu ... Wie sagte man doch? ... Viel zu bemüht, viel zu beflissen ... viel zu *etepetete* ...

Hören Sie, Doktor ... Ich bin kein reicher Mann ... Ich bin hier im Viertel geboren, und Sie kennen mich ... Mein Vater war Polizist ... Er ist früh gestorben, und meine Mutter hat schwer schuften müssen, um mich auf eine anständige Schule zu schicken ... Ich habe Marthe geheiratet ... Wir haben uns gerade eine Wohnung eingerichtet, nichts Nobles, aber gemütlich ... Die paar Ersparnisse, die ich noch habe, dürfen ruhig für die Entbindung draufgehen ... Es soll ihr an nichts fehlen, sie soll den besten Spezialisten haben ... Und wenn ich nicht alles auf einmal zahlen kann, stottere ich den Rest in Wochenraten ab ... Sie können sich bei der Bank erkundigen ...«

Hinten im Gärtchen, das erst zur Hälfte besonnt war, plusterte sich der Hahn. Germaine zögerte, beobachtete ihre Tochter, suchte nach einer unverfänglichen Formulierung und fragte seufzend:

»Ist es gut gegangen?«

Geschah ihr recht! Schließlich war sie schuld! Wenn sie ihm nicht ständig wegen Geld in den Ohren gelegen hätte! ... Und ewig diese Tränendrüsenstimme.

Hatten ihre Eltern etwa Geld gehabt? Hatte ihr Vater etwa nicht selber bei den Kunden die Öfen gesetzt, die er verkaufte?

Und dennoch war sie vom ersten Tag ihrer Ehe an ständig am Rechnen, stapelte Münzen zu Häufchen.

»Das ist fürs Gas ...«

Oder für den Strom! Oder für die Eierkohlen! Einen Monat im voraus! Es kam ihr überhaupt nicht in den Sinn, daß sich die Gasanstalt notfalls gedulden konnte ...

Hatte sie nicht bis auf den Centime ausgerechnet, was sie ein Ei von den eigenen Hühnern kostete?

»Meinst du nicht auch, du läßt dich ausnützen und könntest für deine Hausbesuche mehr verlangen?«

Geld um des Geldes willen, wegen der Sicherheit. Ein Dienstmädchen hatte sie sich nie leisten wollen. Nur eine Zugehfrau kam zweimal die Woche fürs Gröbste. Von früh bis spät trabte sie durchs Haus, bügelte, wusch, wischte Staub oder rückte Möbel. Und wenn sich Émile mal unbedacht auf den Boden setzte, bekam er unweigerlich zu hören:

»Du wetzt deine Hose durch!«

Zugleich litt sie, weil das Haus kein zweites Obergeschoß hatte, das zwar so überflüssig war wie ein Kropf, aber in ihren Augen Wohlstand bedeutete.

Jetzt hatte sie den Salat! Nein! Es war nicht gut gegangen! Absolut nicht gut! Sondern schlecht! Sehr schlecht!

»Das Kind ist tot!« warf er ihr hin.

Was ihn nicht abhielt, genußvoll in das Hörnchen zu beißen und mit den Augen dem Treiben des Leghornhahns zu folgen, der einem der Hühner nachstellte.

»Die arme Frau! Was wird sie sich grämen!«

»Sie weiß es noch nicht...«

»Sie hat nicht nach ihrem Kind verlangt?«

Er blickte auf seine Tochter. Es fiel ihm schwer, in ihrer Gegenwart weiterzusprechen. Annie begriff und sagte mürrisch:

»Ich geh ja schon... Mama, wo hast du das gute Meßbuch hingelegt?«

Denn außer gewöhnlichen Meßbüchlein besaßen sie ein in braunes Saffianleder gebundenes Meßbuch mit Goldschnitt, das Familienbuch. Annie streifte ihre weißen Handschuhe über. In diesem Haushalt wurde den ganzen Tag Küßchen gegeben, wenn man kam oder ging. Man küßte mechanisch, mit den Lippen wie mit einem Schnabel pickend, und sah dabei woandershin.

Jetzt, wo Annie fort war, konnte Bergelon weiterreden: »Es geht ihr sehr schlecht... Kaum Aussicht, daß sie durchkommt...«

»Und der arme Junge?«

›Der arme Junge wird Witwer, und fertig!‹ hätte Bergelon seine Frau am liebsten angefahren.

Es war allein ihre Schuld! So seltsam das auch klingen mochte. Wegen ihrer fixen Idee mit dem zweiten Obergeschoß. Bloß weil zwei andere Hausbesitzer in der Straße aufgestockt hatten!

Vor zwei Monaten hatte Bergelon zufällig auf der Straße Dr. Mandalin getroffen, den er nur vom Sehen von der Ärztekammer her kannte. Mandalin war ein bedeutender Mann. Er wohnte in einem alten Patrizierhaus im vornehmsten Viertel von Bugle. Er hatte sich eine Musterklinik mit einem Dutzend Betten bauen lassen. Seit kurzem hatte er auch einen Chauffeur.

»Na so was, Bergelon, alter Freund ...«

Als seien sie Klassen- oder Regimentskameraden.

»Ich mache Ihnen ja keine Vorhaltungen, aber Patienten überweisen Sie mir nicht gerade oft ...«

»Sie wissen doch ... meine Patienten sind vorwiegend aus dem Viertel ...«

Er hätte ergänzen können:

»Einem bescheidenen Viertel ...«

Mit armen Patienten hatte man nämlich immer noch sein Auskommen, nicht aber mit den Leuten aus dem Viertel um St. Nicolas, kleinen Angestellten, die weder arm noch reich waren und jeden Centime umdrehten, um nach außen hin den Schein des Wohlstands wahren zu können.

»Meine Honorare sind gar nicht so fürstlich. Ich komme der Kundschaft notfalls entgegen. Sie jedenfalls werden es nicht bereuen. Das Honorar für die erste Operation, die Sie mir bringen, geht an Sie, und danach erhalten Sie für jede Überweisung jeweils fünfzig Prozent. Auf Wiedersehen, mein Lieber, bis bald ...«

Und das bei seinem Alltag mit Hausbesuchen für zwanzig Francs und Germaines Pfennigfuchserei.

Man konnte meinen, die Menschen liefen ihrem Schicksal in die Arme ... Cosson und Frau ... Der schwadronierende Cosson, der aufschnupfend verkündet hatte, was ihm »das Teuerste auf der Welt« sei, und für sein Kind »nur den besten Geburtshelfer von Bugle« gewollt hatte.

Ausgerechnet Mandalin! Mandalin mit seinen Prozenten! Mandalin, der Bergelon unverhofft eine Einladung in Stahlstichprägung zukommen ließ, zu einem Diner mit anschließender Bridgepartie.

›Smoking erbeten.‹

Germaine, die wie ein aufgescheuchtes Huhn zu ihrer Schneiderin rennt. Der durchdringende Geruch nach Waschbenzin im Haus, weil sie den Smoking unbedingt auf neu bürsten will.

Serviert wird von einem weißbehandschuhten Hausdiener. Nur Ärzte sind zugegen, Ärzte, die dem Hausherrn offenbar Patienten überweisen.

Mandalin sieht aus wie ein Karnickel. Sein Ölporträt in Lebensgröße, mit allen Auszeichnungen, prangt im Salon, und gegenüber als Pendant das Bild der hübschen Madame Mandalin.

»Spielen Sie Bridge, Madame?«

Germaine errötet und verneint, als sei es eine Schande.

»Wissen Sie, ich habe so wenig Zeit... Mit den beiden Kindern und dem Haushalt...«

Sie sitzt eigentlich nur auf der Stuhlkante, bedankt sich bei jedem Gang artig beim Hausdiener, ihn mit Monsieur anredend.

»Sagen Sie mal, Mandalin...«

Der Chirurg hat Bergelon nämlich an diesem Abend aufgefordert, einfach ›Mandalin‹ zu ihm zu sagen.

Diskret deutet Bergelon auf seine Armbanduhr. Um

acht Uhr war zum ersten Mal aus der Klinik, wo Madame Cosson nachmittags aufgenommen worden war, angerufen worden. Die Wehen hatten eingesetzt.

»Keine Bange, Väterchen... Wir kommen schon noch rechtzeitig.«

Dann, gegen Ende des Abendessens, beugte sich der Hausdiener zu Mandalin hinab und flüsterte ihm etwas ins Ohr. Bergelon begriff, es ging um Madame Cosson. Er blickte fragend über den Tisch.

»Werden Sie nicht hippelig!«

Und dann dieser Alptraum. Nicht genug Übung! Bergelon ist überdreht. Im Smoking fühlt er sich unbehaglich, und bei Bridge zu zwei Sous den Punkt erst recht. Das Whiskyglas, in das ständig nachgeschenkt wird, steht in Reichweite. Als Spielpartnerin hat er die Frau des Hals-Nasen-Ohrenarztes, die Tochter eines Medizinprofessors.

Mandalin tanzt zur Musik des Plattenspielers, beugt sich über seine Tanzpartnerinnen und raunt ihnen grinsend Anzüglichkeiten ins Ohr.

Bergelon würde ihn gern fragen, ob... Er sieht auf die Uhr. Seine Partnerin rügt ihn, weil er Strafkontra gegeben hat. Er gibt eine Begründung... und verheddert sich. Und derweil sitzt Germaine mit vorwurfsvollem Gesicht allein in der Ecke... Sie haucht ein Dankeschön, wenn man ihr Petits Fours reicht. Sie bedankt sich, wenn man ihr Champagner offeriert. Sie ist für alles so dankbar, so bescheiden und lieb...

Zwei Stunden, zweieinhalb Stunden... Schon wieder ein Anruf... Der Hals-Nasen-Ohrenarzt gibt das Signal zum Aufbruch.

»Gehen wir rüber, Väterchen? ... Mein Chauffeur kann Ihre Gattin inzwischen heimfahren ...«

Germaine hat sich gewiß wortreich beim Chauffeur bedankt.

Die beiden aber, Mandalin und Bergelon, gehen zu Fuß in wunderbar erfrischender Nachtluft unterm Sternenhimmel in die Oberstadt.

»Sie wissen ja, Väterchen, wenn man es den Patienten rechtmachen wollte, müßte man zehn Stunden lang Händchen halten ... An manchen Tagen mache ich bis zu zehn Operationen ... Meine Oberschwester ist mit meinen Methoden vertraut ...«

Ist es Bergelon, der da torkelt? Oder Mandalin? Oder torkeln am Ende alle beide?

»Sie können sich mühelos zehn- bis zwanzigtausend Francs dazuverdienen, wenn Sie mir von Zeit zu Zeit jemand überweisen ...«

Was hatte er noch gesagt? Ach ja, daß er zwölf Betten belegen müsse, zwölf Betten, die leer dieselben Fixkosten verursachten wie belegt ...

Sie fanden Cosson am Bett seiner Frau; mit Tragik im Blick und zitternden Lippen stand er da und hielt ihre Hand.

»Herr Doktor, sagen Sie mir ...«

»Sie, Sie lassen mich jetzt mal zufrieden ... Gehen Sie raus in den Park ... Wir rufen Sie schon, wenn alles vorbei ist ...«

Augenzwinkern zu Bergelon hin. So macht man das!

Er blickt zerstreut auf das Krankenblatt, das ihm hingehalten wird, tastet nach dem Puls, ohne ihn zu fühlen, und schwankt dabei.

»Rollen Sie sie mir in den OP ... Holen Sie Schwester Berthe ... Spritze ...«

Der Pfiff eines Güterzugs. Außer dem Bahnhofsvorstand ist in der ganzen Stadt wohl nur noch hier jemand wach. Höchstens noch der einäugige Hubert, der Fischwilderer, der bei Bergelon in Behandlung ist und um diese Zeit sein Netz in der Loire auswirft, damit er zum Sonntag Fritierfischchen in Gaststätten liefern kann ...

»Herr Doktor, sind Sie sicher, daß ...«

Cosson wird rausgeworfen. Regelrecht an die Luft gesetzt, Mandalin zeigt wirkliche Autorität, und ein Kind schreit in einem Zimmer nebenan, während aus einem anderen Zimmer eine Schwester mit einer Emailschüssel voller blutiger Wattebäusche huscht.

»Was macht Nummer 2?«

»Unverändert.«

»Und Nummer 7?«

»Auch nicht berühmt.«

Mandalin ist betrunken! Bergelon ist ganz sicher, daß Mandalin betrunken ist, aber ihm selber geht es genauso. Im Klinikflur Nachtbeleuchtung. Blumenvasen vor allen Türen, nachts werden sie aus den Zimmern geräumt. Ab und zu ein Klingeln, ein Lämpchen leuchtet auf wie im Hotel, jemand will zu trinken, hat zu große Schmerzen oder Angst vorm Alleinsein und ruft die Schwester.

»Wart mal kurz, Väterchen ...«

Mandalin hat ihn geduzt. Als er wieder erscheint, hat er Gummistiefel an. Eine rote Gummischürze spannt sich über seine Schenkel. Er trägt eine weiße Kappe. Sein Karnickelgesicht ist halb von einer Gazemaske verdeckt.

Seine Anweisungen gibt er jetzt nur noch in Zeichensprache ... Und er schwankt! Er schwankt immer stärker!

Cosson ist im Garten, ganz gebannt von den Tulpen und der Morgenröte, vom Mysterium dieser Nacht, in der sein Kind geboren wird ...

Die Krankenbahre wird vorbeigerollt ... Der Gebärstuhl ... das Narkosegerät ... Bergelon hockt beeindruckt in einer Ecke. Er fühlt sich jetzt nicht mehr so betrunken. Fast möchte er dazwischengehen und brüllen, daß das alles Brimborium ist, daß man anders entbinden kann, viel einfacher, wie er immer die Frauen entbindet, in seinem Viertel ...

Zu viele blitzende Instrumente in der Emailschale ... Zangen ... Mandalin, der ihm zu bedeuten scheint:

»Lassen Sie mich nur machen! Sehen Sie genau hin!«

Und der alsbald durch die Gazemaske flucht:

»Gottverdammte Sauzucht!«

Es ist heiß. Die beiden Schwestern werfen sich Blicke zu. Das Gesicht der Wöchnerin ist abgedeckt ... Wieder ein Güterzug ...

Und da tut Mandalin mit der Zange einen Fehlgriff ... Weil er betrunken ist ...

Er richtet sich auf, reißt die Maske ab, ringt nach Luft und flucht:

»War nichts mehr zu machen ...«

Das Kind ist tot.

»Sagen Sie, Bergelon, bringen Sie es doch dem Vater bei, während ich die Patientin versorge ...«

Dann macht er sich noch fast eine Stunde zu schaffen.

»Pechsache, Väterchen ... Zigarette? ...«

Und sie gehen zurück in die Stadt, durch leere Straßen, wo die Sonne golden auf die weißen Hauswände scheint und die Amseln schlagen. An einer Straßenkreuzung trennen sie sich.

»Ich habe meine Anweisungen hinterlassen ... Hoffentlich steht die Blutung bald ... Meine Oberschwester ...«

Bergelon hat inzwischen drei Hörnchen vertilgt und den Hahn keine Sekunde aus den Augen gelassen. Auf dem Kaminsims tickt die Stutzuhr. Germaine sagt:

»Ich habe Annie versprochen, daß wir Boot fahren ...«

An der Loire, zwei Kilometer vor Bugle, werden Boote vermietet, und man kann mit dem Bus hinfahren. Annie setzt sich dann ins Heck, damenhaft ernst und still, und läßt die Hände ins Wasser baumeln, während ihr Vater in Hemdsärmeln gemächlich rudert und Germaine den Sorgen der Woche nachhängt.

»Ich weiß nicht, ob ich kann ... Ich muß in die Klinik ... Ich zieh mich schnell mal an ...«

»Frische Wäsche liegt im Kleiderschrank, im zweiten Fach.«

Die Glocken vom Hochamt ... Selber begnügt er sich gewöhnlich mit der Elfuhrmesse, der letzten, wo fast nur noch Männer sind, die in der Nähe der Tür stehenbleiben ...

Na, dann heute nicht! Er wäscht sich. Er rasiert sich. Er hat keine Lust, Badewasser einzulassen, und das Wasser ist ohnehin sonntags, wenn schon alle im Bad waren, nicht mehr heiß genug. Er schneidet sich beim Rasieren, verschmiert ein Handtuch mit Blut. Er pudert sich, und hinter den Ohren bleibt Puder kleben.

Wer klingelt? Wer klingelt Sturm? Germaine ist aufmachen gegangen. Sie hat jemand in das Wartezimmer mit den grünen Polsterstühlchen geführt. Sie klinkt die Badezimmertür auf, blaß und ernst wie das leibhaftige schlechte Gewissen, und murmelt:

»Unten ist der kleine Cosson.«

Denn beide kennen sie ihn von Kindesbeinen an, nicht erst als jungen Mann oder jetzt als besorgten Ehemann. Wo sie doch alle drei aus demselben Viertel stammen, auf dieselben Schulen gegangen sind und zum Gottesdienst in die Kirche St. Nicholas und beim selben Italiener Sahneeis geschleckt haben.

»Was will er?«

»Er will, daß jemand kommt... Wegen der Blutung...«

Er ist soweit. Er geht hinunter. Er macht die Tür auf und blickt sogleich schuldbewußt beiseite.

Es ist wie bei seiner Frau. Er kann nichts überspielen. Er bekennt sich schuldig, bevor seine Schuld erwiesen ist, und verteidigt sich, bevor er angeklagt wird. Warum muß er jetzt unbedingt den lässigen Mandalin mimen, der mit Familie schon unterwegs in die Sologne ist, und sagen:

»Sie Ärmster!...«

»Kommen Sie schnell... Die Schwester will mir nichts sagen, aber ich merke doch... Ich hab das Taxi warten lassen.«

Sie stirbt, und wennschon! Sie hat jede Aussicht, dabei

draufzugehen! Wenn der arme Cosson ahnte, was sich heute früh zwischen drei und vier Uhr abgespielt hat...

Bergelon müßte nur den Mund halten, ein betroffenes Gesicht machen, allenfalls ein paar tröstliche Worte sagen. Statt dessen riskiert er im Auto auf der Fahrt durchs Viertel, durch die sonnenbeschienenen Straßen mit ihren Schattenflecken, am sonntäglichen Vogelmarkt auf dem kleinen, platanenbestandenen Platz vorbei, schon wieder die gefährlichen Worte:

»Sie Ärmster!...«

»Soll das heißen, daß...«

Meint er es ehrlich? Werden ihm die Augen wirklich naß, oder steht nur Wasser drin, weil Cosson es sehen soll?

Bergelon verhält sich nicht aus Überlegung so. Er kann eben nicht anders. Im Vorbeifahren hat er eine Voliere mit Wellensittichen gesehen, und plötzlich kommt ihm in den Sinn, in seinem Gärtchen genauso eine Voliere zu bauen!

Auch den Eiskarren des Italieners hat er gesehen und hat wieder den Vanillegeschmack im Mund wie damals als Kind.

Er schämt sich und antwortet ausweichend:

»Ich versichere Ihnen, Doktor Mandalin und ich haben alles Menschenmögliche getan...«

Genau das, was er nicht hätte sagen dürfen! Der andere hat den Kopf gehoben, ruckartig wie ein erschreckter Vogel. Er zeigt ein Vogelprofil, mit aufgerissenem, zuckendem Auge, angespannten Zügen und verpreßtem Mund. Solche Leute sind zu allem fähig, erst recht, wenn sie sich in etwas hineinsteigern.

»Sie hatten mir geschworen, daß das Kind einwandfrei liegt...«

»Man weiß eben vorher nie...«

»Dreimal wurde gestern abend angerufen, und...«

Geht ihm das wirklich nahe? Sie fahren immer noch durch das eigene Viertel, durch vertraute Straßen, vorbei am Gemüsehändler gegenüber der Schule, der auch Karamelbonbons verkauft, und wo...

»Ich schwöre Ihnen, mein lieber Cosson...«

»Die Schwestern wollen keine Antwort auf meine Fragen geben... Man könnte meinen, sie hätten was zu vertuschen...«

Das Straßenbild wandelt sich. Beinahe Alleen sind es jetzt, bloß daß die Bäume noch zu jung sind, um Schatten zu spenden, mit prächtigen Villen und wartenden Limousinen davor. Die Villenbewohner wollen wie Mandalin den Frühling genießen und aufs Land hinaus.

Cossons Lider sind rotgerändert. Seine Krawatte hängt lose. Er zieht an einer Zigarette, die er zwischen nikotingebräunten Fingern hält.

Er klopft an die Scheibe, weil der Taxifahrer zu weit gefahren ist. Er sieht Bergelon an. Bergelon wendet das Gesicht ab. Warum liest er eine Anklage in den Augen seines Begleiters? Hat er diesen Zweifel, dieses Mißtrauen nicht selber erst geweckt?

Ein Gitter. Ein alter Pförtner im Pflegerkittel...

»Zu wem?«

»Nummer 9...«

Und der Garten. Hyazinthen. Tulpen. Einsam rotiert ein Rasensprenger. Eine Schwester eilt mit Schoppenfläschchen vorbei.

Jean Cosson rennt voraus. Am liebsten würde er seinen Begleiter am Arm hinterherzerren. Aber Bergelon hat bereits begriffen. Er verlangsamt sogar den Schritt.

Das Fenster, hinter dem heute nacht Licht war, ist schwarz verhängt. Erneut fühlt er, wie ihm der Kopf schwimmt... Der Kater... Und spürt die Sonne, die ihm warm in den Nacken scheint...

Marthe Cosson ist tot.

Er sieht weg. Auf die Loire und das millionenfache Glitzern des Wassers. Ihm ist zum Kotzen.

Und das Allerschlimmste ist, daß Cosson ihn so unverwandt anstarrt.

2

Hallo! Sind Sie dran, Väterchen?«

»Hier Doktor Bergelon!« meldete sich Elias wie gewohnt, dabei mit dem Brieföffner spielend.

Es berührte ihn seltsam, Mandalin am Telefon zu haben und dabei auf den weißlichen Bauch Madame Pholiens zu starren, die auf der schmalen Untersuchungsliege mit dem Plüschbezug lag.

Bergelon erfaßte zwar, was er da aus dem Hörer vernahm, kniff aber die Augen zu, weil er in Gedanken noch bei Madame Pholien war, die schon seit jeher wie er selbst in der Rue Pasteur wohnte, er in Nummer 3, sie in Nummer 27. So alt wie jetzt war sie ihm schon vorgekommen, als er ihr als Lausbub mit einem Ball die Scheiben eingeworfen hatte. Damals konnte er nicht ahnen, daß sie ihm eines Tages den nackten Bauch herzeigen und ihre Wehwehchen schildern würde...

»Sagen Sie bloß! Sie sind zur Beerdigung gegangen! Hat er was gesagt?«

Bergelon lächelte Madame Pholiens Bauch noch zu, während Mandalin ihn bereits anderweitig beanspruchte. Doch schaltete er nicht so rasch um, daß er sich nicht noch des Geigengequietsches entsonnen hätte, das man immer aus ihrem Hause vernahm, denn Monsieur Pholien mit seiner Künstlermähne hatte Geigenstunden gegeben. Hatte nicht auch Cosson welche gehabt?

»Zur Beerdigung? Ach so! Ja...

Nein, er hat nichts gesagt... Wissen Sie, da waren so viele Leute...«

Auch Leute, die am Straßenrand stehenblieben und den vorbeiziehenden Trauerzug begafften, mit seinem großen Sarg für die Mutter und dem kleinen für das Kind. Cosson, natürlich ganz in Schwarz, mit rotgeränderten Augen und geröteter Nase, ein zusammengeknülltes Taschentuch in der Hand, mit stierem Blick, von einem Onkel untergefaßt.

Bergelon hatte ihm am Friedhofsausgang wie jedermann mit einem Händedruck das Beileid ausgesprochen, und Cosson hatte das mit demselben Kopfnicken wie bei den anderen quittiert, in einer Art stummen, leidgebrochenen Dankes.

Der Hahn hinten im Garten krähte. Die Arbeiter der Kesselschmiede Halkin trieben Kupferblech, und ihre lauten Hammerschläge schallten durchs ganze Viertel. Madame Pholien spitzte die Ohren, tat aber so, als höre sie nicht hin. Bergelon spielte immer noch mit dem Brieföffner, einem Andenken aus Lourdes.

»Ist er schon bei Ihnen gewesen?«

»Nein, noch nicht...«

Mandalin hüstelte, antwortete zwischendurch auf die Frage einer Krankenschwester. Überall Sonnenschein. Gleißend und heiß schien die Sonne in die Klinik dort oben mitten in ihrem blühenden Park. Durch die Fenster zur Straße schien sie auch ins Sprechzimmer Bergelons. Sonnenglast oder vielmehr ein flimmernder, flirrender Himmel von unendlich blauer Tiefe auch über der Pfarre St. Nicholas, über der Tauben flatterten.

»Sind Sie noch dran? ... Ich muß Ihnen noch was sagen, Väterchen ... Ich habe ihm wie sonst meine Honorarrechnung schicken lassen ... Und eben finde ich sie auf meinem Schreibtisch ... Er hat sie zurückgehen lassen, ohne auch nur den Umschlag aufzumachen ... Das wollte ich Ihnen nur gesagt haben, falls ...«

Falls Bergelon das versprochene Honorar von Mandalin anmahnte. Der hatte vielleicht Sorgen! Madame Pholien wedelte eine Fliege fort, die sich ihr auf den Bauch gesetzt hatte. Den streckte sie ihm nun schon zum dritten Male hin, weil sie sich einbildete, Blinddarmentzündung zu haben.

»Noch was ... Meine Oberschwester hat mir soeben mitgeteilt, daß er die Schwester abgepaßt hat, die kleine Rothaarige, die Sie in der Klinik gesehen haben. Er hat ihr auf der Straße aufgelauert und sie ausgehorcht. Wissen Sie, was das heißt?«

Wieder spürte Bergelon einen Stich, ganz wie das erste Mal am Sonntagmorgen beim Aufwachen mit seinem Kater. Er fühlte sich wie in der Zeit zurückversetzt, fühlte, wie seine Hand den Brieföffner umklammerte, und es war ihm plötzlich, als werde er seinem Sprechzimmer, seiner Straße, seinem ganzen Universum entrückt.

»Ist ja nicht unsere Schuld, nicht wahr? Ich wollte Sie nur vorwarnen, falls er bei Ihnen auftaucht ...«

So ein Zufall! Im selben Moment ging vor den Fenstern jemand vorbei, und Bergelon erkannte Jean Cosson. Einen Augenblick später ertönte die Türglocke. Die Patienten wurden nicht extra eingelassen; sie stießen die nur angelehnte Tür auf und lösten damit einen Gong aus. Dann vergewisserte sich Germaine durchs Küchenfenster, daß es der Praxis galt, und bemühte sich nicht erst. Die Patienten setzten sich von allein ins Wartezimmer...

»Bis bald?«

»Ja, bis bald...«

Bergelon war bedrückt. Viele Leute hier im Viertel nannten ihn das Doktorchen, erstens weil sie ihn von klein auf kannten, zweitens, weil er mit dreiunddreißig noch wie ein Fünfundzwanzigjähriger aussah, und schließlich, weil er tatsächlich klein von Wuchs, schlank und hippelig war.

»Entschuldigen Sie...« sagte er zu Madame Pholien und legte auf.

Dann klopfte er ihr an mehreren Stellen den Bauch ab.

»Einatmen... Luft anhalten... Tut das weh?... Und hier?... Spüren Sie auf beiden Seiten dasselbe, wenn ich drücke?... Ich darf Sie beruhigen, Blinddarmentzündung haben Sie keine... Eine harmlose Darmkolik, mehr nicht... Ich verschreibe Ihnen was, und Sie nehmen das ein paar Tage lang morgens auf nüchternen Magen...«

»Es ging um Cosson, nicht wahr? Ich frage mich, ob es stimmt, was ich gestern gehört habe... Er hat so unglücklich ausgesehen!... Ich erinnere mich noch an seine Geigenstunden...«

Sie zog sich wieder an. Er schrieb ein Rezept aus. Sie redete weiter, monoton wie Wespengesumm.

»Man hat mir versichert, daß er schon seit längerem mit einer Registrierten verkehrt...«

Er hob überrascht den Kopf, und sie fuhr fort:

»Ist denn das die Möglichkeit? Ein so junger Mann, eben ein Jahr verheiratet? Und mit einer so lieben, zurückhaltenden Frau!«

Sie faltete das Rezept zusammen und steckte es in die Handtasche, legte ihre zwanzig Francs auf den Schreibtisch, denn Schulden wollte sie keine haben, wie sie stets betonte.

Bergelon öffnete die Tür. Madame Pholien schritt hinaus, an den anderen Patienten im dämmrigen Wartezimmer vorbei. Der Doktor mußte nicht einmal sagen: »Der Nächste bitte ...«

Die Nächste erhob sich ohne Aufforderung und ging voran ins Sprechzimmer, während der Doktor einen Blick auf die zuletzt Gekommenen warf.

»Es ist wegen der Kleinen, Herr Doktor ... Seit zwei Tagen hat sie kleine Pickel auf Brust und Rücken.«

Ein Karren rollte draußen vorbei.

Bergelon war bemüht, sich durch die Sache mit Cosson nicht ablenken zu lassen. Aber es gelang ihm nicht. Am liebsten hätte er sich hinter seine Unnahbarkeit als Arzt zurückgezogen, wie man sich in einen dicken Mantel hüllt.

Sonst tat er das nämlich gern, und Germaine unterbrach sich oft verblüfft und pikiert, wenn sie gerade bedeutende Haushaltsfragen erörtern wollte, weil sie ihn so verträumt lächeln sah.

»Woran denkst du?«

An nichts! Er dachte dann an nichts Bestimmtes. Er lauschte auf Geräusche, von denen manche aus einiger Entfernung zu ihm drangen, häufig vom Markt auf der Place Gambetta zwei Straßenzeilen weiter. Solche

Marktgeräusche versetzten ihn zurück in seine Kindheit und zu dem Augenschmaus, der sich ihm bot, wenn er sich mit der Mutter zwischen den Marktständen voller Obst und Gemüse durchdrängte und unbedingt von den mächtigen Torten kosten wollte, die eine alte Marktfrau feilbot.

»Die sind nicht hygienisch. Wer weiß, was sie da hineingetan hat.«

Zwischen die anderen Geräusche mischte sich Pausenlärm von seiner ehemaligen Schule in der Rue de la Loi, wo er mit ein paar anderen Schülern das Vorrecht hatte, in der Pause im Garten des Direktors Unkraut zu jäten.

Dabei konnte er trotzdem seiner Frau zuhören, zumindest solange sie über seine Patienten herzog.

»Herr Doktor, ich meine, vielleicht sind es die Masern ... Bei uns im Viertel gibt es welche ...«

»Aber nein, gute Frau ... Das sind bloß Hitzepickel. Nur pudern ... ordentlich pudern ...«

»Der Nächste bitte!« Und Cosson saß da immer noch, als letzter in der Reihe, ohne Lektüre. Er trug seinen schwarzen Anzug und hielt einen Hut mit Trauerflor in der Hand. Jedesmal, wenn Bergelon die Tür öffnete, hob er den Kopf und fixierte ihn.

So jung wie er aussah war er in Wahrheit nicht mehr. Wenn Bergelon sich nicht irrte, war Cosson eben auf die Oberschule gekommen, als er sein Abitur machte. Er mußte also jetzt sechsundzwanzig oder siebenundzwanzig sein ... Hatte er nicht einen Bruder gehabt, der beim Militärdienst zu Tode gekommen war?

»Der Nächste bitte!«

Er wurde ungehalten. Der Patient Thioux, der sich nicht mehr traute, ihn zu duzen, seit er Arzt war, obwohl sie zusammen auf der Straße gespielt hatten, sah ihn erstaunt an, wagte aber keinen Einwand. Thioux hatte sich mit Mehlsäcken einen Bruch gehoben – er war Bäcker.

Germaine lauerte, bis Thioux gegangen war, und trat dann zwischen zwei Patienten ins Sprechzimmer, um ihm die gewohnte Tasse Tee zu bringen.

»Hast du gesehen, wer im Wartezimmer sitzt?«

»Klar doch! Ja! Na und?«

Die Kinder kamen aus der Schule, und Émile schlurfte wie immer durch den Flur.

Nur noch ein Patient! ... Nur noch Cosson. Er erhob sich, und Bergelons Finger verkrampften sich unwillkürlich.

»Guten Tag, Doktor.«

Das war kein Mensch, der sich quälte, das war die menschgewordene Qual. Schon das schlichte »Tag, Herr Doktor« brachte er theatralisch heraus. Und an seiner Fahne roch Bergelon sofort, daß er getrunken hatte.

»Setzen Sie sich ... Was führt Sie ...«

»Ach! Ich bin doch nicht krank! Ich bin nicht meinetwegen hier ...«

Das kam gepreßt. Seine Stimme klang unnatürlich. Sein Blick, mal unstet, mal aggressiv, suchte in der abgenutzten Praxisausstattung offenbar nach irgendwelchen verräterischen Indizien.

»Ich komme wegen Marthe ... Ich muß immerzu an sie denken ... Abends kann ich nicht einschlafen und grüble stundenlang ...«

Er war klapperdürr. Seine Augen lagen tief in den Höhlen, die Haare waren zu lang. Er ließ zwanghaft immer wieder die Finger knacken, indem er an ihnen zerrte, und Bergelon zuckte jedesmal zusammen.

»Ich frage mich vor allem, weshalb ich bei der Entbindung nicht dabeibleiben durfte.«

Irgendwas mußte man ihm jetzt antworten. Aber warum klang auch Bergelons Stimme so gekünstelt? Warum hatte er wieder nach dem Brieföffner gegriffen, und warum lief er, statt sich zu setzen, mit großen Schritten im Sprechzimmer auf und ab und warf ständig einen Blick zum Fenster hinaus?

»Das ist so Vorschrift... Zumindest in Kliniken, es sei denn, der Vater verlangt es ausdrücklich und übernimmt die Verantwortung...«

»Und der Arzt? Hat der keine Verantwortung?« Cosson hatte das mit zitternden Lippen hervorgestoßen.

»Warum ist Doktor Mandalin nicht gekommen, als die Schwester angerufen hat?«

Schon wieder machte er alles falsch! Es war falsch, sich zu winden, als müsse er lügen! Es war falsch, so zu tun, als wolle er vor der Sache davonlaufen! Denn diesen Eindruck erweckte er und wurde noch unbeholfener, nachdem er es erkannt hatte.

»Mein Freund, verstehen Sie doch...«

Warum kam ihm dieses »mein Freund« nicht genauso lässig über die Lippen wie einem Mandalin, der alle Leute »Väterchen« nannte?

»Erstmal bin ich nicht Ihr Freund, sondern Ihr Patient...«

»Richtig.«

»Und als Patient habe ich ein Recht drauf, alles zu erfahren. Ich merke doch, daß man mir keinen reinen Wein einschenkt, daß da von Anfang an was faul ist. Können Sie mir Ihr Wort darauf geben, daß alles mit rechten Dingen zugegangen ist?«

Jetzt, wo er hätte reden müssen, verstummte der Doktor.

»Die Schwester hat dreimal angerufen... Ich hab hinter der Tür gestanden. Alles habe ich nicht gehört, aber ich weiß, daß sie dem Doktor gesagt hat, es ist dringend...«

»Davon verstehen Sie nichts. Ein Chirurg kennt sich mit seinen Patienten aus und weiß, wann er eingreifen muß...«

»Und kommt dann zu spät!«

»Aber nein! Warum soll er denn unbedingt zu spät gekommen sein?«

»Weil das Kind gestorben ist... Und man mich angelogen hat... Ich habe eine der Schwestern befragt... Ich weiß jetzt, daß es hätte leben können...«

Bergelon überlief es kalt, er fröstelte regelrecht. Er warf den Brieföffner, der ihn nur noch nervöser machte, auf den Schreibtisch.

»Manchmal ist es halt Pech...«

»Pech für wen?«

»Für alle Beteiligten, das können Sie mir glauben.«

Ihn fröstelte, und dabei war ihm doch heiß. Im Mund hatte er einen seifigen Nachgeschmack wie von Whisky. Er sah sich wieder am Bridgetisch, immer wieder auf die Uhr schauend, unruhig, aber ohne den Mumm, Mandalin zu drängen. Was hatte er überhaupt unter diesen etablierten Ärzten der Stadt zu suchen gehabt? Mit seiner Frau, die man alleine dasitzen ließ und die sich ihrer roten Hände schämte ...

»Wenn ich bedenke, daß Marthe ...«

Cosson schnupfte auf und wandte den Kopf ab, weniger um die Tränen zu verbergen, sondern weil es sich nicht gehörte, vor anderen offen zu weinen.

Dann erhob er sich mit einem Ruck, und der Doktor mußte feststellen, daß er einen Kopf größer war als er selbst. Mit tränenerstickter Stimme fragte er:

»Ist etwa Ihnen die Frau gestorben? ... Und wenn Mandalins eigene Frau in den Wehen gewesen wäre, hätte er da auch bis zuletzt gewartet? Und außerdem, warum waren Sie beide im Smoking? ... Was haben Sie getrieben, während wir auf Sie gewartet haben, Marthe und ich? ... Beim Hereinkommen hatten Sie eine dicke Zigarre im Mund, jawohl Sie, und hatten sie nicht mal ausgemacht oder am Eingang weggeworfen ...«

Das stimmte, erinnerte sich Bergelon plötzlich. Wo er doch sonst nie Zigarren rauchte! ...

»Aber ich kriege die Wahrheit schon raus ... Ich nehme mir die Zeit dafür ... Ich stelle schon noch fest, ob Sie meine Frau und mein Kind auf dem Gewissen haben ...«

Er tastete nach seinem Hut, vor lauter Tränen konnte er offenbar nicht richtig sehen.

»Das war's, was ich Ihnen sagen wollte ... Richten Sie's Ihrem Freund Mandalin ruhig aus ... Und zu der Rechnung sage ich Ihnen lieber gleich, ich hab sie nicht mal aufgemacht und zurückgeschickt. Ums Geld geht es mir dabei nicht ... Das ist mir inzwischen egal ... Wo ich doch alles Nötige, alles Menschenmögliche getan habe für mein Lebensglück... Und jetzt laufe ich stundenlang auf der Straße herum und traue mich nicht mehr heim...«

Was konnte Bergelon da noch sagen? Er senkte den Kopf und rührte sich nicht.

Der andere, der seinen Hut endlich gefunden hatte, drehte sich unter der Tür um und sagte mit einem bitteren Lächeln:

»Ist einfach, nicht wahr, mit anderer Leute Leben zu spielen?«

Die Tür schlug zu. Draußen auf der Straße blieb Cosson kurz auf dem Trottoir stehen, fuhr sich übers Gesicht, stülpte den Hut auf und dachte kurz nach, welche Richtung er einschlagen sollte.

Germaine war so taktlos, gleich anschließend hereinzukommen.

»Was hat er gewollt?«

Und das in diesem tragischen Tonfall! Warum hatte er bloß eine Frau geheiratet, die alles Unglück im Leben von weitem zu wittern schien und es tagelang gottergeben beseufzte?

Sie war die Tochter eines Ofen- und Gasgerätehändlers in der Rue St. Nicholas. Sie hatten als Kinder zusammen gespielt. Schon damals war sie schwermütig gewesen. Genau dieser Hang zur Schwermut hatte ihn an ihr so gerührt!

Er entsann sich unter anderem der Beerdigung eines Kanarienvogels im Ufergestrüpp der Loire, wo sie mit Kieseln und Zweiglein einen Miniaturfriedhof angelegt hatte...

Wie alt waren sie gewesen, als sie anfingen, sich abends in den Ecken zu knutschen, besonders an der Schulmauer, wo es schummrig war?

Ihre Zärtlichkeiten waren so unaufregend wie zwischen altvertrauten Eheleuten. Wenn man bedachte, daß ihre Ehe von vornherein beschlossene Sache gewesen war!

Bei der Rückkehr nach Bugle nach Abschluß seines Studiums war sie ihm über den Weg gelaufen. Sie hatte einen breitrandigen Strohhut mit blauem Band aufgehabt. (Irgendwo auf dem Speicher lag er wohl noch.)

Bergelon hatte damals allein gestanden. Sein Vater war kurz vorher verstorben, eines Abends, als er etwas mehr getrunken hatte als sonst. Die Mutter war aufs Land gezogen, in ein Dorf ein paar Kilometer vor Bugle, aus dem sie stammte.

Es war auf der Kirmes passiert. Er entsann sich an Karussells und Schießbuden. Germaine hatte ein weißes Kleid angehabt, und ihr Gang war ihm schwebend und ätherisch vorgekommen.

Wie früher hatten sie sich zum Schmusen in eine dunkle Ecke verzogen und drei Monate später geheiratet.

Unglücklich war er nicht. Das stimmte einfach nicht! Er konnte gar nicht unglücklich sein, wo er sich doch immer in seine kleinen privaten Freuden hineinträumen konnte.

Sein Sohn Émile war ihm offenbar nachgeschlagen. Sicher war er sich dessen nicht, denn seine Scheu hinderte ihn, derlei Dinge anzusprechen. Doch hatte er Mile schon öfter mit irgendwie nach innen gekehrtem

Blick ertappt, mit stiller Versonnenheit im Gesicht. Émile lauschte und schnupperte. Er suchte die warmen und verborgenen Dinge im Leben.

»Was denkst du, Mimile?«

Germaine sagte immer Mimile. Bergelon nannte ihn Émile oder Mile.

»Nichts, Mutter...«

Auch so eine Merkwürdigkeit: Mile sagte immer »Mutter«; seinen Vater aber nannte er »Papa«!

Durchs Fenster betrachtete Bergelon die sonnenbeschienenen Pflastersteine der Straße, aus deren Fugen er früher im Sommer das Unkraut zupfen mußte. Immer noch gab es da die Senke, die Gosse, die sich so gut zum Murmelspiel eignete.

Germaine, die kaum verwelkte, Germaine, die sich fast nicht verändert hatte, stand neben ihm, gottergeben wie immer, und hauchte:

»Was hat er gewollt?«

Er suchte nach einer Antwort, fand keine, warf ihr mißmutig hin:

»Nichts!«

»Hast du deinen Tee getrunken?«

»Nein, verdammt noch mal!« explodierte er, »ich hab meinen Tee nicht getrunken! Und wennschon?« Man hatte ihm seinen Himmel weggenommen, seine Sonne, seine kleinen Freuden, die so schwer faßbar schienen und die ihm jetzt so fehlten.

»Sicher ist er todunglücklich!«

»In der Tat, todunglücklich!«

»Der arme Junge hat das nicht verdient. Wenn ich nur an seine Mutter denke, die sich abgerackert hat, um ihn auf die Schule zu schicken ... Ich habe mich schon gefragt, ob er vielleicht eine Dummheit macht ...«

Sie redete wie immer um den heißen Brei herum: Selbstmord begehen hieß bei ihr eine Dummheit machen.

Jean Cosson aber hatte sich nicht umgebracht. Irgendein Dämon hielt ihn gepackt. Und was für seltsame Wege er doch ging!

Bergelon überlegte, ob Madame Pholiens Behauptung wohl zutraf, daß er ein Verhältnis mit einer Registrierten hatte?

Wenn er doch nur aufhören könnte, an Cosson zu denken! Verschwendete etwa Mandalin einen Gedanken an ihn, außer seinem Kollegen mitzuteilen, daß er nicht mehr mit dem versprochenen Honorar rechnen durfte? Hatte Mandalin sich etwa bemüßigt gefühlt, zur Beerdigung zu gehen? Würde er Cosson auch nur wiedererkennen, wenn er ihn auf der Straße träfe?

Freilich stammte Mandalin auch nicht aus der Stadt. Er hatte sich in Bugle niedergelassen, wie er das auch anderswo getan hätte, nachdem er sich in der Region erkundigt hatte, wo die Aussichten für eine Chirurgie- und Geburtshilfeklinik gut waren.

Er wohnte in einem alten Patrizierhaus mit Kutscheneinfahrt an einem platanenbestandenen Platz, an dem nur solche Häuser standen und den die Lausbuben in ihren Spielen aus Respekt vor der hochherrschaftlichen Stille mieden.

»Mußt du heut' abend noch Hausbesuche machen?«

»Vielleicht ... Ja.«

Warum kapierte sie einfach nicht, daß Schweigen

manchmal besser ist? Was konnte er ihr denn sagen, wo er sich doch selber nicht auskannte?

»Annie ist zum Abendessen bei der kleinen Mabille. Sie läßt fragen, ob du sie abholst...«

»Natürlich!«

Er floh lieber. Es war fünf Uhr. Er müsse noch einen alten Patienten aufsuchen, einen Greis, der unten am Quai neben dem Küfer wohnte und in einer lichtlosen Mansarde, aus der er seit zehn Jahren nicht mehr herausgekommen war, einsam vor sich hin starb.

Eigentlich kam er gern ans Loireufer. Er mochte auch das Haus, einen ehemaligen Bauernhof, der allmählich von der Stadt eingekreist worden war, wobei allerdings ein paar Nebengebäude dem Abriß entgangen waren, mit Hühnerhof, Misthaufen, Fässern und einer Gartenwiese, auf der Hausfrauen gegen geringes Entgelt ihre Wäsche bleichen durften.

Doch das Haus betrat er nicht. Mochte der Alte, der sich Hautois nannte, mal ohne ihn auskommen.

Die Tote machte ihm nicht zu schaffen, auch nicht das Kind. Vielleicht Jean Cosson?

Kaum! Sein eigenes Leben beschäftigte ihn! Alles war so unklar! Wie bei einer noch latenten Erkrankung, deren Symptome er aufmerksam verfolgte.

Er ging die Trottoirs entlang, grüßte zurück, denn alle Leute grüßten ihn. Von jedem Haus wußte er, wer darin wohnte, kannte die Lebensläufe der Bewohner. In der übernächsten Straße links war Germaines ehemalige Mädchenschule. Eine Straße weiter wohnte Cosson im ersten Stock über einer Metzgerei, in einem Neubau.

Er ging an dem Haus vorbei. Die Fassade im Erdgeschoß war mit weißem Marmor verkleidet, die zwei Stockwerke darüber waren hübsch rot verklinkert. Es gab einen separaten Hauseingang mit zwei Messingschildern, und auf dem einen stand der Name Cosson.

Ob er wohl daheim war?

Buben tobten herum, und mindestens drei davon waren bei Bergelon in Behandlung gewesen. Bei den anderen konnte er sagen, zu welcher Familie sie gehörten, allein aufgrund der Ähnlichkeit mit den Eltern.

Ein wenig weiter, hundert Meter hinter der Kirche St. Nicholas, begann das Geschäftsviertel mit engen Straßen, Ladenzeilen, und noch weiter, fern vom Lärm, lag mit Gemüsehändlern, Schlachtern und allerlei guten Gerüchen das Viertel Mandalins.

Das Viertel Mandalins, der sich gewiß sagte: ›Armes Väterchen! Gleich beim ersten Mal, wo er etwas mit mir zusammen macht ...‹

Ein gönnerhafter Mandalin, der Whisky nachschenkte und Bergelons plumpe Schnitzer beim Kontraktbridge belächelte. An der Ecke der Rue des Minimes, in der Nähe eines Kinos, das nur zweitklassige Filme mit Revolvergeknall und Maschinenpistolengeknatter zeigte, hatte sich ein Rotlichtbezirk etabliert: drei oder vier kleine Bars nebeneinander, die Vorderfront grellrot oder knallblau gestrichen, mit ortsfremden Besitzern und Animierdamen. Die Namen sagten schon alles: *Sanzi-Bar... Exklusiv-Bar... Aux Copains...*

Dazwischen die immer offene Tür eines Stundenhotels, ein dunkler Flur, an dessen Ende man die Treppe ahnte.

Einmal war Bergelon gegen ein Uhr früh dorthin gerufen worden. Eines der Mädchen war von einem sadistischen Freier, einem reichen Getreidehändler aus dem Umland, beinahe erwürgt worden. Saß der eigentlich inzwischen ein?

Ein paar Mädchen betätigten sich in den Bars oder auf dem Straßenstrich, und er kannte sie alle, denn gemeinsam mit einem anderen Arzt nahm er im Krankenhaus die wöchentliche Pflichtuntersuchung der Prostituierten vor.

Welche von denen war es? Er hatte immer noch Cosson im Kopf. Cosson klebte ihm am Leib wie eine im Platzregen durchnäßte Weste. Madame Pholien hatte doch gesagt...

Er blieb vor dem Kinoeingang stehen und erblickte plötzlich in der zweiten Bar, der grellroten, die zur Straße hin offen war wie ein aufgeschlagenes Buch, Jean Cosson. Cosson lehnte an der Theke und hatte ein Schnapsglas vor sich. Er hing über dem Tresen und redete krampfhaft und heftig wie immer auf die Bedienung ein, und eine weißblonde Haarsträhne hing ihm ins Gesicht.

Was sollte er, das Doktorchen, sich darum scheren? Er brauchte nur auf dem Absatz kehrtzumachen und heimzugehen. Vielleicht war schon für ihn angerufen worden? Die Posthalterin hatte ein Zwölffingerdarmgeschwür, und jeden Moment konnte eine Bauchfellentzündung daraus werden. Nach dem Abendessen mußte er seine Tochter abholen, die mit dreizehn schon damenhaft Anstandsbesuche machte und restlos glücklich war, wenn sie ihre Freundinnen zum Tee einladen durfte.

Cosson drehte sich um, blickte kurz über die Straße, und sein Blick kreuzte sich mit dem des Doktors.

Er war wohl betrunken. Er grinste, zeigte mit dem Finger auf Bergelon und sprach noch heftiger auf die Bardame ein, die am Hals eine große Narbe hatte.

Bergelon hatte wieder mal genau das Falsche getan. Der andere sah wieder zu ihm herüber, und verlegen ging er weiter. Er kam am Schaufenster des Hutmachers vorbei, und ihm fiel ein, daß er dort seinen grauen Hut zum Reinigen hingebracht hatte. Doch hatte er keine Lust, den Laden zu betreten und sich die politischen Tiraden des Hutmachers anzuhören, der zweimal erfolglos zum Stadtrat kandidiert hatte.

Er schritt energisch aus ... Noch immer ging ihm Cosson nicht aus dem Sinn ... Von Cosson geriet er auf seinen Vater und fragte sich plötzlich zum ersten Mal, warum dieser angefangen hatte zu trinken ...

Bergelons Vater war nämlich Alkoholiker gewesen. Er hatte stets ganz allein irgendwo irgendwas getrunken, war ohne Hemmungen in Kaschemmen wie die beim Kino eingekehrt, hatte seinen Schnaps mit einem Ruck gekippt und sich danach mechanisch den rötlichen Schnurrbart gewischt.

Gesprächig war er nicht gewesen. Er hatte nie große Worte gemacht. Seltsam war nur, daß ihm die Patienten dennoch treu blieben mit der Begründung:

»Auch wenn er säuft, Fehldiagnosen stellt er nie ...«

Das traf sogar zu. Er hatte ein erstaunliches Gespür für das Allzumenschliche, für das Fleisch und seine Gebrechen. Grob und ohne Umschweife kam er zur Sache.

»Freundchen, du stinkst!« Und eröffnete dann seinen

Patienten: »Du krepierst bald ... Jetzt bist du halt an der Reihe, wo du den anderen so oft ein Schnippchen geschlagen hast, stimmt's?«

Schon der Großvater war ein Säufer gewesen, auf allen Viehmärkten im Lande bekannt wie ein bunter Hund.

Der Laden links mit seinen beiden Schaufenstern voller Heizungsartikel gehörte Germaines Eltern. Im Vorbeigehen erblickte er flüchtig seine Schwiegermutter, die hinten im Laden mit einer Kundin verhandelte, der zwei Kinder am Rock hingen.

Irgendwas brütete er aus, genau wie manche Patienten! Aber der Abszeß, wo sich der Eiter sammeln konnte, war noch nicht zu sehen. Er war nicht auf dem Damm, wie Germaine gesagt hätte. Er fühlte sich nicht wohl in seiner Haut. Irgendwas stimmte nicht, aber was, wußte er nicht genau.

Die oberen Stockwerke der Häuser wurden von der untergehenden Sonne rot beschienen. In einer Querstraße wurde das Licht regelrecht kupfern.

Er brauchte doch nur sein Leben weiterzuführen, ohne sich um die andern zu scheren. Cosson hatte halt Pech gehabt! Eben Pech! Abends, wenn er nicht einschlafen konnte, würde er vielleicht noch manchmal an die Geschichte denken, aber morgens würde das Leben wieder seinen Gang gehen wie immer.

Er hatte sich aus seinem Viertel herausgewagt, unter Leute wie Mandalin. Das war schiefgegangen, und es hatte so kommen müssen.

Während er voranschritt, wurden die Straßen zusehends breiter und leerer. Er war auf vertrautem Boden, in seinem eigenen Viertel. Bis auf ein paar

Neubauten hatte sich dort seit seiner Kindheit nichts verändert.

Er sah seinen Sohn vor dem Schaufenster des Schokoladengeschäfts gegenüber der Schule stehen. Der Anblick war drollig, denn Mile stand mutterseelenallein auf der Straße, ganz ohne sich zu rühren, und starrte gebannt auf Hunderte von Lutschern, Kremhütchen und Pralinen.

Er mußte dort vorbei. Mile hörte Schritte, blickte sich um und wurde rot. Er trug ein Päckchen in der Hand.

»Ich war Butter einkaufen«, erklärte er.

»Möchtest du Bonbons?«

»Nein danke...«

Er wollte nicht naschhaft erscheinen... Und sein Vater wollte ihm nichts aufdrängen.

Gemeinsam gingen sie weiter. Mimile faßte Bergelons Hand. Am anderen Ende der Straße war die Ufermauer mit ihrer Doppelreihe Ulmen, das Geländer und auf der Steilböschung das Gestrüpp hinunter zur Loire.

Die Sonne goß noch mehr Rot über die Landschaft und ließ das Grün ganz braun erscheinen. Die Schritte der beiden hallten auf dem Pflaster. Mile mit seinen kürzeren Beinen mußte fast rennen.

Was war denn eigentlich groß passiert? Das Leben ging weiter. Rechts eine Metzgerei, keine Kunden im Laden. Im ersten Stock eine leerstehende Wohnung.

Der Tag neigte sich fast feierlich still seinem Ende zu, und sogar Mile schwieg, vielleicht beeindruckt, weil sie so verloren unter einem Himmel dahinschritten, der sich im Osten unnatürlich blaßgrün färbte.

Bergelon fragte unbeholfen:

»Was macht deine Mutter denn zum Abendessen?«

Darauf der Junge, der jetzt schneller ging, um nicht zurückzufallen:

»Vorhin hat sie Spinat geputzt ...«

3

Mittwochs sah man sie immer kommen, allein oder paarweise, frühmorgens, wenn die Straßen gekehrt wurden und ihnen die Hausfrauen vom Markt entgegenkamen. Die Abgetakeltsten, die sich nur an diesem speziellen Tag bei natürlichem Licht zeigten, hatten die Lippen blutrot geschminkt, trugen schrille Seidenkorsagen und schlurften manchmal noch schlaftrunken in rosa oder hellblauen Pantöffelchen übers Pflaster. Es gab auch andere, die unauffällig und nett dahergestökkelt kamen, mit Handtäschchen, kokettem Hütchen auf dem Kopf und sorgfältig ausgerichteten Strumpfnähten.

Alle gingen den gleichen Weg, schlugen am Stadtrand dieselbe Allee ein, an einem Seitenarm der Loire entlang.

Eine Allee breit wie ein Exerzierplatz, mit sechs Baumreihen bepflanzt, Roßkastanien, so alt, hoch und mit einem so dichten Laubdach, daß die Häuser, die man in der Ferne perspektivisch durch Licht und Schatten der langen Stammreihen sehen konnte, klein wie aus einem Baukasten wirkten.

An der einen Alleeseite zog sich über die ganze Länge der grüne Gitterzaun des Krankenhauses hin. Einmal im Monat nahm der Pferdemarkt die Allee in Beschlag. Sonst ließen dort Feldwebel als Ausbilder kleine Gruppen von Rekruten im Drillich exerzieren.

Mittwochs kamen dann immer die Mädchen. Die Soldaten kannten sie gut, die Feldwebel auch. Unter einem der Bäume legte eine dicke Frau auf einem Klapptisch Obstkuchenstücke, Brioches und Zigaretten aus, die sie einzeln verkaufte.

Jeden Mittwoch bog auch frühmorgens schon Doktor Bergelon auf seinem Fahrrad mit den Ballonreifen in die Allee ein. Zwei praktische Ärzte kümmerten sich um die Mädchen, die minderbemitteltsten, denn der Rat warf für die Pflichtuntersuchung nur ein lächerliches Honorar aus. Obendrein eine Art Akkord: pro Mädchen zwei Francs!

Der andere Arzt hatte sich zudem die Bordelle vorbehalten, deren Bewohnerinnen ihm ein Zusatzhonorar für diese Hausbesuche entrichten mußten.

Bergelon betreute die Mädchen vom Straßenstrich. Hierzu stand ihm ein kleiner Pavillon hinten am Krankenhaus zur Verfügung, am äußersten Ende der Allee und der Stadt, in den man die Leichenschau und die Pflichtuntersuchung für leichte Mädchen verbannt hatte.

Er hatte seine Allee mit den hohen Bäumen und den kleinen Soldaten ganz gern. Auch den großen Raum mit den nackten, weißgekälkten Wänden, den blankgescheuerten Holztischen, den paar vernickelten oder emaillierten Instrumenten, alles verstaubt, verlottert, behördenmäßig, und dazu Kommissar Grosclaude mit seinem Merowingerschnauzbart, dessen krumme Pfeife so stänkerte.

»Geht's?«

»Es geht.«

Der Kommissar von der Sitte führte sozusagen ein

Doppelleben: er war einer der besten Billardspieler Frankreichs und fuhr bisweilen zu Wettkämpfen nach Amsterdam, Zürich oder London.

Die Mädchen traten ein, ohne ihr Geplauder zu unterbrechen, denn sie fühlten sich fast wie zu Hause. Sie zeigten Bergelon ganz selbstverständlich ihre Scham und bemerkten notfalls dazu:

»Keine Angst... Ist nur ein Furunkel!«

Und Grosclaude, der ihre Namen auf einer Liste abhakte, redete ihnen zu:

»Hör mal, Maria... Sag deinem Bébert, daß er gesehen worden ist, wie er in den Zug nach Paris gestiegen ist... Wenn er das noch mal macht, schreibe ich eine Meldung...«

In Bugle gab es nämlich ein halbes Dutzend Leute mit Sperrvermerk, die nicht in die Hauptstadt fahren durften.

»Seine Schwester hatte angerufen... Sie kriegt ein Kind...«

»Kind oder nicht, richt ihm aus, was ich gesagt habe... Und du, Alte, wenn du noch mal in der Nase popelst oder Passanten den Hut runterschlägst, zieh ich dir die Karte ein... Verstanden?«

Man hätte glauben können, er schimpfe Kinder aus. Die Röcke wurden hochgerafft. Manche Mädchen mußten sich ganz ausziehen, und Kleider und Unterwäsche stapelten sich auf einer ausrangierten Schulbank.

»Kennst du vielleicht einen gewissen Cosson?«

»Freilich kenn ich Cochons!« lachte die Angesprochene. »Wie sieht er denn aus, ihr Cosson?«

»Schlank, noch recht jung, langhaarig...«

Der Kommissar wechselte einen Blick mit dem Doktor. So ein Blödsinn. Das führte doch zu nichts. Wenn überhaupt, setzte sich Bergelon damit selbst überflüssig ins Zwielicht, und dieser Blick zeigte ihm wieder einmal, daß er es nicht schaffte, sich aus bestimmten Gedankengängen zu lösen. Er hatte Grosclaude vorhin beiseitegenommen.

»Eines der Mädchen hat offenbar ein Verhältnis mit einem gewissen Jean Cosson«, hatte er ihm mitgeteilt.

»Mit dem Cosson, dem die Frau gestorben ist?«

Und eines der befragten Mädchen antwortete: »Langhaarig, nee! ... Bei uns habe ich so einen nicht gesehen ...«

Neben der Tür stand ein hochgewachsenes Mädchen in blauem Schneiderkostüm, weißer Hemdbluse und einem kecken weißen Hütchen.

»Bist das nicht du, Cécile?« rief sie der Kommissar an.

»Warum wollen Sie das wissen? Was hat er gemacht?«

Sie war's!

»Nichts hat er gemacht ... Ich will es bloß wissen ... Wie ist es denn so mit ihm?«

Sie zuckte die Schultern.

»Wie soll es mit ihm schon sein?«

Sie hatte recht. Konfus war hier nur Bergelon.

»Kennst du den schon lange?«

»Er ist für mich mehr so ein Freund ...«

»Heißt das, er braucht nicht zu zahlen?«

»Je nachdem ...«

Sie war wirklich groß; mindestens einen halben Kopf

größer als die anderen. Sie war etwa dreiundzwanzig oder vierundzwanzig. Und nicht aus der Ruhe zu bringen.

»Und dein Typ hat nichts dagegen?«

»Sie wissen doch, daß er in Poissy sitzt...«

Sie hielt ihm ihre Karte zum Abhaken hin und ließ sich mit einem Gleichmut untersuchen, der fast schon Würde war. Während Bergelon sich zu ihr vorbeugte, musterte sie ihn und runzelte die Stirn, als habe sie plötzlich eine Erklärung für die Fragen des Kommissars. Der Doktor spürte die leise Bewegung, und es wurde ihm unbehaglich dabei.

Das Ganze war lächerlich, aber seit ein paar Tagen gab es allerhand Lächerliches in seinem Verhalten. Noch Unbestimmtes und für niemand Auffälliges, aber er merkte es selber, wie beispielsweise die Tatsache, daß er unnötig oft an der ›Sanzi-Bar‹ vorbeiging, genau um die Zeit, wenn Cosson seines Wissens nach dort am Tresen hing.

Was ging es ihn überhaupt an, daß Cosson angefangen hatte zu saufen? Warum zog es ihn zu diesem bösen, in Mißtrauen und Trotz erstarrten Blick, den der junge Mann ihm dann über die Straße hinweg zuwarf?

Sogar jetzt noch, nach beendeter Pflichtuntersuchung, radelte er nicht zu seinen Patienten, sondern schob sein Rad neben dem gleichmäßig und bedächtig ausschreitenden Kommissar die Allee entlang.

»Ein ordentliches Mädchen, ich glaube, aus dem Berry... Ich hab ganz vergessen, auf ihrer Karte nachzusehen... Ihr Liebhaber hat fünf Jahre Gefängnis bekommen, weil er im Streit einen Mann erstochen hat...

Sie geht nicht oft auf den Strich... Sie hat eine hübsche kleine Wohnung in der Rue des Minimes, über einem Schuhmacher... Hauptsächlich Stammkunden... Von Zeit zu Zeit geht sie auch auf die Straße, aber eine Bordsteinschwalbe ist sie nicht...«

Die Soldaten, die Exerzierpause hatten, umringten die Kuchenverkäuferin. Ein Krankenwagen fuhr mit Sirenengeheul aus dem Krankenhaus. Es war heiß.

»Recht hübsch ist sie auch«, schloß der Kommissar von der Sitte.

Das stimmte nicht ganz. Ihr Körper wirkte fast männlich, breitschultrig und schmalhüftig, mit kaum entwickeltem Busen. Aber sie hatte eine schöne Haut, feinporig und glatt.

In ihrem Gesicht, das nicht weiter bemerkenswert war, waren dem Doktor nur die bronzefarbenen Augen aufgefallen, in denen sekundenlang Fünkchen aufblitzten. Warum hatte sie Bergelon gemustert und dabei die Stirn gerunzelt? Cosson mußte mit ihr also über ihn gesprochen haben. Was hatte er ihr erzählt?

Die beiden Männer erreichten das Ende der Allee und damit den eigentlichen Stadtrand. Sie schieden mit einem Händedruck, der Doktor bestieg sein Fahrrad und überlegte, welchen Hausbesuch er zuerst machen sollte.

Jetzt war er wieder in seinem Viertel. Er grüßte und wurde wiedergegrüßt. Jeder Passant hatte einen Namen, jedes Geräusch einen Sinn, und er hätte vorhersagen können, an welcher Straßenecke ihm wieder der Duft aus der Kaffeerösterei in der Épicerie Nivernaise in die Nase steigen würde.

Was mochte sie jetzt denken? Warum war Cosson, der verheiratet gewesen war und solchen Wert auf sein Familienleben zu legen schien, ihr Liebhaber?

Er hätte gern einen Blick in die Wohnung getan, die der Kommissar erwähnt hatte. Das weckte alte Erinnerungen in ihm, an die Sturm- und Drangzeit in seinem Leben. Als er noch in Poitiers studierte ... Und ... Jetzt runzelte er die Stirn. Damals hatte auch er die Haare länger getragen als die meisten. Die kleine Gruppe, zu der er gehörte, traf sich in einem schummrigen Café hinter der Präfektur. Und in dieser Gruppe hatte er ein Dreiecksverhältnis gehabt, in vollem Einvernehmen mit seinem Freund und einem Mädchen, das genauso groß und gelassen gewesen war wie Cécile.

»Wer von euch bleibt heute nacht bei mir?« gähnte sie immer und schlug das Bett auf.

Der Freund war Schiffsarzt geworden. Das Mädchen hatte Élise geheißen, Élise Noireaud, aber sie nannte immer nur ihren Vornamen ...

»Herr Doktor, meinen Sie, daß er immer noch nichts essen darf? ... Den ganzen Tag jammert er, daß er Hunger hat ...«

Ein kleiner Junge von fünf Jahren im Bett, die Haut gerötet, die Augen im Fieberglanz.

»Geben Sie ihm ein wenig Gemüsebrühe ... ganz ohne was drin.«

Er ging in den Häusern aus und ein. Er kannte die Tapetenmuster, die Gerüche in den Küchen, wo er sich die Hände meist im Ausguß waschen mußte.

Die Sonne stieg höher. Angestellte fuhren auf dem Fahrrad zum Mittagessen nach Hause. Maurer vesperten kalkbestäubt am Straßenrand, und einer von ihnen war sauer auf Bergelon, weil er sich nach einem Unfall geweigert hatte, eine falsche Meldung an die Versicherung zu unterschreiben.

Zu Hause angelangt, stellte er das Fahrrad in den Hausflur. Seine Frau, die ihn hatte kommen hören, rief in Richtung Garten:

»Kinder, essen! Wasch dir die Hände, Mimile ...«

Sogar hier, an seinem Platz im Eßzimmer, mit Émile zu seiner Linken und Annie zur Rechten, fand er sein Gleichgewicht nicht völlig wieder. Das Eigenartigste aber war, daß ihm das nichts ausmachte. Einfache Frauen sagten manchmal, wenn sie ihm einen Kranken vorstellten:

»Er hat schon die ganze Zeit etwas ausgebrütet ...«

Seine Frau dachte wohl dasselbe, denn von Zeit zu Zeit bedachte sie ihn mit einem beunruhigten Blick. Freilich war sie immer auf Katastrophen gefaßt!

»Doktor Mandalin hat vorhin angerufen.«

»Was hat er gewollt?«

»Hat er nicht gesagt. Er ruft wieder an ...«

Er aß sein Lammkotelett und seine Pommes frites, während Annie ihrer Mutter eine lange Geschichte erzählte, bei der er nicht zuhörte. Und plötzlich, als ob was geschnappt hätte, hörte er das Auto in die Straße einbiegen. Er war sicher, daß es vor dem Haus halten würde. Er machte Anstalten, sich zu erheben, und in der Tat ertönte im selben Augenblick die Klingel, denn außerhalb der Sprechstunden blieb die Haustür verschlossen und ertönte anstatt des automatischen Gongs ein melodisches Glockenspiel.

»Ich gehe schon ...«, sagte er.

Dabei hielt er schon die Serviette in der Hand und wischte sich den Mund ...

Es war Mandalin.

»Ich störe wohl ... Sie sind noch bei Tisch ... Ich wollte erst telefonieren, aber da ich gerade vom Krankenhaus heimfahre ...«

Das Besteckklappern im Eßzimmer hatte aufgehört. Germaine horchte, nachdem sie den Kindern bedeutet hatte, still zu sein.

»Kommen Sie in mein Sprechzimmer.«

Er machte die Tür hinter sich zu.

»Hören Sie mal, Väterchen, Ihr Patient wird langsam lästig!«

Warum vernahm Bergelon diese Worte mit einer gewissen Befriedigung? War es zu glauben, daß ihn alles brennend interessierte, was mit Cosson zusammenhing?

Plötzlich schienen seine kleinen Augen zu lächeln, sich über Mandalin und über die Angst lustig zu machen, die dieser sich anmerken ließ. Vor allem im Profil wirkte er noch kaninchenhafter als sonst, wie ein von irgendeinem Geräusch verschrecktes Karnickel ...

»Ich war heute morgen beim Staatsanwalt ... ich habe Sie telefonisch zu erreichen versucht, aber Ihre Frau sagte mir, Sie seien unterwegs ... Wie geht es ihr übrigens?«

Mandalin vergaß nämlich nie, was sich gehörte.

»Danke, gut ...«

»Meine Frau würde sie gern dieser Tage zum Tee einladen ... Wo war ich stehengeblieben? ... Mit Staatsanwalt Brévannes bin ich befreundet ... Ich habe seine Frau und seine Tochter operiert ...«

Er senkte die Stimme und sah zur Tür. »Dieser Cosson ist ein Irrer, ein gemeingefährlicher Irrer! Stellen Sie sich vor, er hat einen langen Brief an den Staatsanwalt geschrieben, voller plumper Vorwürfe. Er fordert eine Exhumierung und Autopsie und behauptet, seine Frau sei unter skandalösen Umständen entbunden worden ...«

Mandalin hob die Brauen, denn ihm war, als habe Bergelon gelächelt.

Und das stimmte fast. Er lächelte zwar nicht offen, aber die Mitteilungen seines Kollegen berührten ihn auch nicht weiter, und beinahe wäre ihm in einer kindischen Anwandlung ein »Donnerlittchen!« herausgerutscht.

Denn es tat ihm gut zu sehen, wie die Unruhe an Mandalin fraß. Dagegen schien das nicht gerade behagliche und auch nicht sehr saubere Sprechzimmer in friedliche Beschaulichkeit gebadet.

»Er zitiert Einzelheiten, um wieviel Uhr angerufen wurde, Äußerungen meiner Oberschwester, Auskünfte, die er aus Mademoiselle Berthe herausgeholt hat. Nach seinen Angaben sind wir beide betrunken eingetroffen. Er behauptet auch – der Junge hat Phantasie –, sie seien mit einer Zigarre im Mund in den Operationssaal gegangen ...«

»Und weiter?«

War es das, worauf Bergelon seit Tagen gefaßt war? War er erleichtert, weil endlich etwas passierte?

»Sie sehen nicht aus, als würde Ihnen das was ausmachen! Freilich kann das Ihnen in Ihrer Lage auch kaum schaden ...«

Was zusammen mit dem vielsagenden Rundblick auf das Sprechzimmer heißen sollte:

»... Ihnen als kleinem praktischen Arzt!«

Bergelon hatte seine mit Rotwein befleckte Serviette immer noch in der Hand.

»Zum Glück ist Brévannes mit mir befreundet und kennt mich ... Ich habe ihm einen Bericht mit unser beider Unterschrift zugesagt ... Notfalls lasse ich ihn von zwei Kollegen gegenzeichnen, die uns bestätigen, daß alles seine Ordnung hatte, und die Anzeige wird abgewiesen ... Trotzdem, dieser junge Haderlump, wenn ich den zwischen die Finger kriege ...«

Das Schimpfwort freute Bergelon derart, daß er am liebsten wiederholt hätte: ›Dieser junge Haderlump!‹

»Wenn Sie einverstanden sind, schreibe ich den Bericht heute nachmittag ... Kommen Sie zum Unterzeichnen bei mir vorbei, oder soll ich ihn Ihnen von meiner Sekretärin vorbeibringen lassen?«

»Ist mir gleich. Oder lassen Sie ihn doch lieber vorbeibringen ...«

»Ich muß jetzt los ... Ich habe gleich drei Operationen ... Dazu noch den Bericht ... A propos ... Ich brauche wohl kaum zu erwähnen, daß Sie heute abend bei mir speisen? ...«

Die arme Germaine! Sie war schon jetzt ganz geschlagen. Als sie aufblickte, um ihrem Mann beim Hereinkommen ins Gesicht zu sehen, war sie auf allen Kummer dieser Welt gefaßt, und da lächelte Bergelon ganz unbeschwert.

»Gibt's was zum Nachtisch?« erkundigte er sich und setzte sich wieder zu Tisch.

»Kompott ... Nichts Schlimmes?«

»Warum?«

»Ich weiß nicht ... Ich dachte ...«

Aber nein! Nichts Schlimmes. Das Räderwerk begann zu mahlen, das war alles. Merkwürdig, dieser Brief, den Cosson an die Staatsanwaltschaft geschrieben hatte. Ein junger Haderlump, hatte Mandalin geschimpft. Aber im Grunde gar nicht so dumm. Nur zu weit vorgeprescht!

»Mimile! Mach die Haustür auf und schalt den Gong ein!«

Es war halb zwei, und die Patienten würden gleich kommen.

»Ißt du kein Obst?«

Sie bemerkte, daß er die Ellbogen auf dem Tisch aufstützte und so aß, wie es den Kindern immer wieder verboten wurde.

»Sag's ihm, Mutter!« forderte sie der Junge auf, als er vom Aufschließen der Haustür zurückkam.

»Das paßt jetzt vielleicht nicht so recht«, wehrte sie ab.

»Paßt nicht so recht? Warum soll was jetzt nicht recht passen?« wunderte sich Bergelon.

»Mimile übertreibt. Erst wollte er eine Pfadfinderkluft. Dann war der Beitrag fällig. Dann brauchte er unbedingt ein Fahrrad. Und jetzt, stell dir vor, will er, daß wir ihm ein Zelt kaufen. Anscheinend wollen die Wölflinge nächsten Monat jeden Samstag im Wald von Méran zelten ...«

»Na und?« staunte Bergelon.

»Meinst du nicht auch, daß er noch zu klein ist, um ...«

»Da sind noch Kleinere dabei als ich! Sogar ein Mädchen, sie ist erst sieben und macht bei den Jungs mit!«

»Kaufen wir ihm doch das Zelt ...«

Und weil der Gong gerade ertönt war, zündete Bergelon sich eine Zigarette an, rollte seine Serviette zusammen, schob sie durch den Holzserviettenring und ging hinüber in die Praxis.

Früher einmal hatte er unheimlich Schwein gehabt. Wie alt war er damals genau gewesen? Er war gerade in der Quinta gewesen, auf dem Gymnasium. Sein Vater scherte sich nie um seine Schulnoten. In dem Jahr hatte er die Romane von Alexandre Dumas entdeckt und verschlang bis zu zwei Bände täglich, sogar auf dem Schulweg und während des Unterrichts, machte keine Hausaufgaben mehr und lernte seine Lektionen nicht. Schon im Juni war ihm klar gewesen, daß er nicht versetzt werden würde, und mehrmals am Tag wurde ihm himmelangst, ohne daß er es über sich gebracht hätte, etwas zu unternehmen und seinen Dumas links liegenzulassen.

Und dann waren seine Ängste vier Tage vor den Abschlußarbeiten einem Fieber gewichen. Eines Morgens hatte er 39,5 Temperatur. Tags darauf diagnostizierte sein Vater bei ihm Paratyphus.

Ein herrlicher Monat, nachdem das Gröbste vorbei war, oben auf seinem Zimmer, ganz allein mit den Büchern! Er magerte ab, vergeistigte zusehends. Als er dann langsam wieder genas, erregte er solches Mitleid, daß man ihm bei den Versetzungsprüfungen im Oktober alles nachsah!

»Was haben Sie auf dem Herzen, Madame Barmat?«

»Es ist wegen dem Krankenschein... Mein Mann ist heute morgen noch nicht hochgekommen... Er hat immer noch Schmerzen...«

Das war nicht wahr. Ihrem Mann fehlte überhaupt nichts, er hatte bloß beschlossen, die Zimmer neu zu weißen, und wollte trotzdem seinen Lohn kassieren.

»Geben Sie den Krankenschein her...«

Er unterschrieb. Noch gestern hätte er es nicht getan. Er hieß den Nächsten eintreten, dann wieder den Nächsten, und an diesem Nachmittag war ihm alles so herrlich leicht. Wie damals, als er mit 39,5 im Bett gelegen hatte. Nichts war mehr so wichtig. Das Gehämmer der Kesselschmiede Halkin hörte er kaum noch, und er achtete auch nicht auf den vertrauten Pausenlärm.

Germaine brachte ihm seine Tasse Tee und zog sich auf Zehenspitzen zurück. Sie schlich immer so durchs Wartezimmer, als müsse sie sich bei den Patienten entschuldigen.

Gab es Patienten von ihm im Haus Céciles, über dem Schuhmacher? Er hatte keine genaue Vorstellung, wo das war. In die Rue des Minimes kam er kaum, und er hatte dort noch nie einen Hausbesuch gemacht. Sie lag unweit vom Kino, kurz vor der Brücke.

»Ich nehme immer doppelkohlensaures Natron...«

»Sie nehmen besser gar nichts mehr und lassen die Aperitifs sein...«

Noch eine Bescheinigung, diesmal für einen kleinen Jungen, der Mumps hatte und nicht zur Schule konnte.

Ein letzter Patient. Ein letztes Rezept. Zwanzig Francs. Manche hatten das Geld schon bereit und hielten es im Wartezimmer die ganze Zeit in der Hand, um es gleich beim Eintreten auf eine Ecke des Schreibtischs zu legen.

Er konnte hingehen und die Haustür zumachen. Die Kinder waren aus der Schule zurück.

»Elias! Du vergißt hoffentlich nicht, daß du heute zum Zahnarzt mußt?« Er hatte es vergessen, aber das machte nichts.

»Ist Annie soweit?«

»Sie putzt sich gerade die Zähne; sie kommt gleich runter.«

Er nahm seine Tochter mit. Zum Zahnarzt war es ziemlich weit, bis ins Stadtviertel St.-Éloi.

»Was kriege ich, wenn ihr Mile ein Zelt kauft?«

Daß er seine Tochter nicht liebte, war nicht ganz richtig, aber es machte ihm keinen Spaß, mit ihr zusammenzusein. Sie rechnete, legte Geld beiseite. Von ihren Freundinnen sprach sie wie von Frauen und grenzte sich schon in ihrem Alter von bestimmten sozialen Schichten ab. In die Schule wäre sie nie ohne Handschuhe gegangen!

Der Zahnarzt war ein ehemaliger Klassenkamerad. Während an Annies Zahn gebohrt wurde, ging Bergelon im Behandlungszimmer herum und bewunderte die Instrumente. Der Kollege berichtete ihm vom Beschluß der Ärztekammer, das Honorar für Hausbesuche anzuheben, und ...

Sie gingen wieder. Annie faßte ihn an der Hand.

»Ich hab nicht geschrien!« lobte sie sich.

Bergelon hatte gewiß keine Schuld an dem, was dann geschah. Vielleicht dachte er irgendwie an Cécile, die um diese Zeit bestimmt zu tun hatte.

Nicht einmal das! Er ging mit der Menge, weitergezerrt von seiner Tochter, die die Auslagen betrachtete und unaufhörlich plapperte. Der Himmel hatte sich bezogen, die Straßen hatten ihre Farbigkeit verloren. Er strebte nicht bewußt absichtlich zur ›Sanzi-Bar‹, er ging nur dort vorbei, weil es der kürzeste Heimweg war.

»Ich muß daran denken, meinen Hut abzuholen!« sagte er sich, als sein Blick auf das Ladenschild des Hutmachers fiel.

Im selben Moment spürte er, daß etwas fällig war. Er merkte, daß jemand mit großen Schritten über die Straße setzte, und hätte fast den Arm gehoben, um einen Schlag abzuwehren.

Er dachte bei sich: »Jetzt greift Cosson mich an!«

Dabei hatte er zum ersten Mal gar nicht zur Bar hingesehen. Der andere war völlig außer sich. Schon vor einer Weile hatte er nach ein paar Gläschen der Bardame höhnisch lächelnd angekündigt:

»Gleich setzt es was!«

Die Straße war belebt. Es war sechs Uhr. Vor dem Kino wurde das Trottoir schmaler. In einer ersten, ganz instinktiven Reaktion ging der Doktor schneller, um Aufsehen zu vermeiden, aber umsonst. Der Feind näherte sich raschen Schrittes, ein Arm wurde ausgestreckt. Bergelon zog die Schultern ein.

Und Cossons Hand fiel auf eine seiner Schultern, packte ihn sogar an der Jacke, so daß der Ärmel hochrutschte und ihm körperlich ganz flau wurde.

»Moment mal, Doktor!«

Er stand vor ihm und blockierte den Weg. Er wollte Aufsehen. Das Mädchen an Bergelons Hand und die Passanten, die sich bereits umdrehten, waren ihm egal.

»Mal nicht so eilig! ... Ich hab Ihnen etwas zu sagen ...«

Eine Frau mit Einkaufstasche (ein Lauchstengel ragte heraus) blieb als erste stehen.

»Lassen Sie mich vorbei ...«

Feigheit war das nicht. Der Doktor war immer noch bemüht, einen Menschenauflauf zu vermeiden.

»Erst wenn ich Ihnen gesagt habe, was ich auf dem Herzen habe ... Und wenn von uns einer berechtigt ist, nach der Polizei zu rufen, dann ich, verstanden? ...«

Annie zog ihren Vater verschreckt am Ärmel und murmelte:

»Komm! ... Laß ihn ...«

Aber Jean Cosson hielt den anderen Ärmel fest. Er war größer als sein Gegner. Automatisch schüttelte er ihn, so daß sich Bergelon wie ein lächerlicher Hampelmann vorkam.

»Sie wissen schon, wovon ich rede, ja? ... Mein Privatleben geht nur mich an ... Aber ob Ihre Patienten leben bleiben, geht Sie was an ...«

Er zitterte von Kopf bis Fuß. Er mußte sich stundenlang, vielleicht tagelang aufgeputscht haben, um sich in diesen aufgereizten Zustand zu versetzen. Er stotterte die Silben hervor, und dabei stand er unter Beobachtung aus der kleinen Bar, in der er angekündigt hatte, daß es gleich was setzen würde.

»Wenn ich Sie noch mal dabei erwische, daß Sie eine gewisse Person behelligen, Sie wissen schon, wen, gibt's was auf die Schnauze, kapiert?«

Passanten waren in einem Meter, drei Metern, fünf Metern Abstand erstarrt. Sie warteten ab, ob es ernst wurde. Gleich würden sie einen Kreis bilden.

»Komm, Vater... Komm!« wiederholte Annie und biß sich auf die Lippen, um nicht loszuweinen.

»Kapiert?« wiederholte Cosson.

Vielleicht waren sie beide gleichermaßen verwirrt? Dem Doktor fiel gar nicht ein zuzuschlagen. Er kam erst hinterher darauf, als der andere, nachdem er ihn noch mal geschüttelt hatte, bereits wieder einen Meter entfernt war. So hätte er reagieren müssen, wurde ihm jetzt klar: eine mitten ins Gesicht schlagen, mit einem knappen linken Haken, und sich dann mit Würde entfernen.

Er hatte es nicht getan. Er hatte nichts gemacht, nichts gesagt. Die Ohren brannten ihm. Bevor Cosson wieder über die Straße zurück in die Bar ging, fragte er sich offenbar, ob das genüge, ob er nicht noch etwas Aufsehenerregenderes riskieren solle.

»Kapiert?«

Offenbar fiel ihm sonst nichts mehr ein, und als in etwa dreißig Metern Entfernung eine Polizistenmütze auftauchte, zog er sich zurück, machte kehrt, überquerte die Straße und wiederholte dabei stereotyp:

»Kapiert?«

Die Frau mit dem Lauch seufzte:

»Der ist ja besoffen!«

Was Bergelon erröten ließ, denn sie sagte das, um ihn zu trösten. Folglich hatte sie Mitleid mit ihm.

Der Polizist, der keine besonderen Vorkommnisse mehr sah, blieb mitten auf der Straße stehen. Die Passanten setzten sich wieder in Bewegung. Annie zerrte ihren Vater am Arm. Sie beruhigte sich erst, als sie in der Rue des Prêtres in Sicherheit waren.

»Was hat er gewollt?« fragte sie ihn dann. »Wer war das?«

»Niemand.«

Er gab diese Antwort nicht bewußt, aber er hörte selber, wie er das sagte.

»Warum wollte er dich schlagen?«

Er sah sein Spiegelbild in einem Schaufenster. Die Schulter, an der er gepackt worden war, stand immer noch höher, weil sich darunter eine Westenfalte gebildet hatte, und es war ihm peinlich.

Er hätte ihm eine schmieren sollen ...

Zu spät.

»Warum ist er auf dich losgegangen?«

Düster wirkten die Straßen an einem Sommerabend ohne Sonne, und die Straße, die sie jetzt einschlugen und die weder Läden noch Geschäfte hatte, hallte hohl.

Beinahe hätte er seine Tochter gebeten, Germaine nichts zu verraten, aber Annie würde geheimnisvoll tun und sich wichtig machen, und am Ende wurde dadurch alles nur noch schlimmer.

Um das Maß der Lächerlichkeit voll zu machen, wartete Germaine unter der Haustür, als sie um die Ecke bogen, stürzte ihnen entgegen und keuchte:

»Was ist passiert? Bist du geschlagen worden?«

Sie war bereits im Bilde! Eine Nachbarin, die Tochter des Friseurs, hatte den Beginn des Auftritts mitbekommen und bei den Bergelons geklingelt.

»Sie werden's nicht glauben, Madame Bergelon! Da ist ein Kerl stracks auf Ihren Mann losgegangen, in der Rue St.-Nicholas...«

Auch sie lauerte unter ihrer Haustür. Und noch ein paar andere Frauen ein paar Häuser weiter.

Alles war grau, von einem einheitlichen, satten Grau.

»Er ist auf Papa los und hat...«

Annie berichtete. Bergelon wollte nur noch eins, ins Haus, die Tür hinter sich zumachen, seine Weste ausziehen, die ihn am Ärmelansatz zwickte.

»Wer war es? Cosson?«

Germaines Tonfall sagte alles. Mit jeder Faser verkündete sie: »Ich hab's ja geahnt! Die ganze Zeit schon habe ich so was befürchtet...«

Im Hausflur bohrte sie weiter.

»Bist du sicher, daß er dich nicht geschlagen hat?«

Als ob er das nicht gespürt hätte! Oder sich einen Spaß daraus machte, es abzustreiten!

»Aber nein! Aber nein!«

»Er hat gesagt...« fing Annie wieder an, »er hat zu Papa gesagt, daß er, wenn er...«

Und er, um ein Ende zu machen:

»Daß er mir eins auf die Schnauze haut, wenn ich mich noch mal in seine Angelegenheiten mische, das war alles! ... Der ist doch verrückt... Er war besoffen... Und jetzt laßt mich in Frieden...«

Er knallte die Tür seines Sprechzimmers hinter sich

zu, und drinnen entspannte sich sein Gesicht wie von selbst.

Fünf Minuten später hatte er dieselbe Miene aufgesetzt wie bei Mandalins Besuch. Beinahe hätte er sogar gelächelt.

4

Er war eben heruntergekommen, noch ohne Hemdbrust und in Pantoffeln, wie immer, gleich nachdem er die Haustür zufallen hörte und mit Rasieren fertig war. Die Kinder waren fort zur Schule. Ihre Mutter machte wie gewohnt jetzt ihre Einkäufe. Das Haus war leer, und irgendwas köchelte auf dem Herd und roch gut. Ohne die Tür aufzumachen wußte er, daß auf der Schwelle neben dem Kasten für die Milchflaschen das abgezählte Kleingeld lag.

In einem Ritual, das seit Jahren feststand, wandte er sich zuerst dem Briefkasten zu. Sensationelles hatte er nicht zu erwarten: Vereinsmitteilungen, Arzneimittelreklamen, allerhand Drucksachen. Er stopfte die Briefumschläge in die Tasche seines Hausmantels und entfaltete noch im Stehen den *Phare de Bugle*. Den Lokalteil auf der dritten Seite, der am schlechtesten gedruckt war, nicht mal richtig schwarz, überflog er mit fast professioneller Flüchtigkeit ... Radfahrer angefahren ... Autounfall ... Kind von Hund gebissen ...

Durch das Guckfenster in der Haustür flutete Sonnenlicht herein und zeichnete ihm ein Rechteck auf die Zeitung.

Bekanntmachung: Um Gerüchten entgegenzuwirken, die von bestimmter Seite gewissenlos ausgestreut wer-

den, hat die Vereinigung der Chirurgen und Ärzte des Kreises Bugle gestern abend eine Erklärung verabschiedet, in der sie bekräftigt, daß sie ohne Einschränkung hinter den beiden betroffenen Kollegen steht.

Nach eingehender Prüfung der Vorwürfe gegen einen Chirurgen und einen praktischen Arzt unserer Stadt hat die Ärztekammer darauf erkannt, daß der angesprochene Eingriff ordnungsgemäß verlaufen ist.

Bergelon beteiligte sich selten an den Zusammenkünften der Kammer; allerdings konnte er sich unschwer vorstellen, wie sich Mandalin auf der Sitzung gestern abend gebärdet haben mußte.

Dumm! Ausgesprochen dumm! Und so anmaßend und plump!

Von der Straße hörte er Schritte. Sie wurden langsamer, dann blieb jemand vor der Haustür stehen. Ohne das Guckfenster zu beachten, warf der Passant etwas in den Briefkasten, und begegnete Bergelons erstauntem Blick aus dem Halbdunkel des Hausflurs durchs Gitter erst, als er den Kopf wieder hob.

Jean Cosson! Einen Moment standen sich die beiden Männer gegenüber, gleichermaßen verblüfft und nur die Haustür zwischen sich. Schließlich zuckte Cosson mit den Schultern und ging in Richtung Uferpromenade davon.

Bergelon aber nahm seinen Brief aus dem Kasten und ging ins Eßzimmer, wo sein Platz noch gedeckt war, denn er frühstückte immer erst nach der Familie. Er goß sich Kaffee ein, wählte ein knuspriges Hörnchen, legte seine Post auf den Tisch und riß erst dann den Umschlag auf.

Eines schönen Tages fängst Du Dir eine Kugel ein.

Mehr nicht! Die Unterschrift erübrigte sich. Auch wenn der Doktor Cosson nicht gesehen hätte, wäre er im Bild gewesen. Einigermaßen verwunderlich war nur, daß Cosson ihn duzte und so mittlerweile eine gewisse Intimität zwischen ihnen anerkannte.

Bergelon frühstückte zu Ende und ging dann ins Schlafzimmer, um sich vollends anzuziehen. Inzwischen war seine Frau mit ihren Einkäufen vom Markt zurück. Dann radelte er davon zu seinen üblichen Hausbesuchen im Viertel, kam dabei an der Metzgerei vorbei, über der Cosson wohnte, und bemerkte, daß die Fenster im ersten Stock zu waren.

Es wurde ein besonders beschaulicher Tag, den er häppchenweise zu genießen vermeinte, vor allem am Vormittag, seiner bevorzugten Tageszeit. Er war ruhig. Völlig unbeschwert untersuchte er seine Patienten. Von Zeit zu Zeit dachte er an Cosson, wie ein junger Mann, der sich mitten in der Tagesroutine erinnert, daß er verliebt ist, gerührt im Arbeiten innehält und seine Gedanken abschweifen läßt.

Nichts passierte, außer einem Telefonanruf Mandalins.

»Hallo! . . . Hast du's gelesen?«

Erst hatte er ihn ›Väterchen‹ genannt, jetzt duzte er ihn sogar, und das ging Bergelon gegen den Strich.

»Hab ich.«

»Es mußte ein Punkt gemacht werden . . . Wenn er jetzt keine Ruhe gibt . . . Wie geht es Ihrer Frau Gemahlin?«

Die kleine grellrote Bar mied er, aber gegen Abend mußte er an der Metzgerei vorbei, und die Fenster waren immer noch zu, obwohl die Luft so lau war.

Noch ein Tag verging, dann noch einer, ohne besondere Vorkommnisse, mehr oder minder ausgefüllt mit Alltäglichkeiten. Das einzig besondere war, daß Germaine mit Émile das Zelt kaufen ging. Als Bergelon das Paket erblickte, mit Zeltbahn, Spannschnüren und Stangen, wollte er es unbedingt im Gärtchen aufbauen und brachte zwei Stunden damit zu, während der alte Hautois in seiner Mansarde umsonst auf ihn wartete.

Nichts geschah. Die Zukunft hing wie in der Schwebe, und dennoch war Bergelon am dritten Tag klar, daß er neue Ereignisse auslöste, als er in die Rue des Minimes einbog.

Sie grenzte an das Viertel St.-Nicholas und war schon nicht mehr so still und wohlanständig wie die Straßen seines Viertels. Hier herrschte mehr Betrieb. In den Häusern waren allerlei Handwerksbetriebe, ein Tapezierer, ein Polsterer, ein Klempner, ein Radiobastler und eine seltsame Leihbücherei, wo man gegen Tagesgebühr Schundromane leihen konnte.

Türen und Fenster standen offen. Alte Leute saßen vor ihren Häusern. Aus der Gosse roch es nach Armenviertel, und zwischen den Häusern begannen die verkommensten Gäßchen mit noch mehr Gestank.

Bergelon war nicht mit dem Rad unterwegs. Er nahm sich Zeit. Von weitem schon erkannte er das Lädchen des Schusters, und es überlief ihn kalt. Über einem Fenstersims im ersten Stock hing Jean Cosson, wie alle anderen in Hemdsärmeln, rauchte Pfeife und ließ den Blick über die Straße schweifen.

Er erspähte den Doktor und wandte sich zurück ins Halbdunkel des Zimmers. Offenbar sagte er etwas, denn Cécile trat im Morgenmantel hinter ihn, legte ihm die Hand auf die Schulter, beugte sich vor, und ihr Mund formte ein stummes »Wo?«

Cosson deutete mit dem Pfeifenstiel auf Bergelon, und einen Augenblick konnte man glauben, er werde ihn anrufen. Er tat aber nichts dergleichen, spuckte bloß aus, und man hörte den Rotz auf dem Bordstein aufklatschen.

Am Sonntag darauf fuhr die ganze Familie aufs Land, um Miles Zelt im Freien auszuprobieren. Der Himmel war wie tönender Kristall, bis um vier Uhr nachmittags ein Gewitter losbrach und sie zwang, in einer kleinen Dorfkneipe Schutz zu suchen, wo lauter Männer im Halbdunkel an Tischen vor ihrem Schoppen Rotwein saßen. Annies weiße Schuhe hatten Wasserflecken, und ihr neuer Strohhut war verquollen. Nur Mimile war während des Sturzregens in seinem Zelt geblieben.

»Und wenn der Blitz bei ihm einschlägt?« seufzte Germaine.

Eine zufällige Begegnung am Montag danach. Um vier Uhr nachmittags bemerkte Bergelon im Stadtzentrum Cécile, hinter der in ein paar Schritt Abstand ein etwa fünfzigjähriger Mann herging. Er beobachtete die beiden vom Trottoir gegenüber. An der Straßenecke wandte sich Cécile kurz um. Der Mann mußte ihr zugenickt haben. Sie tat ein paar rasche Schritte in die Seitenstraße und verschwand in einem Stundenhotel, von dessen Existenz Bergelon keine Ahnung gehabt hatte. Ein paar Sekunden später ging auch der Mann dort hinein.

Etwa zehnmal war Bergelon an Cossons Wohnung vorbeigegangen, und nicht ein einziges Mal hatte er offene Fenster gesehen. Auch abends war er da vorbeigegangen und hatte keinerlei Licht gesehen, obwohl vor den Fenstern keine Läden waren.

Voller Ungeduld erwartete er den Mittwoch. Alles war wie sonst, die hohen Roßkastanien des Boulevard de l'Hôpital, die exerzierenden Soldaten, die Mädchen, die trüppchenweise vom Stadtzentrum kamen, und schließlich Kommissar Grosclaude mit seiner stinkenden Pfeife.

Warum hatte er befürchtet, Cécile würde nicht kommen? Sie erschien wie sonst auch in ihrem blauen Schneiderkostüm, ihrem weißen Hut, ihrer Bluse und wartete auf der Bank, bis sie an die Reihe kam. Bergelon sah ihr absichtlich nicht ins Gesicht und war geniert, als sie sich auf den Gynäkologenstuhl schwang, der zur Untersuchung diente.

Sie blickte nicht weg. Im Gegenteil, sie beobachtete ihn mit unverhohlener Neugier, als sei er für sie seit voriger Woche mehr als nur der Amtsarzt für die Registrierten.

»In Ordnung...«

Allmählich wurde er ungeduldig. Ihm schien, als lasse das, was geschehen mußte, auf sich warten, finde vielleicht gar nicht statt.

Am selben Nachmittag sah er Cécile noch mal auf der Straße, die sie mit professionellem Gang entlangschlenderte. Er ging an der ›Sanzi-Bar‹ vorbei und war enttäuscht, Cosson dort nicht zu sehen, obwohl es die Zeit dafür war.

Als er nach Hause kam, streckte ihm seine Frau einen Umschlag hin, und er erkannte die Handschrift darauf wieder und meinte fast, auch Germaine habe sie erkannt, so besorgt war sie.

»Er ist nicht frankiert!« bemerkte sie. »Jemand hat ihn so in den Briefkasten geworfen ...«

Glauben Sie bloß nicht, ich rege mich ab! Ich schiebe es spaßeshalber hinaus, aber ich kriege Sie schon noch.

Na sowas! Warum duzte ihn Cosson nicht mehr?

»Was steht drin?« fragte Germaine.

»Nichts ... Ein Irrer ...«

»Laß sehen ...«

Er tat das Falsche – schon wieder. Er spürte es jedesmal gleich, wenn er etwas Falsches tat. Und weil seine Frau nun erst recht unruhig werden sollte, zeigte er ihr den Zettel.

»Von Cosson?«

»Klar.«

»Sag mal ... Glaubst du, Mandalin hat in jener Nacht? ...«

»Mandalin war besoffen!«

»Und?«

»Und er hat sie umgebracht, sie und das Kind ...«

Wie konnte er so was so distanziert, ja fast heiter aussprechen?

»Hast du keine Angst vor dem Jungen? ... Ich an deiner Stelle ginge zur Polizei ...«

Er war fahrig, aber von einer angenehmen Fahrigkeit. Die kleinen Sorgen waren nicht mehr so wichtig. Belustigt sah er manche ängstlichen Patienten an.

»Aber nein, daran sterben Sie nicht. Warum wollen Sie denn sterben? Bin ich vielleicht gestorben?«

»Sie haben schließlich keinen Krebs!«

»Woher wollen Sie das wissen? Niemand weiß, ob er nicht Krebs hat...«

Es trieb ihn stärker um als sonst. Noch zweimal war er in der Rue des Minimes vorbeigegangen. Beim erstenmal hatte er niemand zu Gesicht bekommen. Beim zweitenmal hatte er Cosson am Fenster sitzen sehen, mit einem Buch, das wohl aus der Leihbücherei nebenan stammte.

»Doktor Mandalin hat angerufen... Du sollst ihn zurückrufen...«

Mandalin konnte ihn mal. Er rief nicht zurück. Und Schlag drei Uhr, er war gerade mit einer Patientin beschäftigt, wieder mal mit Madame Pholien, die ihrer eingebildeten Blinddarmentzündung nachrannte, wurde schüchtern angeklopft, und er machte die Tür einen Spaltbreit auf. Es war Germaine.

»Kannst du mal kurz kommen?«

Er begriff, daß es was Ernstes war, entschuldigte sich bei Madame Pholien und folgte seiner Frau in den Flur.

»Jemand von der Polizei. Ich habe ihn in den Salon geführt...«

Er stieß die Tür auf und stand vor einem Inspektor, den er nicht kannte.

»Entschuldigen Sie die Störung, Herr Doktor. Eben

hat uns Ihr Kollege aufgesucht, Doktor Mandalin. Sie wissen sicher, um was es geht?«

Bergelon zuckte nicht zusammen und straffte sich sogar. Sein Gegenüber behandelte ihn mit einer Mischung aus Herzlichkeit und Achtung und schien mit dieser Haltung andeuten zu wollen, daß er ganz auf seiner Seite stand.

»Sicher wollen auch Sie Anzeige gegen diesen Cosson erstatten. Nach allem, was ich gehört habe, hat er Sie auf offener Straße beschimpft...«

Ein wegwerfendes Achselzucken, das bedeuten sollte: »Ist doch nicht wichtig...«

»Gestern, als Doktor Mandalin vor der Haustür eines Patienten aus dem Auto stieg, hat ihm Cosson ins Gesicht gespuckt und Beleidigungen und Drohungen ausgestoßen... Ich habe Erkundigungen über ihn eingezogen... Er ist nun schon eine ganze Woche nicht mehr in der Bank erschienen, wo er angestellt ist... Der Direktor hat aus Rücksicht auf seine Trauer jemand zu ihm geschickt und so erfahren, daß Cosson nicht einmal mehr zum Schlafen nach Hause kommt... Aus eigener Anschauung habe ich feststellen können, daß er zur Zeit mit einer Prostituierten in der Rue des Minimes zusammenlebt...«

Immer noch nichts, kein Wort von Bergelon, nicht mal ein zustimmendes Nicken.

»Wie ich schon Doktor Mandalin erklärt habe, können wir nicht viel machen, solange er sich nicht zu Straftaten hinreißen läßt... Wenn Sie allerdings Anzeige erstatten, kann ich ihn amtlich vorladen und ihm ein paar Paragraphen des Strafgesetzbuchs vorlesen... Verstehen Sie mich? ... Immerhin können wir ihn wegen Stadtstreicherei belangen ... Doktor Mandalin hat mir empfohlen, mich zuerst an Sie zu wenden ...«

»Ich habe ihm nichts vorzuwerfen!« behauptete Bergelon.

»Ach nein?«

Der Inspektor war enttäuscht, als habe er jemand auffordernd zugezwinkert, der einfach nicht verstehen wollte.

»Ich habe gemeint ... Auch der Chef hat mir zu diesem Besuch geraten ... Aber wenn alles in Ordnung ist ...«

Er suchte seinen Hut.

»Falls er Sie wieder belästigen sollte ...«

»Dann sage ich Ihnen Bescheid, ja ...«

Der Inspektor war kaum draußen, da lief Bergelon im Flur schon gegen Germaine.

»Was war?«

»Nichts.«

»Wieder Cosson?«

»Aber nein!«

Und er kümmerte sich wieder um Madame Pholien, die sich wieder angezogen hatte und ihn würdevoll und steif wie ein Denkmal erwartete.

Von fünf bis sieben machte er noch ein paar Hausbesuche. Der Zufall wollte es, daß ihm bei einem seiner alten Patienten, der schon bei seinem Vater in Behandlung gewesen war, ein Aperitif angeboten wurde.

Er war kein Trinker. Er war hierin übertrieben zurückhaltend, denn er hatte das schlechte Beispiel seines Vaters vor Augen. Auch wirkte Alkohol stark auf ihn, wie an dem Abend bei Mandalin. Wenn er einmal angefangen hatte, konnte er nicht mehr aufhören, und nach diesem Aperitif bei seinem Patienten verspürte er das Bedürfnis, vor dem Nachhausegehen in einem Café einzukehren und sich noch ein Gläschen zu genehmigen.

Germaine war so taktlos zu bemerken:

»Was hast du denn? Man könnte meinen, du hast was getrunken?«

»Ich habe bei den Chirons ein Gläschen getrunken. Na und?«

»Nichts ... du gehst noch mal weg?«

Denn er hatte seine Pantoffeln nicht angezogen wie sonst, wenn er den Abend zu Hause verbringen wollte.

»Ja, ich muß noch mal weg.«

»Kommst du spät heim?«

»Weiß nicht.«

Er war verspannt, spürte einen Druck auf den Schläfen. Er aß fast nichts und fuhr seine Tochter, die nichts verbrochen hatte, heftig an.

Er hatte einen wahren Abscheu vor diesem Instinkt seiner Frau, mit dem sie Unannehmlichkeiten vorhersah und der ihr auch heute abend sagte, daß Gefahr in der Luft lag.

»Du gehst doch nicht etwa zu *ihm*?« bohrte sie im Flur weiter und hielt ihn auf, als er im Gehen war.

»Nein!«

Aber genau zu *ihm* wollte er! Nicht gleich. Aber das war eher noch schlimmer. Er lungerte zuerst im bläulichen Neonlicht herum, mit dem ein langes Stück Trottoir ausgeleuchtet war. Dann trat er in eine der Bars. Da er nicht wußte, was er trinken sollte, bestellte er einen Calvados, weil eine Flasche direkt vor seiner Nase stand.

»Das gleiche noch mal . . .«

Er witterte dunkel, daß eine Gemeinheit im Gange war, und da keimte undeutlich ein noch uneingestandenes Mitgefühl mit Cosson in ihm auf. Aus seinem Rechtsempfinden heraus hatte er den Inspektor so kurz abgefertigt. Das ganze kam ihm vor wie ein Komplott: Mandalin und die Ärztekammer . . . Staatsanwalt Brévannes, mit Mandalin befreundet . . . Die Polizei eingeschaltet . . .

Er sah Cosson wieder in Hemdsärmeln am Fenster, mit beherrschendem Blick über die belebte Straße, und Cécile, wie sie viele Kilometer Trottoir abklapperte . . .

»Das gleiche noch mal, Kleiner . . .«

Nervöses Kniezittern, wie eine Warnung . . . Scheiß drauf! . . . Er betrat die Rue des Minimes, sah Licht im Fenster . . . Ihm schien, als zucke der Vorhang, als habe man ihn kommen sehen . . .

Dennoch trat er über die Schwelle, kam in ein Treppenhaus ohne Licht und tastete sich die Stufen hinauf. Er trat mehrmals fehl, machte Lärm. Eine Tür ging auf und warf ein Lichtdreieck auf die Treppe. Ein Mann stand auf dem Absatz und sah ihm entgegen.

Und plötzlich war Bergelon so nahe bei ihm, daß er ihn anfassen konnte. Er wollte gerade etwas sagen, aber die andere Stimme sprach:

»Kommen Sie rein!«

Cossons Stimme; er machte die Tür wieder zu. Auch Cécile war da, im Hauskleid, voller Sorge und Unruhe, und wollte eine Flasche vom Tisch räumen.

»Laß stehen!« befahl Cosson schroff.

Sofort begriff der Doktor, daß auch er betrunken war. Mit einer Gebärde, die ihm bekannt vorkam, war sich Cosson durch die Haare gefahren, die ihm ins Gesicht hingen. Seine Haut war von ungesunder Farbe, rot und weiß gefleckt, und die tief in den Höhlen liegenden Augen hatten einen unheimlichen Glanz.

»Laß stehen! ... Es ist nicht gut, wenn ich blau bin und er nicht ...«

Er war groß und wirkte noch größer in der engen Wohnung, die von einer Petroleumlampe an der Decke nur spärlich erhellt wurde, denn elektrisches Licht gab es im Hause noch keines. Direkt darunter, im Hinterzimmer des Schusterladens, hörte man eine Nähmaschine schnurren.

»Gib ihm ein Glas! Gieß es randvoll!«

Er atmete schwer. Er ging hin und her, konnte nicht stillsitzen. Er umkreiste den Doktor, als frage er sich, wo er ihn packen solle.

»Na was denn? Sie trinken nicht? Haben Sie Angst?«

Céciles blauer Rock und ihre Bluse hingen auf einem Kleiderbügel. Das Bett war nicht aufgeschlagen. Man konnte in eine kleine Küche hineinsehen, die wohl auch als Waschraum diente.

»Schenkst du ihm nochmal ein? Und gib mir auch was. Na los!«

Es war ein schlechter Fusel ohne Etikett, der im Hals kratzte und Bergelon Brechreiz verursachte, vor allem nach seinen Calvados.

»Setzen Sie sich doch ... Wohin Sie wollen ... Aufs Bett, wenn's beliebt ... Geben Sie doch zu, daß Sie Schiß haben ... Na? ... Und den haben Sie völlig zu recht ... Ich habe gesagt, ich bring Sie um, und das mach ich auch ...«

Er wandte sich mißgelaunt zu der jungen Frau, deren hellblauer Hausmantel in der düsteren Beleuchtung einen seltsamen Farbtupfer setzte.

»Und du, setz dich oder geh raus ... Du weißt genau, daß ich's nicht leiden kann, wenn du so herumstehst ...«

Und, vor dem Arzt hingehockt, die Haare mit einer Kopfbewegung zurückwerfend, die zwanghaft wirkte:

»Warum sind Sie hergekommen? ... Na los doch! ... Heraus damit! ...«

»Ich bin gekommen, um Ihnen zu sagen ...«

»Was zu sagen? ... Na los! ... Fangen Sie an! ... Sie wollten mir sagen, daß Sie meinen Kleinen und meine Frau nicht umgebracht haben, ja?«

»Nein!«

»Also geben Sie zu, daß Sie sie umgebracht haben, zusammen mit Mandalin?«

»Hören Sie mal, Cosson ...«

Er kämpfte gegen einen schwach leuchtenden Nebel an, einen dieser gelblichen Nebel, die die vertrauteste Umgebung in ein unwirkliches Zwielicht tauchen. Dennoch war nicht alles um ihn herum so unwirklich. Er erkannte sogar bestimmte Ausdünstungen, bestimmte Gerüche, ein gewisses Halbdunkel wieder, die ihn an die Kammer in Poitiers erinnerten, wo er sich Élise Noireaud mit seinem Studienfreund geteilt hatte, erinnerte sich an den Benzinkocher und die rote Bettdecke, an den Nachbarn, der von Zeit zu Zeit, wenn sie zu laut wurden, an die Wand wummerte... Auch damals hatten sie gesoffen, um sich einen anzutrinken.

»Hören Sie, Cosson... Ich weiß, was Sie denken...«

»Ich denke, daß Sie meine Frau und mein Kind umgebracht haben... Ist das wahr oder nicht?«

Bergelon sagte unwillkürlich:

»Es ist wahr, gewissermaßen...«

War er deswegen hergekommen? Er wußte es selbst nicht mehr. In seinem Kopf war nur noch Qualm. Dennoch war ihm alles bewußt, mit einer Bewußtheit, die bislang nebelhafte Zusammenhänge klarer hervortreten ließ. Nur, daß alles so schwer zu formulieren war und er ein Brett vor dem Kopf hatte.

»Ich werde versuchen, es Ihnen zu erklären... Sie selber haben doch verlangt, daß Ihre Frau in einer hervorragenden Klinik entbindet...«

»Sieh mal an!« pöbelte Cosson, schenkte sich ein und leerte sein Glas in einem Zug.

Zugleich quollen ihm Tränen unter den Lidern hervor – vielleicht weil er betrunken war?

Abgelenkt wurde er vor allem von diesem hellblauen Farbtupfer auf einem Stuhl im Halbdunkel, dieser reglosen und stummen Gegenwart Céciles, und von Wurstresten auf einem Papier und einem Rest Rotwein in einem Glas, Brotkrümeln auf dem Wachstuch des Tisches...

»Sie kapieren nicht, warum ich es so haben wollte, was?«

Plötzlich verzog er das Gesicht, seine Miene entspannte sich, und er schien kurz davor, loszuheulen.

»Blödmänner!« protestierte er, wie gegen sein eigenes

Gefühl. »Wenn ich bedenke, daß ich alles getan hatte ... Alles! ...«

Was getan? Und warum?

Er trank, wischte sich mit dem Ärmel ab, wurde weich, zerfloß in Selbstmitleid.

»Glauben Sie vielleicht, man hat es leicht, wenn der Vater nur ein kleiner Polizist war? ... Und die Mutter putzen gegangen ist, um einen auf die Schule schicken zu können! ... Hier im Viertel weiß das keiner, weil sie sich genierte und am anderen Ende der Stadt putzen ging ... So was verstehen Sie nicht, was? ... Und Ihr Mandalin erst recht nicht! ... Aber dem trage ich nicht mal was nach ... Der ist von einem anderen Schlag ... Aber Sie, Sie sind doch aus unserem Viertel ...«

Er fuhr sich mit der Hand durch den Schopf ... Sein Gesicht war jetzt rotfleckig auf weißem Grund, mit glänzenden Tränenspuren.

»Ich hab alles getan! ... Ich war immer so brav ... Und hatte nicht mal die zehn Sous in der Pause, um mir einen Schokoladenriegel zu kaufen ... Und meine kurzen Hosen waren aus alten Klamotten geschneidert, die meine Mutter geschenkt bekommen hatte ...«

Es stieß ihm schwer auf. Das kam von weit unten, dick wie Hefe, ätzend, gallenbitter, mit einem widerlichen Nachgeschmack, bei dem er den Mund verzog.

»Ich war Klassenprimus, ewig Klassenprimus! ... Und nachdem ich bei der Bank eingetreten war, habe ich, immer ich, die meisten Überstunden geschoben! ... Ich sehe schon, Sie kapieren immer noch nichts ... Denn wenn Sie kapieren würden, müßten Sie sich langsam was klarmachen ... Nur eine Frage: Sie als Arzt können mir sicher sagen, ob es nicht an der Dreckarbeit liegt, daß meine Mutter einen Bandscheibenvorfall gehabt hat... Ist ja egal! ... Ja, die Wahrheit ist mir egal... Ich hab schon kapiert... Sie brauchen mich gar nicht so anzuglotzen... Gib ihm zu saufen, Cécile, damit er mich nicht mehr so anglotzt! ... Ich bin besoffen, und er ist noch nicht besoffen genug...«

Folgsam goß die junge Frau ein Glas voll, reichte es Bergelon, setzte sich wieder und raffte züchtig ihren himmelblauen Hausmantel um die Beine.

Cosson trank ebenfalls, um sich zu betäuben und um seinen Koller zu übertünchen.

Man hätte meinen können, das sei seine große Stunde, er habe sich darauf vorbereitet, darauf gewartet, Bergelon allmählich mit Methode in diese Stube gelockt, wo die Vorstellung schwand, daß es jenseits des Nesselvorhangs noch eine Außenwelt gab.

»Mit mir konnte man alles machen, verstehen Sie? ... Ich war ein braver Junge... Ein Schwachkopf! ... Leichtgläubig... Und ich habe gespart... Meine Frau habe ich mir ausgesucht, weil sie noch mehr etepetete war als die anderen...

Ich wollte Oberbuchhalter werden, stellvertretender Direktor... Sagt Ihnen gar nichts, was?

Sie haben auch keine Vorstellung davon, wie es ist, wenn man sich eine Wohnung einrichtet, einen jungen Hausstand... Nach der Arbeit, nach den Überstunden, habe ich noch Nebenarbeiten gemacht, Buchhaltung für kleine Gewerbetreibende...

Um Geld zu verdienen!... Um anständig zu leben!... Um einen Salon zu haben!... Damit das Kind, wenn es zur Welt kommt... Schweinebande! ... Cécile, ist nichts mehr zu trinken im Schrank?«

Und die sanfte Stimme von Cécile:

»Nur noch Rotwein.«

»Her damit!«

Der Doktor mußte auch davon trinken, einfachen, gerbsauren Rotwein, der ihm aufstieß.

»Hören Sie, Cosson...«

Er wollte jetzt auch was sagen, sich erklären. Er wurde zapplig.

»Ich schwör Ihnen...«

»Maul halten! ... Heute rede ich! ... Ich habe ein Recht darauf, weil ihr alle, wie ihr da seid...«

Er spuckte einen Schluck Rotwein, der ihm nicht behagte, auf den Boden.

»Jetzt halten mich alle für einen Dreckskerl, weil sie erfahren haben, daß ich schon hierhergekommen bin, bevor... Nicht wahr, Cécile? ... Was kann ich denn dafür, daß meine Frau sich vor jedem Verkehr ekelte? ... Sag's ihm, Cécile, wie schön wir's zusammen hatten, wenn ich nach der Bank auf eine halbe Stunde vorbeikam... Und trotzdem ist meine Frau um keinen Sou zu kurz gekommen... Das kann Ihnen Cécile genauso beschwören wie ich... Beim ersten Mal, na ja!...«

Er weinte erneut, immer noch mit dieser Wehleidigkeit, die jederzeit in blinde Wut umschlagen konnte.

»Danach sind wir Kumpel geworden... Ich hab ihr immer alles erzählt... Mit ihr hab ich auch am meisten über das Baby geredet, das bei uns unterwegs war. Ich frage mich sogar... Ja, so muß es gewesen sein...

Cécile hat mich nämlich eines Tages gefragt, ob wir einen guten Geburtshelfer hätten ...

Sie haben's noch immer nicht kapiert? ... Ich hätte mein Leben so weitergelebt. Da bin ich ganz sicher... Man hat mir viel zu oft eingebleut, daß man vor allem anständig bleiben muß! ...

Wo doch ihr Schweinehunde alle ...

Ach! Die Nacht damals! ... Ich war ganz krank vor Angst... Ich bin rausgelaufen, wieder rein... Es hat mich immer mehr gepackt... Immer wieder hab ich zu meiner Frau gesagt:

›Hab nur keine Angst... Du bist beim besten Chirurgen von Bugle...‹

Und derweil...

Diesen Mandalin hab ich nicht gekannt... Er ist eben so... Sicher kann er gar nicht anders...«

»Hören Sie, Cosson...«

Der Doktor war aufgestanden und fühlte sich in einer Welt wie aus Watte. Er wußte, daß er mit Worten nicht alles sagen konnte, was er dachte, weil er betrunken war und Worte in diesem Zustand die Verbindung verlieren zu dem, was man denkt, in gar keinem Verhältnis mehr stehen zu den seltsamen Wahrheiten, die man entdeckt.

»Hören Sie zu... Es stimmt, daß ich ein Honorar bekommen sollte... Aber...«

»Nichts aber!«

Mit einer unerwarteten, wütenden Handbewegung fegte Cosson Gläser und Flasche vom Tisch.

»Ich kotz Ihnen vor die Füße! ... Da! ... Sind Sie jetzt zufrieden! ... Ich hatte vor, mich auf dem Grab umzubringen, am Tag der Beerdigung. Ich hatte einen Revolver dabei... Weil ich das auch sehr passend fand... Und dann habe ich Sie angesehen... Sie haben nicht mal gemerkt, wie ich Sie angesehen habe... Sie, Sie haben mit den Leuten auf der Beerdigung geplaudert, fast alles Patienten von Ihnen... Wie ein Abgeordneter mit seinen Wählern...«

Das stimmte! Bergelon war ganz betroffen. Er wußte gar nicht mehr, daß er auf dem Friedhof mit Leuten gesprochen hatte. Und trotzdem entsann er sich plötzlich, daß ihn unter anderem der Kesselschmied Halkin auf seine Leberbeschwerden angesprochen und er ihm ein Mittel dagegen empfohlen hatte!

»Ich wollte nach Hause und wieder in die Bank gehen... Die von der Bank widern mich genauso an wie Sie... Gib mir zu trinken, Cécile...«

»Es ist nichts mehr da.«

»Hol eine Flasche aus dem Bistro.«

Sie ging im Hausmantel weg.

Sie war kaum draußen, als Cosson schrie:

»Hast du sie dir auch gut angesehen, die da? Du untersuchst sie amtlich und kennst sie so intim wie ich. Aber trotzdem ist sie mehr wert als ihr alle zusammen... Das hab ich früher schon gewußt... Schon, als ich noch mit meiner Frau zusammen war... Was hat sie als erstes von mir gewollt, meine Frau?... Na?... Rate mal!...«

Er ließ sich auf den Bettrand fallen, neben den Doktor, und legte ihm die Hand aufs Knie.

»Sie wollte, daß ich eine Lebensversicherung abschließe, Alterchen!... Hab ich gemacht... Ich hätte alles für sie getan!... Weil ich um jeden Preis wollte, daß ... Versteh doch! ... Mein Vater war nur ein kleiner Polizist ...«

Er weinte jetzt, weinte wie ein Kind, das Gesicht in den Händen vergraben.

Er war sturzbetrunken. Er verhaspelte sich.

»Sie holt uns was zu trinken ... Da siehst du's! ... Und ihr ... Ihr schickt die Polizei, damit sie die Leute vom Erdgeschoß aushorcht ...«

»Ich schwöre Ihnen ...«

Die Trunkenheit erreichte jetzt ihren Höhepunkt.

»Schwör nicht! Das nützt auch nichts mehr ... Ich hab gesagt, daß ich dich kaltmache, und das mach ich auch. Wann, weiß ich noch nicht ... Eines schönen Tages, wenn ich die Schnauze voll habe ... Das verstehst du auch nicht, was?«

Seine Hand lag immer noch auf Bergelons Knie, und Bergelon hätte gern auch etwas gesagt, den Kokon gesprengt, in dem er gefangen war.

»Ich hab's doch gewußt«, brach er mühsam heraus, mit erhobenem Zeigefinger wie jemand, der eine wichtige Erklärung abgibt.

»Was?«

»Alles! ... Ich selber bin auch einer, der ... Erstens war mein Vater ein Säufer.«

»Was kann dir das schon ausmachen?«

»Ist dasselbe wie ein kleiner Polizist ...«

Das war es nicht, was er hatte sagen wollen, aber er selber verstand sich ganz gut.

»Und meine Mutter ist sofort, als er gestorben war, aufs Land gezogen ... In Poitiers hab ich eine Geliebte gehabt, die ...«

Er runzelte die Stirn. Im Kopf war ihm alles klar. Die Gedanken waren logisch geordnet. Aber sobald er sie äußern wollte, war kein Sinn mehr in den Sätzen.

»Verstehst du, Alterchen ...«

»Bist du unglücklich?«

»Das ist es nicht ...«

Der Rotwein kratzte ihn im Hals. Er fürchtete, sich erbrechen zu müssen.

»Es gibt Dinge, die verstehe ich vollkommen, weil ich selber, ich selber, weißt du, ich ...«

»Hast du Angst, daß ich dich kaltmache?«

»Nein ...«

»Aber wo ich es doch geschworen hab ... Schade ... Ausgerechnet jetzt ...«

Der Tisch tanzte. Das Bett schwebte mal nach oben, mal nach unten, wie ein Aufzug, und immer noch schnurrte unten die Nähmaschine.

»Mach, was du willst, aber ich muß dir noch sagen, daß ... Mandalin zum Beispiel ... Na schön ...«

Was hatte er sagen wollen? Ein anderer Gedanke geriet ihm dazwischen:

»Und den Inspektor vorhin ... den habe ich vor die Tür gesetzt, den Inspektor ...«

Das stimmte zwar nicht ganz, aber so war es gewesen, zumindest in seiner Erinnerung.

»Und bei Cécile würde ich, auch wenn sie angesteckt wäre ...«

Schritte im Treppenhaus. Cosson versuchte aufzustehen und sank wieder auf die Matratze zurück.

»Vielleicht stimmt das, was du sagst ... Aber wo ich es doch geschworen habe ...«

Sie kam zurück, beinahe lächelnd, jedenfalls gelassen, eine Flasche Wermut unter dem Arm.

»Was anderes habe ich nicht kriegen können.«

Sie suchte in einer Schublade nach einem Korkenzieher.

»Pst!« flüsterte Cosson. »Mach sie nicht kopfscheu ... Eines Tages mache ich dich kalt, aber ...«

»Aber deswegen brauchen wir heute nicht ...« soufflierte Bergelon.

»Aber deswegen brauchen wir heute nicht ... Siehst du! Soldaten zum Beispiel ...«

Diesmal gelang es ihm aufzustehen, aber der Schwung katapultierte ihn bis zum Tisch, den er beinahe umgeworfen hätte. Er wurde von ihm aufgehalten und hielt sich an ihm fest.

»Schenk ein, Cécile ...«

Bergelon hatte die Augen kurz geschlossen und zuckte zusammen, als der Korken knallte.

»Ich mach ihn eines Tages kalt, aber gib ihm trotzdem zu trinken ...«

Ein Schoß des blauen Hausmantels streifte ihn, ein leichtes Parfüm, die Berührung einer Hand.

»Wollen Sie nichts davon?«

»Er muß trinken!«

Er erhob sich. Man hielt ihm den Kopf. Süßlicher Wermut in seinem Mund und Hals, dann zwei, drei, fünf, zehn Lampen, die im Halbdunkel der Stube fast kreisrunde Höfe bildeten ...

Aus weiter Entfernung sagte eine Frauenstimme:

»Leg dich auch hin, Jean.«

Und jemand lachte dazu.

»Ich muß ihn trotzdem kaltmachen, was? ... Ich weiß genau, daß ich das mache ... Ich bin jetzt nicht müde ... Ich geh auf den Friedhof ...«

Unbestimmte Geräusche ... Das Kissen, in das er einsank ... Ein Ellbogen, der ihn knuffte ...

5

Ein kleines, kreisrundes, kohlschwarzes Auge, wußte er, tat sich auf und traf Germaine aus dem Geschlinge der feuchtwarmen Bettwäsche, ohne erst suchen zu müssen, ohne Zucken, ohne die Leere zwischen Schlaf und Wachwerden.

Geweint hatte sie. Spät war es, bestimmt bereits zehn, erkennbar daran, daß die Sonne schon weiter als bis zur Zimmermitte schien. Und wie er so reglos dalag, wußte Bergelon, daß er heute mit dem linken Bein aufstehen würde.

Er brauchte sich nicht mal anzustrengen: in seinem Kopf war alles klar, geordnet, Gestern und Heute, Leute und Gespräche, Gefühle auch. Allzu klar auch das Abbild Germaines, oder vielmehr war er selbst heute morgen zu hellsichtig, sah alles zu scharf.

Sie hatte geweint. Na und? Woher nahm sie sich das Recht? Vor allem, wo sie sich keinerlei Mühe gab, es hinterher zu vertuschen, und die rotgeränderten Lider wie einen Vorwurf spazierentrug!

Warum erblickte er sie blitzartig als Witwe? Er sah sie im Witwenschleier, in dem sie sich beim Gestikulieren verfing, mit noch röteren Augen und der ganzen faden Süßlichkeit, dem betulichen Mitleid der Witwen für alles um sie herum.

»Was gibt's?«

Das hatte er gefragt, aus dem Bett heraus, fixierte sie immer noch mit nur einem Auge, denn das andere war vom Zipfel des Kopfkissens verdeckt.

»Das hier ist gebracht worden ...«

Sie mußte schon eine ganze Weile im Schlafzimmer gestanden, ihn angesehen und darauf gewartet haben, daß er aufwachte. Mit übertriebenem Nachdruck legte sie ihm den Umschlag auf die Bettdecke, und er erkannte Cossons Handschrift.

»Du liest ihn gar nicht? Also weißt du, von wem er ist?«

Folglich wußte auch sie es. Er setzte sich im Bett auf, griff sich das zweite Kopfkissen, das ihre, und stopfte es sich hinter den Rücken.

»Was willst du noch?« knurrte er, wohl wissend, daß sie nicht weichen würde.

»Ich will wissen, was er schreibt. Heute morgen war er da.«

Interessiert hob er den Kopf.

»Die Kinder waren schon zur Schule. Die Haustür war nur angelehnt, für den Gemüsemann, denn ich war im Hof beim Wäschespülen. Als ich im Flur jemand hörte, hab ich geglaubt, es ist der Gemüsemann. Ich hab noch meinen Kopfkissenbezug ausgewrungen, und da ging plötzlich die Tür zum Hof auf, und er stand vor mir, ohne Hut und Krawatte.

»Lassen Sie sich nicht stören... Ihr Mann schläft wohl noch? ... Sie brauchen ihm nur das da zu geben ... Sagen Sie ihm, ich hole mir meinen Hut ein andermal ...«

Germaine wandte sich zu einem Stuhl um und hob

einen grauen Filzhut von einer Art hoch, wie ihn Bergelon nie getragen hatte, viel zu groß und ziemlich speckig; und ihre Lippen zitterten, als wolle sie gleich wieder losheulen.

»Was schreibt er?«

Warum fing sie nicht damit an, wie er nach Hause gelangt war? Das war das einzige, wovon er nichts mehr wußte. Er erinnerte sich vage, wie er die Treppe bei Cosson oder vielmehr bei Cécile hinuntergepurzelt war und den Schuster hinter seiner Tür hatte schimpfen hören. Es hatte geregnet. Ein Gewitter? In der Tat war die Luft heute morgen so frisch und leicht wie nach einem Gewitter, und auf den Hausdächern gegenüber sah er noch Regenspuren.

»Bin ich allein die Treppe raufgekommen?« erkundigte er sich reuelos, als mache ihm das nicht das geringste aus.

»Ich hatte gerade zum drittenmal nach draußen gesehen. Émile weinte die ganze Zeit und konnte nicht einschlafen. Das Gewitter hatte gerade angefangen. Bei einem Blitz hab ich dann jemand auf dem Trottoir liegen sehen ...«

Er lächelte. Weil sie ihn einmal im Leben volltrunken aufgelesen hatte, fühlte sie sich gleich als Opfer oder als Heilige.

Dennoch war er sich selbst ein wenig zuwider. Es war nicht recht! Er hatte was gegen die sachliche Kälte in seinem Blick, gegen seine sachliche Grausamkeit. So viele Jahre lebten sie jetzt schon zusammen, schliefen im selben Bett! Zusammen hatten sie auch zwei Kinder und Stunden, Tage, Nächte an den Kinderbettchen zugebracht. Trotzdem konnte er sie plötzlich betrachten, als kenne er sie nicht.

»Hast du mich raufgeschleppt?«

»Ich hab dir Kaffee eingeflößt... Ich hab dich gestützt... Auch Annie hat dich in dieser Verfassung gesehen...«

Sie wandte den Kopf ab und starrte an die Zimmerdecke, an die die Sonne kleine zitternde Kringel zeichnete, wie eine Himmelswelt.

»Lies...«, drängte sie.

Er riß den Umschlag auf.

Und wenn ich eine Bombe in Ihr Haus werfe? Fiel mir heute morgen ein. Ich weiß, daß das nicht mehr Mode ist, aber bei näherer Betrachtung wäre das gar nicht so ohne. Und in meinem Chemiebuch ist ein gutes Rezept. Es ist ganz leicht.

Was nicht heißen soll, daß ich unbedingt das mache.

Die Zeilen waren mit violetter Tinte geschrieben, die letzten Worte unterstrichen:

Anschließend, wahrscheinlich ein wenig später, hatte Cosson geschrieben:

Mir geht so viel durch den Kopf, was ich Ihnen gestern abend vergessen habe zu sagen. Aber Cécile beschwert sich, daß ich sie nicht schlafen lasse. Ich bin schon seit fünf Uhr auf und habe nicht mal einen Kater.

Ich mach jetzt einen Spaziergang und bring Ihnen diesen Brief. Dann werde ich den ganzen Tag schlafen. Komisch so was! Jetzt darf ich schlafen, wenn mir danach ist.

Bergelon legte den Brief auf den Nachttisch und stand seufzend auf, suchte seine Pantoffeln.

»Darf ich ihn nicht lesen?«

Er sah sie eine Weile an. Geschah ihr recht! Er zuckte die Schultern und wandte sich zum Badezimmer:

»Wenn du unbedingt willst!«

Er zog den Duschvorhang zu. Er sah, daß seine Frau unter der Tür wartete, und dehnte das Wasserrauschen lustvoll in die Länge.

»Warum gehst du nicht zur Polizei?«

»Weil die Polizei nichts tun kann.«

»Sie kann ihn festnehmen ...«

»Und er kriegt vierzehn Tage Gefängnis wegen Bedrohung, vielleicht mit Strafaufschub ... Und dann?«

»Elias!«

Er seifte sich den Bart ein, vor dem Spiegel, wo er sich in die Augen sah.

»Ich weiß, was du jetzt machst ... Schreib an deinen Praxisvertreter ... Statt nächsten Monat, wie vorgesehen, nimmst du dir deinen Urlaub gleich ...«

Es war seltsam festzustellen, wie fern sie ihm stand. Sie wollte sich unbedingt einbringen, seine Partei in dem Drama ergreifen, und je mehr sie das tat, desto fremder wurde sie.

»Angerufen hat niemand?« erkundigte er sich in alltäglichem Ton.

»Madame Portal hat anrufen lassen. Bist du nicht zu müde dazu? Ist dir nicht schlecht?«

»Nicht im geringsten.«

Er trocknete sich ab, tupfte ein wenig Talkum auf die Wangen.

»Elias!«

Und wenn sie noch fünfhunderttausend Mal »Elias!« plärrte... Sie fühlte sich im Hintertreffen. Schau an! Sie versuchte sich an etwas zu klammern. Aber an was?

Er sah bereits wieder so aus wie jeden Tag und bewegte sich übertrieben zackig.

»Suchst du deinen Hut? Ich geb dir den blauen...«

Sie mußte sich auf die Zehenspitzen stellen, um ihn aus dem obersten Schrankfach zu nehmen.

»Gehst du zu Madame Portal?«

»Genau... Wenn angerufen wird, sag, daß ich wie üblich gegen eins zu Hause bin...«

Beinahe hätte er sie im Gehen auf die Stirn geküßt, wie man ein Almosen gibt, doch in seiner Gemütsverwirrung kam sie ihm so banal, so uninteressant vor, daß er keine Lust hatte. Sie würde wirklich eine von den typischen Witwen abgeben, wie sie hier im Viertel so beliebt waren. Im Hinuntergehen rechnete er mit Verblüffung aus, wie viele Witwen es hier im Viertel gab, ja allein schon in der Rue Pasteur. Auf so was war er noch nie gekommen. Gab es wirklich mehr Witwen als Witwer? Hielten sie sich was auf ihren Witwenstand zugute, weil es für sie der zweite Familienstand war?

Er betrat nur kurz sein Sprechzimmer, um seine Arzttasche zu holen, und entschied sich dann, zu Fuß zu gehen. Merkwürdig, dieser Brief von Cosson, besonders sein zweiter Teil! Allein schon, daß er in aller Herrgottsfrühe hergekommen war... Und wie er sich ins Haus geschlichen hatte... Wie um mal nachzusehen... Um die Atmosphäre zu schnuppern...

Der Gedanke war absurd, aber irgendwie hatte das was vom Verhalten eines Verliebten.

Mir geht so viel durch den Kopf, was ich Ihnen gestern abend vergessen habe zu sagen …

Er durfte es ihm ruhig sagen! Weitere Briefchen würden kommen! Bergelon war sich dessen sicher. Vielleicht schon heute abend …

Ein bißchen leer war ihm der Kopf, aber das war eher ein angenehmes Gefühl, vor allem in den ruhigen, hellen, sonnenbeschienenen Straßen, in denen ferner Lärm widerhallte.

Madame Portal war mit Oscar Portal verheiratet, dem Brauer in der Rue de Bourges. Seit Monaten machte Bergelon bei ihr jeden Morgen einen Hausbesuch, und wenn er nicht um neun Uhr erschien, ließ sie ihn anrufen, um ihn zu mahnen.

In dieses Haus ging er vielleicht am liebsten. Vor allem der Hof, immer voller Lastwagen, Brauereipferde, rollender Fässer, im Sonnenlicht schimmernden Strohs, Männern im Blauen Anton mit kraftvollen Bewegungen. Von dort stieg der Geruch durchs ganze Haus, ein unverkennbares Gemisch aus Bier, Pferdepisse und Hefe. Ein verglastes Kabuff diente als Büro, aber Portal stand, wenn er nicht auf Tour war, meist mitten im Hof, groß und massig, sanguinisch, kraftstrotzend wie seine Rösser, mit einer Röte im Gesicht, die vom Silbergrau seines aufgezwirbelten Schnurrbarts noch unterstrichen wurde.

»Tag, Doktor! Gehen Sie rauf?«

Wenn er dann wieder herunterkam, lag in Portals Blick eine Frage, die er nicht mal verlegen kaschieren oder beschönigen mochte.

»Und?«

Die Antwort blieb immer gleich. Das ging jetzt schon mehr als ein Jahr so, daß Madame Portal da oben vegetierte, an ihren Stuhl gefesselt, die geschwollenen Beine in einer Emailwanne.

Wenn Portal von ihrer Krankheit sprach, sagte er immer:

»Sie wird zu Wasser... sie schwillt an und ab, aber es ist immer das Wasser...«

Im Treppenhaus roch es wie im Hof. Es war mit Reklameplakaten für Portals Bier und für das Sprudelwasser der Firma tapeziert, das *Eau Cristal* hieß. Bergelon wußte beim Hinaufgehen schon, daß die Köchin ihm bis zum Herunterkommen ein Glas eiskaltes Bier zapfen würde.

»Nehmen Sie Platz, Herr Doktor...«

Madame Portal war schön. Vielmehr war sie es gewesen. Im Gesicht war sie es immer noch, vor allem in der gedämpften Beleuchtung vom Fenster, wo sie von Zeit zu Zeit den Vorhang beiseiteschob. Auf ihren Knien lag ein Maßband, mit dem die arme Frau stündlich den Umfang ihrer Beine maß.

»Sie sind wieder einen halben Zentimeter dünner geworden, Herr Doktor... Sagen Sie mir... Mein Sohn macht heuer im September Ferien... Meinen Sie, daß ich bis dahin wieder aufstehen kann?«

»Warum nicht? Wenn Sie brav sind, wenn Sie sich nicht soviel quälen...«

Aus ihrem Zimmer heraus horchte sie nämlich auf alle Geräusche des Hauses und versuchte, sich einen Reim darauf zu machen.

»Wenn Sie wüßten, wie das ist, so ans Bett gefesselt zu sein! ... Manchmal rufe ich, und es dauert eine halbe Stunde, bis jemand kommt ...«

Warum hatte man ihr keine elektrische Klingel gelegt? Immer noch mußte sie den Stock auf den Boden stoßen, wenn sie jemand rufen wollte.

»Um diese Jahreszeit ist mein Mann ständig auf Tour... Oft bleibt er drei Tage lang weg... Ich frage mich, was die Kinder unterdessen treiben ...«

Über die Tochter wußte Bergelon Bescheid. Sie hieß Éveline. Sie war knapp über fünfzehn und schon sehr entwickelt. Er hatte sie Ende des Winters untersucht, weil ihre Mutter behauptet hatte, sie sei blutarm. Mehrmals hatte er sie nach Einbruch der Dunkelheit unter der Haustür sitzen sehen, und keineswegs allein. Der Doktor hatte sie mit mindestens drei verschiedenen Jungen gesehen und einmal einen verheirateten Mann aus der Nachbarschaft erkannt.

»Ich wollte Sie was Intimes fragen, Herr Doktor...«

Fragen an ihn hatte sie immer. Sie setzte sie ein, um seinen Besuch in die Länge zu ziehen. Stand er dann auf, zeigte sie sich so enttäuscht, daß er sich öfter mal auf ein paar weitere Minuten niederließ.

»Hält es ein Mann ... ein gesunder Mann ... ein eher vitaler Mann ... Hält es so ein Mann monatelang ohne Verkehr aus?«

Wenn sie nicht von wächserner Blässe gewesen wäre, wäre sie rot geworden.

Echte Scham überflog ihr Gesicht, und einen Augenblick wirkte sie zwanzig Jahre jünger.

»Sagen Sie mir ehrlich ... Mein Mann behauptet, er könne das ... Aber ich habe so oft gehört, daß das nicht geht! ... Niemand will mir wehtun ...«

Sie weinte fast, diese Frau, die eigentlich schon lange hätte tot sein müssen, wenn sie daran dachte, daß ihr Bulle von Mann Gespielinnen haben könnte!

»Es gibt keinerlei Grund ...«, stammelte Bergelon.

»Wofür? Daß er das kann?«

»Aber nein ... Es gibt keinerlei Grund, warum ein Mann nicht warten können sollte ...«

»Ich mache mich lächerlich, nicht wahr?«

Fast rührte sie ihn. Einen Moment lang erschien sie ihm wie verklärt, dann plötzlich klickte es bei ihm, genauso hart und trocken wie bei einem Fotoapparat, wie heute morgen beim Aufwachen. Sein Blick wurde unbestechlich wie ein Objektiv. Er sah wieder die unförmigen Beine in der Emailwanne, die weißliche Haut, das unfrisierte Haar, und roch den süßlichen Krankengeruch, der im Zimmer hing.

»Na, na! Fassen Sie sich wieder ... Jetzt muß ich aber wirklich weg ...«

»Hören Sie, Doktor! ... Reden Sie bloß nicht mit ihm darüber ... Versprechen Sie mir das?«

Die Küchentür unten war nur angelehnt.

»Immer noch nicht, was?« murmelte die Bedienung, die ihm sein Bier gezapft hatte. »Zieht sich das hin!«

Die Köchin setzte hinzu:

»Den ganzen Tag jagt sie mich die Treppe hinauf, wegen nichts und wieder nichts ... ›Was macht Monsieur? ... Hat er auch richtig gegessen? ... Was hat er heute zum Ausgehen angezogen? ... Liest Mademoiselle Éveline auch nicht die Bücher aus dem obersten Regal in der Bibliothek?‹ ... Und dann fragt sie mich aus über Joséphine ...«

Ein kleines, rosiges Frauenzimmer, adrett, mit Rehaugen.

»Ich glaube, sie ist auf Joséphine eifersüchtig ... sie will wissen, ob sie auch nicht hinter Monsieur herläuft, ob sie nicht mit Absicht im Hof und im Büro herumtrödelt ...«

Bergelon mußte lächeln, denn er kannte seinen Portal, der gewiß keine acht Tage gewartet hatte, bevor er sich Joséphine griff.

Als er den Hof überquerte, wurde er mit dem gewohnten fragenden Blick bedacht.

»Nichts?«

»Nichts ...«

Wobei ›nichts‹ in diesem Haus bedeutete, daß jemand noch nicht tot war! Geld kam haufenweise herein. Als die Kinder noch klein gewesen waren, hatten sie im Viertel als einzige einen Bollerwagen mit einer Ziege, später einem Esel davor gehabt. Der Junge war vierzehn und gab sich keine Mühe mit dem Lernen. Und Éveline würde gewiß eines Tages in seiner Praxis auftauchen ...

Weiter! ... Das war noch zu verschwommen, zu entlegen, um sich schon Gedanken darüber zu machen ... Ob er beim alten Hautois vorbeischauen sollte, der zwar ebenfalls bald sterben würde, aber nur noch daran interessiert war, ob man ihm Schnupftabak mitbrachte?

Auf der Wiese unter den Obstbäumen lag Wäsche

zum Bleichen. Eine Frau bückte sich, um sie aufzuheben, und er erhaschte einen Blick auf ein rotes Strumpfband, das den Strumpf überm Knie festhielt.

Was hatte ihm Cosson noch sagen wollen? Hatte er ernsthaft erwogen, das Haus mit Dynamit in die Luft zu jagen?

Angst packte ihn plötzlich nach seinem vierten Hausbesuch. Er war bei dem Kleinen, der Mumps hatte und über blasige Dämonen klagte, die sich abwechselnd blähten und schrumpften, das ganze Zimmer ausfüllten und ihm die Luft abdrückten.

»Sie haben ihm zu essen gegeben, was?«

»Bloß mit Ei verquirlte Milch und trockenen Zwieback...«

»Zuviel... Milch genügt...«

Die Angst war lächerlich gewesen: das Haus stand unversehrt an seinem Platz in der Häuserzeile. Von weitem sah er seinen Sohn, der von der Schule kam und sein Lineal an den Steinen der Hausfassaden entlangklappern ließ.

Das Mittagessen zerrte an den Nerven wie ein zu langsam gespieltes Musikstück. Germaine lächelte tapfer und ließ merken, daß sie die Tränen unterdrückte. Sie versuchte, die Kinder in ein Gespräch zu verwikkeln, denn sie sollten nicht über ihren Vater nachdenken, über die Schande seines Nachhausekommens gestern nacht.

»Versuchen wir doch, das Ferienhaus vom letzten Jahr zu mieten. Vielleicht bleiben wir vierzehn Tage länger, wenn alles klappt?«

»Ich schlafe am Strand in meinem Zelt!« verkündete

Émile, wohl wissend, daß man ihm dergleichen nicht erlauben würde.

Bergelon begann sich wider Willen schuldbewußt zu gebärden. Er wagte die Kinder nicht anzusehen, vor allem nicht seine Tochter, die wiederum so tat, als rede sie nicht mehr mit ihm. Zum ersten Mal sah er den Tag voraus, an dem Annie vielleicht ebenfalls abends mit Jungs unter der Tür sitzen und im Dunkel so nervös kichern würde wie Éveline Portal.

»Nicht wahr, Vater?« Er fuhr zusammen. Seine Frau hatte ihn angesprochen.

»Was?«

»Wenn wir in Riva-Bella nichts mieten können, gehen wir nach Lion-sur-Mer...«

Beim Klang dieser Ortsnamen brach eine andere Welt über ihn herein: die kleinen Ferienvillen von Riva-Bella, buntgestrichene Spielzeughäuser wie aus Pappe unter einem hellblauen Himmel mit einem großen Stück gelben Strandes, mit halbnackten Menschen unter Sonnenschirmen und vielen Stunden endloser Leere, mit kalten Platten zum Abendessen und dem nach Spiritus riechenden Kocher, mit viel zu schmalen Betten und dem Radau von der Tanzdiele nebenan bis ein Uhr nachts, mit jungen Burschen und Mädchen, die trällernd unterm Fenster vorbeizogen...

Germaine ging nicht ins Wasser, zog nie einen Badeanzug an, um ihre Krampfadern nicht zeigen zu müssen. Émile spielte leidenschaftlich Minigolf. Bisweilen sah man lange zu, was ein hübsches fülliges Mädchen trieb, und wurde dann rot, wenn sie sich wieder anzog und man merkte, daß sie wie Annie erst ein Backfisch war!

»Willst du deine Erdbeeren nicht?«

Was hatte sie ihm letztendlich gebracht? Er meinte Germaine. Er sah sie wieder vor sich an dem denkwürdigen Kirmestag, in ihrem weißen Kleid, ihrem blaubebänderten Strohhut, den wiegenden Gang, ganz Anmut und Schutzbedürftigkeit...

Wieso eigentlich Anmut, Schutzbedürftigkeit? Eine schlechte Haltung hatte sie, das war alles. Und ihr schüchternes, entwaffnendes Lächeln hatte damit zu tun, daß sie heiraten wollte. Vielleicht hatte sie sich schon mit zehn vorgenommen, seine Frau zu werden, und erstaunlicherweise hatte sie das sogar geschafft.

Noch mal, was hatte sie ihm gebracht? Sie hatte das Haus eingerichtet, aber nach ihrem Geschmack. Auch ihrer beider Leben hatte sie, wie ihm jetzt plötzlich aufging, nach ihrem Geschmack eingerichtet!

Eben hatte sie mit ihrer Bemerkung über Riva-Bella den Beweis dafür geliefert. Riva-Bella ödete ihn an. Was konnte er dort schon unternehmen? Setzte er einen Fuß ins Kasino, seufzte sie gleich vorwurfsvoll:

»Sieh dich vor, Elias!«

Denn womöglich verlor er beim Roulette zwanzig oder fünfzig Francs! Da sie nie tanzte, konnte er nicht einfach andere Frauen auffordern! Ebensowenig konnte er mit den jungen Burschen und Mädchen beim Ballspiel toben, wo sie doch unter ihrem Sonnenschirm saß und strickte...

Er las, tagelang, oder er schloß die Augen und ließ wie als kleiner Junge hinter geschlossenen Augenlidern, durch die rötlich die Sonne schimmerte, Phantasiebilder entstehen und vergehen.

»Geh aufschließen, Mimile.«

Die Sprechstunde. Die Haustür, die jetzt angelehnt blieb, der Türgong. Er trank seinen Kaffee aus. Er war müde. Erst jetzt überfiel ihn die Müdigkeit der vergangenen Nacht, und er empfand zugleich einen unbestimmten Ekel.

Nicht auszuschließen, daß Cosson wiederkam, mit einem Paket unterm Arm, einer Bombe... Oder mit einem Revolver? ... Er würde das Sprechzimmer mit diesem Lächeln betreten, bei dem er den Mund so verzog...

Der Gong! Da war jemand... Zwei Personen, er sah sie durchs Fenster: eine Mutter und ein junges mageres Mädchen von fünfzehn oder sechzehn, noch so eine mit Blutarmut... Hämoglobin... Serumampullen... Spaziergänge an der frischen Luft... Auf Wiedersehen!

Den ganzen Nachmittag fuhr er bei jedem Läuten zusammen, aber Cosson bekam er nicht zu Gesicht, und es fiel auch kein Brief in den Kasten.

Tee... Germaines gottergebenes Selbstmitleid... Er mußte im Viertel noch ein paar Hausbesuche machen... Eine Beerdigung zweiter Klasse kreuzte seinen Weg, und er fragte sich, wer das wohl war... Jedenfalls keiner von seinen Patienten...

Als er in seine Straße einbog, hätte er beinahe jemand angerempelt...

»Entschuldigen Sie, Herr Doktor...«

Es war Cécile mit ihrem weißen Hut, ihrem blauen Kostüm. Cécile, stets selbstbewußt, hochgewachsen, gelassen, die Augen bronzefarben, mit kleinen Fünkchen darin.

»Stört es Sie auch nicht, daß ich Sie auf der Straße ansprechen?«

»Durchaus nicht.«

»Sollen wir ein Stückchen zusammen gehen?«

Auf der ganzen Straße nur eine Menschenseele, aber ausgerechnet Madame Pholien, das größte Schandmaul des Viertels.

»Sie haben ja gesehen, in welcher Verfassung Jean ist, nicht wahr?«

Ob sich Madame Pholien einbildete, er gehe jetzt mit seiner Begleiterin ins Stundenhotel? Cécile, immer noch gelassen, wollte wissen:

»Was halten Sie davon?«

Was wollte sie damit sagen?

»Ich meine ... Tja ...«

Sie kamen an der Mauer der Schule vorbei, in die er als Kind gegangen war. Genau gegenüber hatte damals eine ausgehaltene Frau gewohnt, eine schöne Blondine mit üppigen Formen, die ein paarmal in der Woche von einem Richter besucht wurde und über die sich das ganze Viertel das Maul zerriß. Von dem Mann hatte sie einen Sohn, Albert. Längere Zeit waren Bergelon und Albert Freunde gewesen, und einmal hatte Bergelon das Haus betreten und war von der plüschenen Eleganz ganz überwältigt gewesen.

»Ich versichere Ihnen, verrückt ist er nicht! Ich kenne ihn gut, besser als sonst jemand. Er ist ein Seelchen, ein offenes Buch ...«

Sicher wurden sie von verschiedenen Fenstern aus beobachtet, aber den Doktor störte nur, daß Cécile größer war als er.

»Ich tue das Menschenmögliche, um ihn zu beruhigen ... Ich weiß, wie man ihn nehmen muß ... Ich wollte ihn dazu bringen, daß er weggeht ... Ich wäre mit ihm gegangen ... Ich hab es nicht geschafft, und deshalb glaube ich, es ist besser, Sie gehen ...«

Unglaublich, daß er nicht mal zusammenzuckte.

»Weiß Cosson, daß Sie mit mir reden?«

»Nein. Ich bringe es ihm bei, wenn ich heimkomme. Der Gedanke ist mir eben erst gekommen, als ich schon in der Stadt war ...«

Diese Worte ›in der Stadt‹ bedeuteten nicht dasselbe wie bei anderen Leuten. Das hieß, daß sie bereits die Straßen abklapperte nach einem Herrn, am besten gesetzten Alters ...

»Wenn Sie hierbleiben, schwöre ich Ihnen, daß er eine Dummheit macht ... Und wer hat da was davon? ... Die Leute fahren schon in die Ferien ...«

Leiser, fast beiläufig, setzte sie hinzu:

»Ich muß es ja wissen!«

Und fuhr dann fort:

»Machen Sie doch auch Urlaub ... Bis Sie zurückkommen, habe ich Zeit genug ...«

Genau derselbe Einfall wie Germaine! Nur daß Germaine ihren Mann zur Abreise drängte, während Cécile den *Anderen* fortschicken wollte!

»Ich weiß nicht, was Sie von ihm halten; wenn Sie ihn kennen würden, wüßten Sie, daß er der beste Junge auf der Welt ist ... Er ist zu gut, zu offen, zu großzügig ... Langweile ich Sie?«

Der Platz, mit seinen Bäumen, seinen leeren Bänken, seinen grünen Toren von Patrizierhäusern ...

»Ich weiß, er hat Ihnen heute morgen einen Brief gebracht ... Er hat mir gesagt, richtig gemein sei er nicht, ihm sei nur was Nettes eingefallen ... Im Moment schläft er ... Bloß, ich fürchte ...«

Ein Auto mit langer Kühlerschnauze, auf Hochglanz poliert: Mandalin. Und Mandalin, der sein Karnickelgesicht herausstreckte, um besser sehen zu können und Bergelon zuzuzwinkern. Was dachte der sich wohl? War es nicht stadtbekannt, daß Madame Mandalin ...?

»Haben Sie's eilig? ... Ich geh jetzt ... Was Schlimmes passiert nur dann nicht, wenn Sie tun, worum ich Sie gebeten habe ... Er hat es sich in den Kopf gesetzt, Sie umzubringen ...«

Und dann, ganz plötzlich, als der Doktor nicht darauf gefaßt war:

»Auf Wiedersehen, Herr Doktor.«

Vorbei! Fort war sie! Sie bog um eine Hausecke und trat ins Halbdunkel eines Gäßchens, auf das nur die Hinterhöfe der großen Mietshäuser hinausgingen.

Er hatte nicht genug Zeit gehabt, um ... Zeit für nichts! Nicht mal die Zeit, ihre Gegenwart richtig zu spüren!

In ein paar Minuten würde irgendein Bauer aus dem Umland, ein beliebiger Handlungsreisender, jemand mit fünfzig oder hundert Francs in der Tasche ...

Er ging weiter, machte nur einen von den drei Hausbesuchen, die er hätte machen müssen. Beim Heimkommen war er enttäuscht, den Briefkasten leer zu finden, und konnte sich nicht enthalten, Germaine zu fragen:

»Ist niemand gekommen?«

»Bloß der Gasmann.«

»Keine Post?«

Er wußte, sie begriff, oder glaubte zu begreifen.

»Nichts.«

6

Er lag schon eine ganze Weile wach und splitternackt auf dem Bett, ohne sich zu rühren, da klopfte es, und er rief alles andere als schlaftrunken:

»Was gibt's?«

Das Frühstück konnte es nicht sein, denn er hatte noch nicht danach geläutet.

»Die Post, Monsieur.«

»Herein.«

Im selben Augenblick bewegte sich unter dem Laken ein Leib, genauso nackt wie der seine, stand auf und stieg über Bergelon hinweg.

»Einen Moment, Dummerchen!«

Eine Gestalt huschte ins Badezimmer, mit sonnengebräunten Waden, Schenkeln, Armen und Schultern, weißem Hintern und verstrubbeltem schwarzem Haar.

»Es ist abgeschlossen!« beschwerte sich die Zimmerfrau und rüttelte vergeblich am Türknauf.

»Komme schon.«

Immer noch nackt, ging er aufmachen. Eine Zimmerfrau von vierzig oder fünfzig Jahren sah ihn strafend an und streckte ihm seine Briefe hin. Als die Tür wieder zu war, sah er seine Gefährtin zum Bett zurückkommen. Diesmal blickte er auf ihren weißen Unterleib.

»War das Absicht?« fragte sie und meinte damit Bergelons nackten Auftritt vor der Zimmerfrau.

Sie war darob weder empört noch erstaunt. Eher belustigt. Ironie blitzte in ihren braunen Augen auf, und der Doktor hätte beinahe den Morgenmantel übergeworfen. Was hatte er sich bloß dabei gedacht! Aber sei's drum, er schämte sich nicht, und so setzte er sich genauso nackt in einen schmuddeligen Samtsessel, schlug die Beine übereinander und betrachtete die drei Umschläge, die er soeben erhalten hatte, während ihm aus dem Spiegelschrank sein Ebenbild entgegensah.

Die Frau hatte sich wieder wie eine Katze unter dem Laken zusammengerollt, das sich über ihrer Hüfte sackartig wölbte, und schien aus der Schwärze ihres Haares, das ausgebreitet auf dem Kissen lag, zu ihm hinzublicken.

Bevor er die Umschläge aufriß, steckte sich Bergelon eine Zigarette an. Das Wetter war diesig, von einem sanften Grau, grau auch das Meer, ohne Brise, gesäumt nur von einem schmalen weißen Schaumstreifen am Strand; es mußte in der Nacht geregnet haben, denn der Sand war dunkelbraun. Man hörte Leute zum Strand gehen, Familien, Kinder, fernes Geschrei. Die offene Fenstertür im Landhausstil ging auf den Balkon hinaus, dessen hölzernes Geländer blau gestrichen war. Gegenüber ein Kiosk mit Krabbenkeschern und aufgestapelten Liegestühlen.

Bergelon schwankte noch, welchen der drei Briefe er zuerst öffnen sollte: einer war von seiner Mutter, die immer noch auf Briefpapier mit Trauerrand schrieb, einer von seiner Frau und der dritte von Cosson.

Er beschloß, sich den bis zum Schluß aufzuheben, sozusagen als Nachtisch, und fing mit dem Brief seiner

Mutter an, dessen steifes Schriftbild häufig von unerwarteten Schleifen durchbrochen wurde, wie von Rückbesinnungen auf sich selbst.

Mein lieber Sohn!
Gestern erfuhr ich vom alten Collard, der jetzt schon fast dreiundsiebzig ist (er hat Dich damals, als Du von einem Apfelbaum gefallen bist und Dir ein Bein gebrochen hast, mit dem Schubkarren heimgebracht, und er weiß das noch genau und erzählt es mir jedesmal, wenn ich ihn treffe), daß Du nicht in Bugle weilst, sondern allein in Urlaub gefahren bist. Der alte Collard bringt noch jede Woche Butter und Eier auf den Markt. Er wollte wegen seiner Augen zu Dir in die Sprechstunde, denn seine Sehkraft läßt nach, trotz der Brille, die ihm verschrieben worden ist. Aber er hat nur Deinen Praxisvertreter angetroffen.

Du hast mich schon ein paarmal eingeladen, mit Dir ans Meer zu fahren, und Du weißt genau, warum ich das nie wollte. Gegen Deine Frau habe ich nichts; dennoch muß ich sagen, daß das keine Frau für Dich ist und Du viel bessere Partien hättest machen können. Ich meine immer noch, daß sie es recht schlau eingefädelt hat und ihre Mutter dazu. Über ihre Mutter habe ich gehört, daß sie gerade für sechzigtausend Francs ihr Haus in Lagneux verkauft hat, das einzige Erbteil, das Germaine zu erwarten hatte. Offenbar unterstützt sie damit die Schwester Deiner Frau, die einen Taugenichts geheiratet hat, der schon wieder mal Konkurs gemacht hat.

Und wo Du schon allein in Riva-Bella bist, würde ich Dich gern besuchen, wenn es Dir recht ist, denn ich will niemandem zur Last fallen. Du mußt sehr erschöpft sein, daß Du Deinen Urlaub jetzt vor den anderen nimmst, und ich frage mich, ob nicht mehr dahintersteckt. Du schindest Dich für alle diese Leute, die Dir das Geld schuldig bleiben und es Dir nicht einmal danken.

Schreib mir bald. Ich umarme Dich,

Deine Mutter

»Wichtige Mitteilungen?« fragte Edna und langte nach ihren Zigaretten.

»Von meiner Mutter.«

Und immer noch nackt, die Beine übereinandergeschlagen, riß er den Brief seiner Frau auf.

Mein lieber Elias,
Die Kinder sind gerade fort zur Schule, und bevor ich mein Mittagessen auf den Herd setze, will ich Dir schnell das Neueste von hier mitteilen.

Zuerst muß ich Dir von C. berichten, den ich ein paarmal auf der Straße gesehen habe. Er muß gemerkt haben, daß Du verreist bist und einen Praxisvertreter hast. Ein paar Tage lang hatte ich Angst um die Kinder und habe sie zur Schule gebracht und wieder abgeholt, nicht gerade einfach, denn von Annies Lyzeum zum Gymnasium ist es ziemlich weit. Ich muß Dir sagen, daß wir eine ganze Reihe von Gewittern hatten, darunter ein so schweres, daß der Keller vollgelaufen ist. Gottlob hat mir Monsieur Charles geholfen, alles auszuräumen. Ich komme noch auf ihn zurück. Zur Zeit ist das Wetter wieder gut, aber es ist immer noch sehr heiß.

Um auf C. zurückzukommen: seit zwei Tagen sehe

ich ihn nicht mehr hier herumstreichen, und ich atme allmählich auf. Ich hab mir schon gedacht, daß er aufgibt und seine fixe Idee fallenläßt. Vorsorglich habe ich alle Leute gewarnt, ihm bloß nicht Deine Adresse zu geben. Telegrafiere mir unbedingt sofort, wenn er Dir nach Riva-Bella nachfährt.

Sonntag hatten wir die Mutter von Monsieur Charles zu Besuch. Eine feine, sehr vornehme Dame, noch keine Fünfzig und schon schneeweißes Haar. Sie ist den weiten Weg vom Jura zu ihrem Sohn zu Besuch gekommen, und den Kindern hat sie Spielsachen mitgebracht. Sie wußte nicht, wie alt sie sind, und hat Annie eine Puppe und Mimile eine hölzerne Schafherde geschenkt. Na ja, es war gut gemeint.

Die gute Frau hat allerhand Pech im Leben gehabt. Ihr Mann hatte in den Vogesen ein großes Sägewerk und ist von heute auf morgen übergeschnappt und mit einer Sängerin aus der Nachbarstadt durchgebrannt. Sie haben nie wieder etwas von ihm gehört und wissen nicht mal, in welchem Land er lebt. Vor seinem Weggang hat er alles Geld von der Bank abgehoben, so daß das Sägewerk verkauft werden mußte.

Zu Monsieur Charles kann ich Dir sagen, daß Du noch nie einen so angenehmen und gefälligen Praxisvertreter gehabt hast. Mir ist sofort zugetragen worden, daß er manche Patienten, die einem immer die Würmer aus der Nase ziehen wollen (wie Madame Pholien!) glatt mit der Bemerkung abgefertigt hat, wenn Du ihnen eine bestimmte Behandlung verordnet hättest, hättest Du Deine Gründe dafür, und sie sollten bloß dabei bleiben.

Abends spielt er Geige, und er spielt sehr gut, so gut,

daß Annie im Herbst Geigenstunden nehmen will. Ich hab ihr gesagt, Klavier paßt besser zu einem jungen Mädchen, aber Du weißt ja, wie dickköpfig sie ist. Zum Glück sind vorher erstmal Schulferien!

Stell Dir meine Überraschung am dritten Tag vor, als ich hinauf bin und das Zimmer von Monsieur Charles schon gemacht war. Ich habe ihn darauf angesprochen, und er hat gesagt, er möchte nicht, daß ich sein Bett machen und sein Waschwasser ausleeren muß. Er hat überhaupt nichts gemein mit dem Praxisvertreter von letztem Jahr, der im Haus ein Chaos veranstaltet und dauernd genörgelt hat!

Ich wünsche mir einen ausführlicheren Brief von Dir, nicht bloß Postkarten. Hast Du Dich wegen des Ferienhauses erkundigt? Ist es nächsten Monat frei? Haben Sie die Miete erhöht, wie sie letztes Jahr schon andeuteten?

Mir fällt nichts mehr ein, außer daß ich hoffe, daß Du Dich ausruhst und Deine Nerven schonst. Die Kinder schreiben Dir heute abend extra.

Ich umarme Dich,

Deine Germaine.

Er hatte ganz langsam gelesen, häppchenweise, mit einem bösen Funkeln im Blick, und er hatte sich vor allem die Gestalt, das Gesicht von Monsieur Charles vorgestellt, wie seine Frau ihn nannte – er hatte einen schwierigen Namen, Weschmüller oder so ähnlich –, diesen Monsieur Charles, einen großen Blonden mit Bürstenhaarschnitt und verträumten Augen hinter großen, goldgeränderten Brillengläsern ... Der liebe Monsieur Charles! ... Wie schnell ihn Germaine vereinnahmt hatte! ... Man konnte fast meinen, er sei im Hause bereits ein vollwertiger Ersatz!

Und diese Geschichte von seinem Vater, der einfach mit einer Sängerin durchgebrannt sei ...

»Was lächelst du?«

»Wegen nichts ... Ich lächle halt ...«

»Will sie sich immer noch nicht scheiden lassen?«

Ach so! ... Er vergaß immer wieder, daß er ihr erzählt hatte, er lebe von seiner Frau getrennt ... Er hatte dem keine besondere Bedeutung beigemessen ... Eigentlich hatte erst sie ihn darauf gebracht ...

Im übrigen hatte sein Abenteuer mit Edna (an diesen Vornamen konnte er sich einfach nicht gewöhnen) keinerlei Bedeutung, keine Beziehung zu dem, was vorher war oder nachher sein würde. Es hatte sich zufällig ergeben, fast aus Versehen.

Im ›Hôtel Belleville‹, wo er abgestiegen war, war sie ihm schon am ersten Tag aufgefallen, weil sie am wenigsten anhatte und am stärksten gebräunt war, mit einem kleinen, festen, wohlgeformten Körper, rosa Nagellack auch an den Zehen, breiten Armbändern und Augen, so dunkel wie ihr Haar.

Sie wurde »die Dame mit dem kleinen Jungen« genannt, denn sie hatte ihren Sohn dabei, einen Knaben von acht oder neun Jahren von verblüffender Schönheit, braun wie die Mutter, aber mit großen hellblauen, von mädchenhaften schwarzen Wimpern überschatteten Augen.

Am meisten verblüffte die Spießer im Hotel die Selbstsicherheit des Knaben, der wie ein Erwachsener auftrat, seiner Mutter volle Bewegungsfreiheit ließ und jedermann mit ausgesuchter Höflichkeit begegnete.

Bergelon war das Alleinsein noch nicht gewöhnt. Er hatte noch keine Entscheidung getroffen. Er war den Strand entlangspaziert und hatte sich gesagt, daß er sich jetzt alles erlauben konnte, aber nicht gewußt, wie er es anfangen sollte. Ohne seine Frau, hatte er voriges Jahr etwa gedacht, könnte er...

Was könnte er? Die Badegäste traten in Familien auf, gruppenweise, und er strich um die jungen Mädchen herum und kam sich ein wenig wie ein Lustmolch vor. Zufällig hatte er sich am Strand neben die Dame mit dem kleinen Jungen gesetzt, und sie hatte ihren geölten Körper, den ein paar bunte Stoffetzen kaum verhüllten, stundenlang in der Sonne braten lassen. Er hatte sie angesprochen, ihr eine Zigarette oder irgendsowas angeboten.

»Sie sind allein hier?«

»Im Augenblick bin ich allein mit meinem Sohn.«

Auf dem Weg zurück ins Hotel hatte er ihr den Liegestuhl getragen. Wegen ihres Typs hatte er sie gefragt, ob sie Ausländerin sei. Und sie hatte ihn wie üblich raten lassen.

Schließlich hatte sich herausgestellt, daß sie Tunesierin war. Oder vielmehr in Tunis einen wohlhabenden Kolonialfranzosen geheiratet hatte. War sie geschieden? Oder nicht? War sie überhaupt richtig verheiratet gewesen?

Besonders aufregend fand er das nicht. Im Grunde war er eher verärgert, sich nicht so ungebunden fühlen zu können.

»Sie brauche ich ja nicht zu fragen, ob Sie verheiratet sind, denn den Ehering sehe ich ja. Ihre Frau ist wohl in Paris? Sie kommt sicher nachgefahren?«

»Unwahrscheinlich!« hatte er mit einem Lächeln geantwortet, damit auf unausgesprochene Wünsche reagierend.

»Leben Sie getrennt?«

»So ungefähr.«

»In Scheidung?«

»Wenn Sie so wollen.«

»Das ist immer kompliziert!« bestätigte sie wie jemand, der sich damit auskennt. »So was kann Jahre dauern, und man erlebt häufig Überraschungen. Wie kommt es, daß Sie Elias heißen, wo Sie doch kein Jude sind?«

»Sind Sie Jüdin?«

»Haben Sie's nicht bemerkt? Eine russische, allerdings in Konstantinopel geboren ...«

Was bedeutete ihm das schon? Konstantinopel ... Tunis ... Für ihn waren das nur Meeresbuchten auf der Karte, blauer noch als andere, gesäumt von strahlendweißen Hafenstädten, wie auf Reisebüroplakaten, aber mehr nicht.

»Ich war schon mal mit einem französischen Arzt bekannt, in Bizerta, mit einem Schiffsarzt, der mir lange Zeit ein sehr guter Freund gewesen ist: Martin Chaffrier ...«

Er war hochgezuckt.

»Chaffrier? Ein großer Brünetter, mit einer Narbe auf der Wange?«

»Sie kennen ihn?«

Mit Chaffrier hatte er als Student in Poitiers das Dreiecksverhältnis mit Élise Noireaud gehabt! Diese Erinnerung an Élise Noireaud, die von so fern wieder in ihm aufstieg!

»Ich muß ein Foto von ihm in meiner Handtasche haben...«

Tatsächlich! Ein braungebrannter Chaffrier, männlicher als damals, bei irgendeinem Ausflug auf einem Kamel reitend.

»Schon seltsam, daß Sie ausgerechnet Elias heißen...«

»Eine Marotte meiner Großmutter... Meine Mutter heißt sogar Judith, und einer meiner Onkel Daniel...«

Sowas! Er entsann sich einer weiteren Einzelheit, die viel weiter zurücklag als das Dreiecksverhältnis mit Élise:

»Die Großmutter meiner Mutter... Ja... Genau! Die Ururgroßmutter meiner Mutter, mit einem Müller bei Bugle verheiratet, hieß mit Mädchennamen Kridelka...«

»Klingt nicht gerade jüdisch...«

»Ich habe immer geglaubt, orientalisch... Vielleicht armenisch?...«

Sie überlegte wie jemand, für den die Welt mehr ist als eine Landkarte.

»Eher ungarisch...«, entschied sie. »Ich würde mich nicht wundern, wenn es tschechisch wäre... In Prag habe ich solche Namen an Ladenfronten gesehen... Kridelka... Eigenartig...«

Das Eigenartigste aber war gewesen, wie... Abends waren sie noch mal am Strand entlang spazierengegangen und zusammen ins ›Hôtel Belleville‹ zurückgekehrt.

Vor Ednas Zimmer angelangt, hatte Bergelon beiläufig gemurmelt:

»Kann ich mit rein?«

Sie hatte den Finger an die Lippen gelegt und auf die Tür nebenan gedeutet, hinter der ihr Sohn schlief.

»Nun?« hatte er geflüstert.

»Welche Zimmernummer hast du?«

»Die 12...«

»Schließ die Tür nicht zu... Mach das Licht aus.«

Eine Viertelstunde später war sie zu ihm ins Zimmer gehuscht, im Morgenrock und in einer Parfümwolke.

»Du liegst noch nicht im Bett?«

Und das war jetzt schon die dritte Nacht gewesen!

Das hatte er unter Liebe allerdings bisher nicht verstanden. Sie brachte zuviel Bewegung, Komplikationen, Verrenkungen hinein, meinte, er sei nicht aufgeklärt, wollte ihm unbedingt Neues beibringen und ergriff dabei kenntnisreich die Initiative.

»Ich geh mich jetzt lieber anziehen!« beschloß sie und stand mit einem Schenkelschnalzen auf, als er gerade den dritten Brief aufriß. »Kommst du heute vormittag an den Strand?«

»Jaja...«, sagte er zerstreut, während sie ihren Morgenrock überwarf und auf den Flur hinaustrat, um zehn Uhr morgens, wo schon alle Gäste auf waren, so daß sie sich im Hotel bestimmt das Maul über ihr Verhältnis zerrissen.

Es war belanglos. Vorübergehend. Zufall eben...

Er betrachtete sein Bild im Spiegel, nahm den Morgenrock vom Haken, klingelte dann nach dem Frühstück und setzte sich in dem sachten Nieseldunst, der alle Geräusche dämpfte, auf den Balkon. Ein paar Leute waren schon im Wasser. Andere, dunkel gekleidet, wimmelten auf der Straße, von der Kleinbahn ausgespien, und er brauchte eine Weile, bis er begriff, daß Sonntag war und die Leute aus dem Umland an den Strand kamen.

Jetzt ging Annie wohl gerade zum Hochamt, mit weißen Handschuhen und ihrem Meßbuch ... Émile war sicher bei den Pfadfindern ... Und was trieb Monsieur Charles wohl am Sonntag? ...

Die Zimmerfrau servierte verdrossen, knallte ihm das Frühstückstablett hart auf das Bambustischchen.

»Wann kann ich das Zimmer machen? Sonntags arbeite ich nur bis Mittag.«

War ihm doch egal. Der Brief ... Cossons Brief ...

Ich habe es endlich geschafft! Man kann sich nicht vorstellen, wie schwer es ist, die scheinbar einfachsten Probleme zu lösen. Ich dachte, es wäre ein Kinderspiel, an Ihre Adresse zu kommen. Von Cécile wußte ich, daß Sie wegfahren, denn sie hat mir von ihrem Gespräch mit Ihnen erzählt. Sie ist sehr lieb, aber sie kapiert nichts. Jetzt, wo sie sieht, daß ich Ihnen schreibe, meint sie schon, die Gefahr sei vorüber.

Ich lege zunächst Wert auf die Feststellung, daß sich nichts geändert hat. Ich weiß noch nicht, wann ich nach Riva-Bella fahre, aber machen Sie sich darauf gefaßt, mich von einem Moment zum andern ankommen zu sehen ...

Am Anfang bin ich morgens bei Ihnen in der Straße gewesen, wenn der Briefträger kam. Ich hoffte, ins Haus und an den Briefkasten zu kommen, in dem eine Postkarte von Ihnen liegen mußte ... Aber Ihre Frau hat es wohl geahnt, denn sie ließ die Haustür nicht mehr angelehnt ...

Danach habe ich überlegt, Ihren Praxisvertreter in der Sprechstunde aufzusuchen, ihm irgendwas zu erzählen und zu behaupten, Ihnen unbedingt privat schreiben zu müssen ... Er ist auf dem Trottoir dicht an mir vorbeigegangen ... Wie er mich gemustert hat, habe ich begriffen, daß Ihre Frau ihm alles erzählt hat und er auf alles gefaßt war... Ich hab sogar einen Moment gemeint, er spricht mich selber an ... Daran war mir gar nicht gelegen, denn trotz seiner sanften Art ist er der Typ, der einem die Faust unters Kinn haut, wenn man nicht darauf gefaßt ist, und er ist stärker als ich. Sie sehen, ich mache Ihnen nichts vor...

Ich habe gedacht, vielleicht wird eins der Kinder mit einem Brief zur Post geschickt ... Ich hätte ihm den Brief aus der Hand gerissen ... Aber auch das ist nicht geschehen ...

Cécile hat gemerkt, wie ich mich damit quäle ... Sie hat gesagt, wenn ich verspreche, brav zu bleiben, besorgt sie mir die Adresse. Und sie hat es getan ... Sie hat ganz einfach den Briefträger an der Straßenecke abgepaßt ... Ich weiß nicht, was sie ihm erzählt hat ... Hauptsache, ich habe Ihre Adresse ...

Ich habe Ihnen viel zu sagen, aber ich weiß noch nicht, ob ich es schaffe, alles zu Papier zu bringen ...

Cécile hat gemeint, sie hätte eine Möglichkeit gefunden, alles zu regeln. Sie wollte mit mir zusammen nach Marokko ... Sie sagt, die Offizierskreise dort unten ...

Nicht, daß ich Skrupel hätte ... Da, wo ich jetzt gelandet bin, ist mir alles egal ... Trotzdem käme ich mir zu ›ausgehalten‹ vor, wenn ich mit ihr nach Marokko ginge ...

Können Sie das verstehen? ... An einem der kommenden Vormittage muß ich mich entschließen, etwas zu tun ... Sie wissen schon, was ... Das ist der endgültigste Weg, allem ein Ende zu machen ... Ich werde nicht versuchen zu fliehen ... Pech für Sie! ... Und meinem Strafverteidiger verbiete ich, auf unzurechnungsfähig zu plädieren, denn plemplem bin ich nicht ...

Sie wissen das doch ganz genau! Schließlich sind Sie aus demselben Viertel. Wir sind doch nicht wie Ihr Trottel Mandalin, der obendrein noch ein Feigling ist! Sie wissen genau, daß ich ein braver kleiner Junge war, einer von denen, mit denen man alles machen kann ... Also nehmen Sie mal an, die Sache wäre Ihnen passiert ... Erst gestern kam mir das in den Sinn, als ich Ihre Tochter auf dem Weg zur Schule gesehen habe, das kleine Dämchen ...

Nehmen Sie mal an, Ihnen würde ganz plötzlich ... Und auf so dreckige Art, mehr als dreckig! Sie haben gleich Bescheid gewußt. Sie haben mir nicht mehr ins Gesicht sehen können. Sie haben nicht einmal mehr zu lügen gewagt ... Und erst auf der Beerdigung ... Ich habe Sie nämlich beobachtet!

Sie haben genau gewußt, daß es Ihre Schuld war, daß meine Frau tot ist, mein Kind tot ist ... Weil Mandalin Ihnen Geld versprochen hatte ...

Haben Sie sich wirklich eingebildet, ich würde weitermachen wie vorher, ich würde nichts merken? Im-

merhin gibt es noch Tausende, ja Millionen, die so sind, wie ich war!

Und mein Direktor erst! ... Kaum hatte er erfahren, daß ich angefangen hatte zu saufen, hat er mich von einem alten Deppen von Kassierer observieren lassen ... An dem Tag, wo ich nicht mehr in der Bank erschienen bin, hat er eine vollständige Revision meiner Konten angeordnet ... Der Ärmste hat sich eingebildet, ich hätte mich verspekuliert!

Was soll ich Ihrer Meinung nach jetzt machen? Nicht wieder von vorn anfangen, natürlich nicht! Aber was denn? Blumen auf den Friedhof tragen, was? Wo ich doch weiß, daß ich Marthe gar nicht wichtig war! Sie wollte verheiratet sein, eine schöne Wohnung, Kinder, jeden Donnerstag ihre Mutter zu Besuch, und jeden Sonntag zusammen mit ihrem Schwager und ihrer Schwester den Gegenbesuch machen ...

Sie sind mir noch Genugtuung schuldig, und ich lasse mir Zeit damit. Ich hab's nicht eilig. Offenbar saufe ich zuviel. Sogar Cécile gibt mir das zu verstehen, ohne es laut zu sagen ... Wissen Sie, was Sie gerade macht, während ich Ihnen schreibe? ... Sie schreibt an ihren Geliebten, der in Poissy sitzt, und will ihm etwas Geld schikken ... Sie muß nächste Woche hin und ihn besuchen. Sie hat mich gebeten mitzukommen, nicht in das Sprechzimmer vom Gefängnis, nur bis Poissy, weil wir dann auf der Rückfahrt kurz in Paris unterbrechen können ...

Ich weiß noch nicht so recht. Mal sehen. Vielleicht habe ich mich vorher schon entschieden, nach Riva-Bella zu fahren ...

Ich hatte daran gedacht, zur Fremdenlegion zu gehen,

aber von den Filmen, die ich gesehen habe, habe ich einen Ekel davor. Wenn ich da nur meinen Koller pflegen und mich in kleinen Nachtbars mit Sängerinnen besaufen soll...

Manchmal treffe ich auf der Straße alte Bekannte, vor allem von der Bank, die so tun, als würden sie mich nicht kennen. Die Polizisten sehen mich schief an. Bestimmt heißt es von mir, ich sei zu allem fähig...

Cécile schaut auf und will wissen, ob man ›schikanieren‹ mit ›ck‹ schreibt. Ich frage sie nicht, was sie schreibt... Sie mich auch nicht... Ich weiß nur, daß ihr Vater Zollwächter bei Bourges war und daß sie einen Bruder bei der Gendarmerie hat... Irre, was!

Wenn ich genug habe, steige ich in den Zug... Vielleicht besauf ich mich noch mal mit Ihnen, bevor ich Sie umlege... Ich habe einen Revolver, der dem Typ in Poissy gehört und den Cécile in die Kopfrolle vom Bett eingenäht hatte... Sie weiß, daß ich ihn mir genommen habe... Sie sagt mir bloß:

›Du verschaffst dir schon noch dein Recht...‹

Sie war ein bißchen unruhig, weil sie nicht wußte, wer Sie bei der Pflichtuntersuchung vertritt. Offenbar ein bärtiger Alter, der ihnen zum Zeitvertreib ordinäre Zoten erzählt...

Bergelon lächelte. Das war Mouvaux aus St. Eloi, ein alter Landarzt, der eine gewisse Ähnlichkeit mit seinem Vater hatte, mit dem Unterschied, daß das Laster des alten Bergelon der Wein gewesen war, während es bei Mouvaux die Weiber waren. Sonst aber war der eine so verkommen wie der andere! Männer, deren ganzes

Leben sich um ihre Sucht drehte und die sonst nichts mehr interessierte!

Unter seinem Balkon fragte jemand:

»Was kostet das Mittagessen?«

»Sechzehn Francs, Wein extra. Vorspeise, Fischgericht, Fleischgericht und Nachtisch ...«

Bergelon beugte sich vor. Sogleich sah er den Frager mit Frau, drei kleinen Kindern, Eimerchen und Schaufeln, besorgten Blickes.

»Und bei nur einem Gang?«

»Mittags gibt's nur das Menü ...«

»Zahlen Kinder soviel wie Erwachsene?«

Die Frau, die ein neues geblümtes Kleid trug, zupfte ihn am Ärmel:

»Komm, Germain ...«

Denn sie hatte gegenüber eine Tafel gesehen, auf der ein Imbiß für zwölf Francs angeboten wurde.

Es würde wieder regnen. Die ganze graue Feuchtigkeit der Luft schlug sich in einem feinen Regen nieder, niederdrückend wie Trauerflor. Die Kinder würden nicht im Sand spielen können. Das geblümte Kleid würde verdorben sein. Sie mußten sehr früh aufgestanden sein, um auf einem überfüllten Bahnhof einen Waggon dritter Klasse zu stürmen.

Der Hotelbesitzer ließ eilig das Zeltdach über der Terrasse auskurbeln, auf der bereits eingedeckt war, mit Tellerchen mit Radieschen, Krabben und roten Beten.

»Hello!«

Es war Edna – er würde sich nie an den Namen gewöhnen, der ihn immer an den Vulkan auf Sizilien erinnerte –, Edna, die im Badeanzug, mit dem kleinen Hintern wackelnd, mit einem Roman in der Hand zum Strand ging, wo ihr Sohn ganz alleine dabei war, eine Strandburg zu bauen.

»Hello!« antwortete er ohne Überzeugung.

Wo war er beim Lesen stehengeblieben?

Sie war ein bißchen unruhig ...

Das hatte er schon gehabt.

... ordinäre Zoten erzählt ...

Bei »Zoten« war er stehengeblieben. Merkwürdig, daß eine kleine Dame von so adretter Erscheinung wie Edna, die schon einen großen Jungen hatte, im Bett so ordinär werden konnte. Eben das stieß Bergelon am meisten ab. Ganz abgesehen davon, daß sie beim Akt die obszönsten Worte ausstieß!

»... ordinäre Zoten ...«

Cosson hatte wohl beim Schreiben die ganze Zeit getrunken. Seine Schrift, anfänglich ruhig und stetig, wurde immer schwungvoller, immer eckiger, mit Tintenklecksen dazwischen.

Alle kotzen mich an. Ich muß irgendwas machen. Und Sie kommen nicht darauf, was vielleicht den Ausschlag gibt. Das ist noch so eins von den kleinen verschämten Geheimnissen, die ich nicht einmal Cécile verraten würde.

Ich hab nämlich noch nie das Meer gesehen!

Wenn ich in Ferien geschickt wurde, dann zu einer

Tante in der Vorstadt von Bugle hinter dem Gaswerk. Die Tante hat das ausgenutzt und mich im Garten arbeiten lassen. Und zum Wehrdienst bin ich nach Lyon eingezogen worden!

Danach habe ich nie genug verdient, um mir einen Urlaub leisten zu können. Marthe und ich haben immer gesagt:

›Wenn wir die Entbindung abbezahlt haben, legen wir was beiseite, damit wir mit dem Kind einen Monat ans Meer können.‹

Und jetzt sind Sie am Meer. Ich weiß nicht, was Sie mit Cécile gemacht haben, aber Sie sind ihr sympathisch. Sie hat mir gesagt, daß Sie nicht aus Angst weggefahren sind, sondern weil Sie mir Zeit geben wollten, mich zu fassen ...

Läuft fast darauf hinaus, mir Zeit zu geben, meine Stellung in der Bank wieder einzunehmen und Überstunden zu machen, mit einem grünen Augenschoner, weil man sich bei ihren verdammten elektrischen Kugellampen die Augen verdirbt!

Cécile hat ihren Brief bereits fertig. Sie geht jetzt aus. Es ist ihre Zeit. Ich bin es gewöhnt. Eifersüchtig bin ich nicht. Im Gegenteil! Es macht mir Spaß, wenn ich mir vorstelle, daß dumme Schweine ... Wenn sie heimkommt, frage ich sie nach Einzelheiten, und Sie können mir glauben, es ist sehr aufschlußreich! Wenn ich es diesen Leuten mal ordentlich eintränken wollte ...

Gleich gehe ich mich mal nach dem Fahrplan erkundigen. Ich weiß schon, daß es praktischer ist, über Paris zu fahren ...

Der Schuhmacher von unten grüßt mich nicht mehr.

Er hat Cécile neulich gesagt, er habe an eine Person vermietet, nicht an zwei ... Aber er hatte nichts dagegen, wenn vier oder fünf Freier am Nachmittag hinaufgegangen sind! Und seine vierzehnjährige Tochter lauert immer im Treppenhaus!

Offenbar wollen sie meine Möbel verkaufen, weil noch vier Raten ausstehen. Ist mir doch egal! Und der Metzger soll sehen, wo er mit seiner Miete bleibt.

Sie sollten unbedingt zur Kenntnis nehmen, daß sich an meinen Plänen überhaupt nichts geändert hat. Wenn ich wirklich die Schnauze voll habe, tue ich, was mir noch zu tun bleibt. Ich glaube, ich habe die Sache mit der Bombe fallenlassen. Trotzdem, spaßig war es! Aber jetzt, wo Sie nicht mehr im Haus sind ...

Ich bin sicher, daß ich Ihnen noch allerhand sagen wollte, aber mir fällt nichts mehr ein. Ich lege mich schlafen. Die Typen von der Sanzi-Bar kotzen mich auch an ... Immer dasselbe!

Meine Mutter geht jeden Tag zur Messe und zum Salve und betet für mich ... Dabei fällt mir ein, daß sie mich im Mai immer gezwungen hat, jeden Morgen mit ihr zu kommunizieren, und ich um halb sieben aufstehen mußte, denn wir haben auf dem Heimweg immer die ersten Stachelbeeren und die ersten Kirschen gekauft ...

Ich spüre, daß ich bald in den Zug steige. Es muß ein Ende gemacht werden. Die Situation ist unhaltbar.

Ihr Pech!

Die Unterschrift war ganz krakelig. Man hätte meinen können, Cosson hätte den Brief noch nicht beenden wollen, gern noch etwas hingeschrieben, mehrere Nachschriften hinzugefügt.

Er schrieb nur eine:

P.S.: Bevor ich Sie »besuchen« komme, gönne ich mir auf alle Fälle ein Bad im Meer!

7

Hast du nie Lust gehabt, aus deiner Haut zu schlüpfen?«

Auf die Ellenbogen gestützt, flach auf dem Bauch liegend, starrte sie vor sich in den Sand, als sie die Stimme vernahm, seltsam gedämpft wie durch Mull, wie sie meinte, wie bei einem früheren Freund, der ebenso faul und von fern geredet hatte, wenn er im Kokainrausch dagelegen habe.

Sie hob den Kopf, musterte routiniert ihren braungebrannten Körper, der vom Sonnenöl glänzte.

»Warum? Magst du meine Haut etwa nicht?«

Er war amüsiert, denn sie konnte nicht wissen, daß er nur spielte, ein Spiel, das er selber erfunden zu haben meinte und als Kind Rollospielen genannt hatte. Es bestand darin, daß er, bequem in den Liegestuhl gekuschelt, den Rand des Strohhuts über die Augen gezogen, die Lider auf eine bestimmte Art sachte hob oder senkte, die manchmal schwer hinzukriegen war. Zum Beispiel war das Rollo, als Edna sich beim Klang seiner Stimme bewegt hatte, ganz oben gewesen, und sie folglich nur eine Gestalt auf einem Panoramabild mit Meer, Himmel, Sand und buntem Menschengewimmel. Eigentlich nur ein hellgrüner Fleck auf dem Sand, denn so war ihr Badeanzug, und das mollige Mädchen unmittelbar daneben ein Fleck in Bonbonrosa.

Doch noch bevor sie den Mund aufmachte, ließ er das Rollo ein bißchen herunter. Sie rückte in den Vordergrund, kam schärfer ins Bild, und er bemerkte das dümmliche Staunen platter Koketterie, dann ihr noch blöderes, zugleich befriedigtes und leicht mißtrauisches Lächeln beim Betrachten der eigenen Haut:

»Magst du meine Haut etwa nicht?«

Noch eine Blende kleiner: Er blickte jetzt durch einen schmalen Spalt und entdeckte den braunen Flaum auf der Oberlippe, ein Muttermal von der Größe eines Zehn-Centimestücks auf dem linken Schulterblatt und zwischen den Beinen im Dreieck der Schenkel, wo der Badeanzug zu knapp saß, ein paar starke, schwarzgekräuselte Schamhaare.

Er hätte antworten können:

»Das habe ich damit nicht sagen wollen ...«

Doch es lohnte nicht. Sie war in dieses Spiel nicht einbezogen. Mit ihren überlangen lackierten Fingernägeln zeichnete sie weiter irgendwas in den Sand.

Merkwürdig, daß sie auf Kokain gekommen war, wo es doch tatsächlich etwas mit diesem Spiel zu tun hatte. Natürlich hatte Bergelon keins genommen. Das war lange her, das eine Mal, als er das Spiel erfunden hatte. Er war noch ein kleiner Junge gewesen und hatte Zahnweh gehabt. Sie hatten ihm eine Tablette gegeben, die wohl nur eine winzige Menge Kokain enthalten hatte, aber genug für einen komischen Geschmack im Mund. Er hatte unter einem Feigenbaum gesessen. Um auch den geringsten Zug abzuhalten, hatte er sich einen geblümten Schal ums Gesicht gewickelt und hatte sich dort mit zunächst gesenkten, geschlossenen und dann einen Spalt breit gehobenen Lidern seine Phantasiebilder geschaffen. Wenn er so überlegte, war das seine glücklichste Kindheitserinnerung. Auch die ergreifendste Erinnerung an seine Mutter, denn sie hatte ihm genau da eine Limonade gebracht.

Hier war das komplizierter, denn die Szenerie war weitläufig, aus einer Vielzahl Bestandteile zusammengesetzt, und einen Schal hatte er auch nicht um den Kopf. Komplizierter auch, weil er bei diesem Spiel nicht nur mit dem Raum, sondern auch mit der Zeit jonglierte.

Zum Beispiel als er sich vorhin ein Scheibchen Meer von sehr hellem, durchscheinendem Blau ausgesucht hatte, durch ein Flimmerband von einem gleichfarbigen Stück Himmel getrennt! In diesem goldenen Glitzern war ein Schiffchen wie schwebend dahingezogen.

Da hatte er nur durch das Spiel der Wimpern auf diesem Nachen eine stehende, weißgewandete Menschengestalt mit Heiligenschein ums Haupt erzeugt. Nicht ganz das Bild aus seiner Kinderbibel. Er mußte sich vertan haben. Auf seinem Bibelbild stand Jesus nicht in einem Nachen, sondern wandelte auf dem Wasser.

Der Nachen gehörte zur wundersamen Vermehrung der Fische. Sekundenlang sah er ihn voller bärtiger Männer, die ein von silbrigen Schuppen glitzerndes Netz aus dem Wasser zogen.

»Kommt zu mir! ...« schien Jesus mit einem unmerklichen Neigen seines schmalen Antlitzes zu sagen.

Hin zu diesem Blau, zu diesem Licht, von dem bisweilen ein schärferer Strahl durch das Lid drang ...

Aber so hatte er nicht gesprochen. Sondern:

»Lasset die Kindlein zu mir kommen ...«

Bergelon erinnerte sich nicht so genau. Er war nie bibelfest gewesen. Außerdem gehörte es zum Spiel, alles zu verschieben, zu vernebeln. Das Entscheidende war die Lust, sich davonzumachen, aus der Haut zu schlüpfen. Wie hätte Edna das verstehen sollen?

Ein unmerklicher Lidschlag, und er sah nicht mehr den Nachen und die Gestalt mit dem Heiligenschein, sondern im seichten Wasser am Strand im Wellengekräusel planschende Kinder, auch Erwachsene, Männer, Frauen mit an bleichen Beinen gerafften Röcken oder hochgekrempelten Hosen, die gewissenhaft mit kleinen Keschern nach Krabben fischten.

Noch ein Lidschlag... Sein Blick fiel auf das mollige Mädchen in Bonbonrosa, verengte sich, um Edna auszuschließen, die da nicht hineingehörte, und augenblicklich spürte Bergelon, wie ihm glühende Zungen des Verlangens über den Leib leckten. Es kam unverhofft und war völlig undenkbar. Gleich, wenn das dicke Mädchen sich wieder anzog, würde er sich schämen. Die Mutter saß fett und friedlich mit ihrem Strickzeug im Liegestuhl, und das Mädchen von etwa fünfzehn oder sechzehn Jahren war fast schon genauso dick. Auch ihr war der Badeanzug zu eng. Sie lag wie Edna mit den Ellenbogen auf den Sand gestützt und las in einem Buch, vielleicht gar einem Liebesroman!

»Wie spät ist es?«

Er hätte auf die Uhr sehen können, denn er war voll angezogen. Doch antwortete er nur von weither aus einer unbestimmten Region, von der ihn das rosa Mädchen abgelenkt hatte und in die er gleich wieder zurückwollte:

»Weiß nicht ...«

Seinen Nachen konnte er nicht mehr hinzaubern, doch entdeckte er an einem plötzlich viel klareren Horizont einen Dampfer auf der Fahrt nach irgendwohin.

Wo hatte er dieses seltsame Schiff mit Schornsteinen und zwei besegelten Masten gesehen, einen dieser Dampfsegler aus der Mitte des vorigen Jahrhunderts? In einem Roman von Jules Verne? Jedenfalls war es ein Schwarzweißbild gewesen, ein Stich oder eine Lithographie in einem Pappband, der nach Altpapier roch. Man blickte von oben auf ein Deck mit beliebig auf Warenballen hingestreckten Auswanderern, Frauen in Glockenröcken, ein Tuch über den Haaren, Männern mit Bärten und dem einsamen Held der Erzählung neben Fässern an der Reling, einem jungen Mann in Gehrock und enger Hose mit einem hohen Zylinder auf dem Kopf.

Wie gern hätte er dieses Schiff nach Amerika bestiegen ...

Und wie gern sich in einem der großen Planwagen durchrütteln lassen, mit denen die Pioniere zu den Rocky Mountains zogen ...

»Gehst du nicht ins Wasser?«

Die Mutter hatte das gefragt, doch das dicke Mädchen hob die Augen nicht von seinem Buch.

»Gleich ...«

Sie wollte keine Zeile, kein Wort, keine Sekunde verlieren und machte schon lange vor dem Umblättern ein Eselsohr in die Seite.

Hätte man Bergelon beobachtet, hätte man etwas wie einen Schatten über sein Gesicht ziehen sehen, sekundenkurz. Die Erinnerung an etwas Unangenehmes, an eine unbestimmte Drohung. Warum hatte er vor drei Tagen eigentlich nicht mit Edna ins Kasino und an den Spieltisch gewollt? Warum hatte er es trotzdem getan? Und dort ausgerechnet Madame Jonas getroffen, das tückischste Weib von St.-Nicolas! Eine weißblonde Perücke hatte sie getragen, von einem unnatürlichen Blond, wohl eher aus Flachs als aus echtem Haar.

»Herr Doktor! Und ohne Ihre Frau?«

Darauf fragend zu Edna, die sich wie zufällig vertraulich bei Bergelon eingehakt hatte:

»Madame?...«

In der Grundschule war ein gewisser Noël gewesen, mit elf schon fast so dick wie das Mädchen in Rosa, der ganz spreizbeinig ging. Er hatte in Bugle jetzt ein Maklerbüro für Hausvermietung und Immobilien. Er hatte ein Auto, und seine Kinder waren genau so dick.

Wer weiß? Vielleicht hätte nicht einmal der aus seiner Haut schlüpfen wollen?

Das Schwierige dabei war nämlich, sich eine andere Haut zu suchen! Ihm war irgendwie leicht zittrig, ängstlich, hoffnungsvoll, erwartungsvoll zumute, er wollte mit Schwung neu ansetzen – aber zu was? –, sich etwas auftun, nicht bloß ein Tor, sondern einen neuen Weg, eine andere Welt, eine veränderte Perspektive, und sich hineinstürzen...

Er bekam einen Ball gegen die Beine, blickte auf und sah Edna, die sich auf den Rücken gedreht hatte und ihm nun das Gesicht zuwandte, die Augen hinter einer riesigen Sonnenbrille mit milchigweißem Rahmen verborgen.

Er versuchte, sich alle seine Schulkameraden ins Gedächtnis zu rufen und was aus ihnen geworden war. Thioux war jetzt Bäcker. Er hatte immer noch dieses laute Organ, den schwerfälligen Gang, seine sturen Launen, und schüchtern war er auch noch. Gallet war Anwalt geworden und mischte in der Politik mit. Bisweilen schrie er Bergelon über die ganze Straßenbreite ein herzliches »Wie geht's, Alterchen?« zu.

Merkwürdig, daß keiner sich verändert hatte. Mit dreißig oder fünfunddreißig waren sie jetzt, obwohl meist Ehemänner und Familienväter, noch genau wie auf dem Abschlußfoto auf dem Schulhof der Volksschule ...

Allerdings gab es auch ein paar, von denen nichts bekannt war, die fortgezogen waren und sicher etwas erreicht hatten!

Seine Mutter würde wütend sein. Er hatte ihr geschrieben, daß er sie gern in Riva-Bella begrüßt hätte, sich aber erschöpft fühle und unbedingt allein bleiben wolle. Was würde sie sich dabei denken, wo sie doch wie Germaine immer gleich das Schlimmste vermutete?

Die Kinder kamen jetzt gleich aus der Schule ... Nein! Heute war ja Donnerstag. Ihre Mutter war sicher mit ihnen in der Stadt und machte Besorgungen für die großen Ferien ...

Schwer zu sagen, wie wichtig das mit Cosson letztendlich für ihn war. Hatte er die gleiche Krise etwa schon in der schmachvollen Nacht der Niederkunft durchgemacht, dasselbe stechende Bedürfnis nach Veränderung verspürt?

Hatte er sich mit seinem Leben wirklich ein für allemal abgefunden? Rührte seine Lässigkeit womöglich daher, daß er den Dingen nicht auf den Grund ging? Anwesend war er zwar, daheim oder auf der Straße, im Viertel, bei Patienten wie dem alten Hautois oder den Portals. Doch kam es ihm so vor, als hätten sich die anderen wirklich, endgültig niedergelassen, aber er nur vorübergehend, als glaube er nicht recht daran, als sei alles vorläufig, nicht mal so real wie die Phantasiebilder, die er sich beim Rollospielen schuf.

Worauf lief das mit Cosson hinaus? Er hätte es nicht sagen können. Er hatte sich abscheulich in Versuchung führen lassen. In die Welt der Mandalins und des Hals-Nasen-Ohren-Arztes aufzusteigen und sich, wer weiß, nach ein paar Monaten ein Auto zu kaufen? ...

Eine Frau war deswegen gestorben, und ein Kind, und das Leben war weitergegangen, Mandalin war zum Mittagessen zu Freunden in die Sologne gefahren, Émile zu den Pfadfindern aufgebrochen, nachdem er sich von ihm sein Sonntagsgeld geholt hatte ...

Wann genau merkt man, daß ein Kleidungsstück zu eng geworden ist? Warum nicht schon gestern? Warum nicht morgen erst?

»Schläfst du?«

Er streckte sich. Er war ganz steif. Ohne es zu wissen, hatte er eine Falte auf der Stirn und folgte mit dem Blick dem molligen Mädchen im rosa Badeanzug, das sein Buch ausgelesen hatte und aufstand, den zwischen den Schenkeln zwackenden Badeanzug zurechtzog und sich aus dem rotweiß gestreiften Zelt die Bademütze holte.

»Schwimm nicht so weit hinaus ...«

Er selber konnte kaum schwimmen. Ob wohl Cosson

schwimmen konnte, der noch nie das Meer gesehen hatte? Er war wie gerädert, weil er zu lange in der gleichen Haltung liegengeblieben war. Er mußte dem rosa Badeanzug nachsehen, um ihr beim Baden zuzuschauen, und spürte, daß ihn Edna durch das Rauchglas ihrer Brille beobachtete. Tatsächlich grinste sie:

»Genier dich nur nicht! ...«

Er wurde rot, als habe er etwas Verwerfliches getan; er hatte Angst, die Mutter könnte mitgehört und begriffen haben, und drehte den Kopf zur Seite. Die Sonne brannte herunter auf den Deich, das Kasino und die Hotels. Er war aus dem Sand aufgestanden. Einen Moment eher hätte er die Augen noch zu gehabt. Einen Moment später wäre er wohl ans Wasser gegangen.

Aber just in diesem Moment sah er zum Deich, und genau da bog Germaine um die Ecke, vom Bahnhof der Schmalspurbahn kommend, den braunen Koffer in der Hand. Sie hatte den neuen Hut auf, an dem sie bei seiner Abreise genäht hatte und dessen Form ihn verblüffte. Sie trug ein abgetragenes Kleid, denn in guter Kleidung wollte sie nie reisen, weil sie meinte, nichts mache mehr Verschleiß als das Herumsitzen im Zug. Wurde sie vielleicht von der Sonne geblendet? Man spürte, daß sie keine Einzelheiten unterschied, stracks vor sich hinmarschierte und an etwas anderes dachte, sich bereits Sätze zurechtlegte ...

»Ich geh mir Zigaretten holen«, verkündete er.

»Ich hab welche!«

»Aber keine Gitanes ...«

Dieser kurze Dialog grub sich ihm, ohne daß er es wußte, tiefer als alle anderen Erinnerungen ins Unterbewußtsein ein, und auch Ednas Handbewegung, mit der sie die Sonnenbrille lüpfte, um ihn anzusehen.

Er war schon unterwegs und schlängelte sich zwischen Zelten und hingestreckten Leibern durch.

Er vergewisserte sich, daß Germaine nicht mehr zu sehen war, und ging selbst in die entgegengesetzte Richtung, zum Bahnhof. Er hatte es nicht eilig. Er war gelassen. Noch nie war er so gelassen gewesen. Noch nie hatte er so klar gedacht.

Wie durch ein Wunder war er völlig angezogen, weil er vorgehabt hatte, mit dem Bus nach Deauville zu fahren, wenn es ihm am Strand zu langweilig würde. Deshalb hatte er auch die Brieftasche bei sich. Von Bugle war er mit fünftausend Francs weggefahren. Er hatte noch mindestens viertausendfünfhundert.

Germaine blieb jedenfalls nicht mittellos zurück. Auf dem Bankkonto standen noch etwa sechsundzwanzigtausend, nachdem er die fünftausend abgehoben hatte.

Im Gehen sagte er sich, die Kleinbahn aus Caen werde in wenigen Minuten dorthin zurückfahren. Zeit genug, bis ans Ende der Straße zu gehen, nach links abzubiegen und sich in den Zug zu setzen ...

Sechsundzwanzigtausend Francs ... Dazu noch die ausstehenden Honorare ... Und ein paar Aktien in der linken Schublade vom Schlafzimmerschrank.

Außerdem gehörte ihnen das Haus im Wert von ungefähr hunderttausend Francs.

Und schließlich – der Gedanke amüsierte ihn – war alles ganz einfach zu regeln. Sein Stellvertreter, der vortreffliche Monsieur Charles, hatte sich mit einem Fixum von zweitausend Francs monatlich einverstanden erklärt. Die Praxis brachte etwa fünftausend ein, selten bloß viertausend. Nahm man einmal an, Monsieur Charles begnügte sich mit der Hälfte ...

Er bekam es mit der Angst, als er die Kleinbahn heiser pfeifen hörte, wurde schneller, fing an zu rennen und mußte dann, nachdem er schließlich außer Atem angelangt war, bis zur Abfahrt noch gute zehn Minuten warten.

Ganz klar, Madame Jonas hatte nach Hause geschrieben. Direkt an Germaine? Oder an eine Dritte, die den Zuträger gespielt hatte? Die arme Germaine hatte brav ihren Koffer gepackt. Ob sie Monsieur Charles gesagt hatte, was los war? Er hätte darauf wetten können!

Und nun? Im ›Hôtel Bellevue‹ hatte man ihr sicher gesagt, er sei am Strand. Irrte sie jetzt in Straßenschuhen zwischen den Sonnenbadenden herum?

Pläne hatte er keine. Ihm war nicht klar, daß er etwas Bedeutenderes erlebte als sonst. Nach außen hin floh er vor einer Szene zwischen sich, seiner Frau und Edna, vor einem absurden Ehestreit hinter hellhörigen Hotelzimmerwänden.

Der Zug fuhr an und lief alsbald nicht mehr neben der Straße her, sondern neben dem Kanal. Am anderen Ufer tanzten Pärchen in einem schattigen Ausflugslokal namens ›Robinson‹. Da waren Angler und Boote, die zu wenig Wind in den Segeln hatten.

Cosson würde sich einbilden, er sei seinetwegen auf der Flucht. Das war so irrig, daß Bergelon ihm zum Beweis des Gegenteils die Adresse mitteilen würde, sobald er irgendwo angekommen war. Wer weiß, vielleicht trafen sie sich zu dritt, er, Cosson und Cécile?

Zwanzig Minuten später stieg er am Marktplatz aus dem Zug. Der Markt war vorbei. Es roch nur noch nach nicht mehr sichtbarem Obst und Gemüse und den kleinen Bistros der Markthändler, in denen keiner mehr saß.

Warum hatte er beschlossen, nach Le Havre zu fahren? Eigentlich hatte er das gar nicht beschlossen. Es verstand sich von selbst. Da er von hier weg mußte, fuhr er eben nach Le Havre, aber mit welchem Beförderungsmittel, wußte er noch nicht. Erstmal setzte er sich auf die Terrasse eines Bierlokals, wo Musik spielte, und trank ein Bier mit demselben Behagen wie früher samstagnachmittags, wenn seine Mutter ihn spazieren schickte, nachdem sie ihm ein Bad eingelassen und ihm saubere Wäsche gereicht hatte.

Im Hin und Her vor einem Blumenladen erspähte er einen Omnibus mit dem Ziel ›Honfleur‹. Er rief den Kellner, zahlte, wie vorher ängstlich darauf bedacht, nicht zu spät zu kommen, als wolle er zu einem Rendezvous. Aber der Bus fuhr erst in einer Viertelstunde ab, und er saß lange allein darin.

Gepäck hatte er keines: nichts außer dem, was er am Leibe trug. Eine graue Flanellhose, ein offenes Sporthemd und eine Art kragenloser Jacke – den Namen dafür wußte er nicht –, die er im Vorjahr in Riva-Bella erstanden hatte und die ähnlich von allen Badegästen getragen wurde. Er hatte nicht einmal sein Taschenmesser dabei, das auf dem Zimmer liegengeblieben war, und er ärgerte sich, weil er sich damit gern den Sand unter den Nägeln hervorgekratzt hätte. So knabberte er sie halt ab.

Er hatte immer eine leichte Angst vor Omnibussen gehabt, die ihm im Straßenverkehr wie plumpe Hummeln vorkamen. Zwischen Wallhecken nahm der Bus Kurve um Kurve, wich Sportwagen aus und fuhr an Dörfern vorbei, die ganz im Grünen versteckt lagen.

Er war fast überrascht, als er an einem von alten Häusern der Normandie umstandenen Platz am Rande eines Hafenbeckens landete, in das reglose Angler hinunterblickten. Er war in Honfleur! Er war noch nie dagewesen, wie er auch noch nie einen Fuß nach Le Havre gesetzt hatte. Er sprach einen Polizisten an:

»Bitte, wie komme ich nach Le Havre?«

Der Polizist sah auf die Uhr, die im Giebel der Fischhalle eingelassen war.

»Die Fähre geht erst in eineinhalb Stunden ... Sie wären besser über Tancarville gefahren ...«

Woher hätte er das wissen sollen? Seltsam, daß der Ort mit seinen unwirklich scheinenden Häusern, mit dem unergründlichen Hin und Her davor anmutete wie aus einer Romanillustration. Autos hielten und fuhren wieder an, auch Busse, ohne nachvollziehbaren Grund, und die Angler in ihren steifen Leinenanzügen standen immer noch da, ohne daß man sich erklären konnte, wie sie es stundenlang so bewegungslos auf dem groben Pflaster des Hafenkais aushielten.

Er trat in ein Café. Es war dunkel und kühl darin. Schwarzgekleidete Bäuerinnen mit Kindern und Flechtkörben warteten auf etwas, sicher auf die Fähre, und Pakete, Körbe, Kisten wurden hereingeschleppt und auf einem wachstuchbedeckten Tisch gestapelt. Plötzlich fiel es ihm ein: das Bild, an das ihn das hier erinnerte, stellte die Abfahrt einer Kutsche dar, aber im Winter, mit Reisenden, die sich um ein Herdfeuer drängten, und einem Engländer, der in ein schottisches Plaid gehüllt war. Am stärksten fasziniert hatte ihn das schottische Plaid. Schon lange hätte er sich gern ein schottisches Plaid gegönnt, aber die Gelegenheit hatte sich nie geboten.

Er hatte keine Ahnung.

»Geben Sie mir Cidre!«

»Moussierenden?«

»Wenn Sie meinen ...«

Im selben Moment hätte er die Bedienung mit ihren unausgeschlafenen, müden Augen beinahe zurückgerufen. Denn gerade war in ihm ein neues Gefühl aufgekommen, fast schon Geiz. Er hätte vorher fragen sollen, wie teuer moussierender Cidre war. Wie weit würden seine viertausendfünfhundert Francs reichen?

Die Bedienung trug ein schwarzes Wollkleid unter der weißen Schürze und ging hin und her, sammelte Gläser ein, wischte mit einem Lappen über das braune Wachstuch auf den Tischen und mußte ständig Fragen beantworten:

»Nein, vor acht Uhr geht kein Bus mehr nach Tancarville ...«

Mile, dachte er, wenn er jetzt hier wäre, würde reglos und stumm in einer Ecke sitzen. Das war seine Art, wenn er an einen andern Ort oder in eine unbekannte Szene verpflanzt wurde. Er schien zu dösen. Dann, Wochen oder Monate später, wenn die Rede darauf kam, wie es dort ausgesehen hatte, meldete er sich plötzlich.

»Die Wand war nicht grün, sondern blau gestrichen, und über dem Kamin hing ein Kalender mit einem Bild von Schnittern ...«

»Haben Sie Telefon, Fräulein?«

»Hinten links ...«

Ein Wandtelefon im Gang neben einem Schrank, aus dem es stark nach Salmiak roch.

»Verbinden Sie mich bitte mit Nummer 28 in Riva-Bella ...«

»Mit Auskunft!« präzisierte die Wirtin, die plötzlich aufgetaucht war.

Er begriff nicht. Mit dem Hörer in der Hand starrte er sie blöde an.

»Mit Auskunft!« wiederholte er dennoch.

»Legen Sie bitte auf! Ich rufe zurück ...«

»Was heißt das, mit Auskunft?«

»Daß Sie mich nachher noch mal anruft und sagt, wieviele Einheiten es waren ...«

Na gut! Also mit Auskunft! Er machte ja keine Schwierigkeiten. Er rief nicht so sehr wegen Germaine an, die in seinen Augen weit entfernt war, wie wenn man verkehrt durch ein Fernglas blickt, als um unangenehmen Szenen vorzubeugen. Anwesend war er freilich nicht, es hätte ihm egal sein können. Aber die Vorstellung, wie die Hotelgäste kurz vor dem Abendessen seine in der Halle zusammengesunkene Frau umstanden, ging ihm gegen den Strich.

»Denken Sie sich bloß, der Mann der Ärmsten ...«

»Hoffentlich nicht ertrunken! Die Leute sind oft so leichtsinnig ...«

Und Edna mittendrin! Edna, zu der er gesagt hatte, er

gehe Zigaretten holen! Ob die beiden Frauen wohl Bekanntschaft schlossen? Das Abendessen war jedenfalls unvermeidlich, bei Sonnenuntergang, mit drei Bedienungen, die die Speisen servierten und unter deren Schritten das Fichtenholzparkett zitterte!

»Wer hat Riva-Bella verlangt?«

»Ich ...«

»Hallo ... ist dort ›Hôtel Bellevue‹? ... Ich hätte gern eine Auskunft ... Ist Madame Bergelon angekommen? ...«

Der Hörer wurde weitergereicht. Eine Frauenstimme, die Hotelierstochter, die ihn immer so schräg ansah, seit sie Edna aus seinem Zimmer hatte huschen sehen, wollte wissen:

»Wer spricht denn dort?«

Ihm schien, als komme in der Schankstube Unruhe auf. Er bekam Angst, die Fähre könnte ohne ihn abfahren.

»Wohnt Madame Bergelon bei Ihnen?«

»Soll ich sie holen? Sie ist gerade bei Tisch ...«

Das Abendessen wurde heute eher serviert, weil einige Gäste um halb neun ins Kino wollten!

»Nein! ... Hallo! ... Bitte nicht trennen ...«

»Sprechen Sie!« rief das Fräulein vom Amt. »Sie sind nicht getrennt ...«

»Hallo! ›Hôtel Bellevue‹? ... Würden Sie Madame Bergelon bitte ausrichten ... Nein! ... Ich will nicht, daß Sie sie holen ...«

Man meldete ihm:

»Gleich kommt sie ...«

Er konnte sich denken, wie sich das abspielte. Die

Hotelierstochter hatte sicher einer der Bedienungen zugeschrien:

»Sagen Sie Madame Bergelon, sie wird am Telefon verlangt ...«

Wie die arme Germaine herbeistürzte ...

Und Edna ihr nachsah ...

Und der ganze Speisesaal gebannt Anteil nahm am Schicksal der armen Frau, deren Mann ...

»Hallo! ... Richten Sie ihr nur aus, Ihrem Mann geht es gut! Ja! ... Er muß auf ein paar Tage nach ... Dieppe ... Das war's! ...«

Ihm schwirrte der Kopf. Eben hatte er ihre Stimme erkannt, die Stimme seiner Frau, die ganz nah am Telefon war und fragte:

»Mein Mann?«

Er legte auf. Er konnte sich gerade die Stirn trocknen, da klingelte es wieder. Selber abzuheben traute er sich nicht, denn er fürchtete, daß ...

»Hallo! ... Ist dort die 12? ... Zwei Gesprächseinheiten mit Riva-Bella ...«

»Fünf Francs fünfzig!« übersetzte die Wirtin.

Durch das Fenster sah er am Kai die Fähre und Autos, die eine Rampe hinauffuhren.

»Was bin ich schuldig?«

»Fünf Francs fünfzig fürs Telefon und zwei Francs für den Cidre ... macht sieben Francs fünfzig.«

Er gab zehn Francs, verließ das Lokal und bereute, zwei Francs fünfzig Trinkgeld gegeben zu haben. Wenn er so weitermachte ...

Es wurde Abend. Er stand im Gedränge zwischen den anderen Passagieren eingezwängt. Der Schornstein des

Schiffs erinnerte ihn an einen Schaufelraddampfer, auf dessen Deck ...

Furcht erfaßte ihn, Hoffnung, etwas kam in ihm in der Brust hoch wie eine Luftblase, und beim Anblick des glitzernden Wassers, auf dem keine Welle sichtbar war, nur ein langsames und regelmäßiges Dahinströmen, das in seinem Fluß Schmutz mit sich führte, stiegen ihm Tränen in die Augen, als sei er endgültig fortgefahren, als steche die Fähre aus Honfleur in See nach ...

»Die Fahrkarten, bitte ...«

Gleich würde Eveline Portal auf der Türschwelle sitzen, sobald es dunkel war. Er hatte sich nie gefragt, ob Germaine mit sechzehn oder siebzehn auch so mit den Jungs gespielt hatte... Schon möglich. Sogar wahrscheinlich! Und sicher war ihr dabei mulmig gewesen wie immer, und sie hatte das Gesicht abgewandt und sich das Weinen verbissen.

Möwen folgten wie auf dem Meer dem Schiff; eine Frau fragte ihren Mann:

»Wieviel hast du bezahlt?«

Und Bergelon sah, wie ihm die Zigarette zitterte. Kaum konnte er sie anzünden. Er duckte sich hinter die Rücken der anderen, weil eine leichte Brise alle seine Streichhölzer ausblies.

8

Schon vor dem Anlandgehen spürte er, daß ihm etwas nicht behagte. War das Licht schuld, in dem sich die Stadt zeigte? Es war zwischen Tag und Dunkel. Die Sonne war weg, auch das Abendrot, und alles Blau oder Grün am Himmel. Welche Farbe hatte der eigentlich? Er war neutral, wie stumpfes Glas, und darunter ein grober Schattenriß: Häuser, Fenster, Türen wie mit der Kaltnadel radiert, in kompromißlosem Sepia, mit Grautönen kalt wie Stahl.

Sofort war ihm Le Havre als Ganzes zuwider, die Straßenbahnen, die Architektur der Häuser, der Dächer, das Leben auf den Straßen. War noch etwas los? Denkste! Eine tote Uhrzeit, in der nur noch Nachzügler auf Trottoirs heimwärts strebten, die für so wenige Passanten zu breit waren, und die Gaslaternen brannten schon, bevor es richtig Nacht war. Vom Hafen aber sah man nur Güterschuppen, Gittertore und Bretterzäune, tapeziert mit scheußlichen Werbeplakaten für einen Wanderzirkus.

Nein! Hierher hatte er nicht gewollt. Er mußte weiter, sofort. Obwohl es Abendessenszeit war, wäre es ihm nicht eingefallen, auch nur so lange in dieser Stadt zu verweilen, wie er brauchte, um etwas zu essen. Als fürchtete er, hier festgehalten zu werden und dann nicht weiter und nicht mehr machen zu können, was er vorhatte.

Was hatte er denn vor? Er wußte es nicht. Er hatte sich keine Gedanken gemacht. Unterwegs, ganz gleich, mit welchem Beförderungsmittel, hörte er immer auf zu denken, schaltete einfach ab und wartete.

Hatte sein unerklärlicher Widerwille gegenüber Le Havre vielleicht einen ganz anderen Grund? Kurz vor dem Ausschiffen, als die Passagiere bereits zum Ausstieg der Fähre drängten, war ihm ein Gedanke aufgestoßen, der schon fast lächerlich war, so simpel war er.

Bei seinem Anruf im ›Hôtel Bellevue‹ hatte er darum gebeten, seiner Frau etwas auszurichten ... Und damit eingestanden, daß er über Germaines Anwesenheit in Riva-Bella Bescheid wußte, sie womöglich hatte kommen sehen, vor ihr geflohen war. Wo es doch völlig genügt hätte zu sagen:

»Hier Doktor Bergelon ... *Sollte jemand nach mir fragen, dann ...*«

Aber aus dem, was er am Telefon gesagt hatte, mußte man andere Schlüsse ziehen, und keine guten. Was sich Germaine wohl dachte? Daß er Angst vor ihr hatte? Das allein schon ließ seinen plötzlichen Entschluß, der überhaupt nichts mit seiner Frau zu tun hatte und auch nichts mit dem Nachmittag am Strand, unfein, fast schuftig erscheinen.

Wer weiß, ob sie sich würde beherrschen können, ob sie nicht vor allen Leuten anfangen würde zu weinen?

»Die Frau des Doktorchens ... Eben hat sie erfahren, daß ihr Mann ...«

Und alle würden Edna anstarren ...

»Entschuldigen Sie, Monsieur, geht noch ein Omnibus nach St.-Valéry?« fragte eine ältere Frau den Angestellten, der die Fahrscheine einsammelte. Er antwortete:

»In ein paar Minuten fährt bestimmt einer. Aber beeilen Sie sich ...«

Bergelon ging ihr nach. In der einen Hand trug sie einen schwarzen Weidenkorb und in der andern ein Bündel. Er hätte ihr anbieten können, einen ihrer Pakken zu schleppen, aber er dachte, das könnte auffallen.

Dann eben nicht! Jetzt ging es nach St.-Valéry! Der Omnibus war hell erleuchtet. Seine Scheinwerfer strichen von Zeit zu Zeit über eine Hausfront oder erfaßten Leute, die im Dunkeln auf dem Seitenstreifen gingen. Die Haltestellen waren vor Krämerläden und Cafés.

Der Omnibus ging weiter nach Dieppe, und Bergelon blieb mit ein paar anderen Reisenden sitzen. Rauchen war verboten, und das fuchste ihn.

Irgendwohin mußte er, nur nicht nach Dieppe, vor allem deswegen nicht, weil er die Stadt am Telefon erwähnt hatte. Das Meer konnte er nicht sehen, nur einen Leuchtturm, als sie die Küste hinunterfuhren, und eine Lichterkette zwischen der Stadt und einem Bereich finsterster Schwärze, sicher die Uferpromenade. Der Omnibus hielt hinter einer Reihe anders lackierter Busse.

Da in einen davon Leute einstiegen, erkundigte er sich beim Fahrer: »Wo fahren die hin?«

»Nach Abbeville ...«

Da stieg er um. Es war schon spät. Es wurde kühler. In Abbeville war er noch nie gewesen. Es hatte ihn nie gelüstet, dorthin zu fahren. Aber wer weiß? Vielleicht kam er von dort irgendwie anders weiter, und ...

Auf die Art kam er gegen ein Uhr früh in Boulogne an. Er merkte allmählich, daß seine innere Leere vom Hunger kam, und verzehrte in einer Kneipe, in der nur noch vier Kartenspieler saßen, eine Schlachtplatte. Ob hier das Stadtzentrum war, wußte er nicht. Die Straßen waren genauso trübsinnig wie in Le Havre.

»Ist hier irgendwo ein Hotel?«

»Ein paar Häuser weiter... Sie müssen lange klingeln, der Wirt ist nämlich schwerhörig...«

Er schlief sofort ein, merkte beim Aufwachen, daß seine Uhr stehengeblieben war, meinte, es sei schon spät am Vormittag, zog sich an, ging hinunter und stand frühmorgens um sechs auf der Straße. Wieder war er weit vom Meer entfernt an einem Platz, wo gerade der Markt aufgebaut wurde.

Und da fiel ihm Antwerpen ein. Der Name kam ihm plötzlich in den Sinn, und er fackelte nicht lange und ging zum Bahnhof, fragte am Schalter nach, ärgerte sich über unerwartete Komplikationen, etwa daß es keine Direktverbindung gab und er wieder südwärts bis Lille zurückmußte, um dort drei Stunden auf einen Anschluß zu warten. Warum mußte er auch immer alles so tolpatschig anpacken? Warum hatte er sich nicht vorher telefonisch erkundigt?

In Lille aß er zu Mittag und hätte hinterher nicht sagen können, wo er gegessen hatte noch was. Den Ausweis hatte er zum Glück in der Brieftasche, denn an der Grenze mußte er ihn vorzeigen.

In Brüssel hätte er unterbrechen können. Brüssel kannte er auch noch nicht. Aber es war bereits zur fixen Idee geworden: Er mußte nach Antwerpen!

Und dort fing dann alles an... Was, wußte er nicht, und er machte sich auch keine Gedanken darüber.

Erstmal in Antwerpen ankommen!

Und er kam gegen zehn Uhr abends dort an. Schon gleich als er aus dem Hauptbahnhof herauskam, erfaßte ihn ein Hochgefühl: vor ihm lag ein strahlend erleuchteter Boulevard mit seinem lebhaften Treiben.

Endlich konnte er stehenbleiben, schnuppern, sich umsehen. Es freute ihn, die Passanten flämisch reden zu hören, als sei es spaßig, daß er sie nicht verstand. Er ging vor sich hin. Wenig fehlte, und er hätte Selbstgespräche geführt.

»Nein«, sagte er zu sich selbst beim Blick in ein Restaurant... »Nicht in das hier... Es gibt sicher bessere...« Seiner Vorstellung nach ging die Straße zum Hafen, und ebenso selbstverständlich wollte er auch genau dorthin.

Eine große Glasscheibe zog ihn an. Ein seltsames Lokal mit der ganzen Speisenkarte in Schlämmkreide auf dem Fenster zur Straße. Drinnen an einer ganzen Wand entlang Kochherde. Ein Mann in weißer Kochmütze tummelte sich davor. Ein einfaches Lokal von volkstümlicher Schlichtheit, die ihm recht war; er ging hinein, setzte sich an einen Marmortisch und war gleich von Küchendunst umwabert.

»Einmal Muscheln, eine Portion! ... Zweimal Pommes frites! ... Ein Krabbensalat! ...«

»Und Sie?«

Der Kellner wischte mit einem schmierigen Lappen vor ihm den Tisch ab und drückte ihm die fettige Karte in die Hand.

»Miesmuscheln!« bestellte er.

Komisch, daß er bei den Miesmuscheln landete, denn die hatten eine Vorgeschichte. Miesmuscheln aß er womöglich lieber als alles andere. Sein Sohn auch. Beide hätten sie am liebsten jede Woche ein paarmal Miesmuscheln gehabt. Aber leider hatten weder Germaine noch Annie etwas dafür übrig. Außerdem hatte Germaine, die Überängstliche, auch Angst vor einer Muschelvergiftung.

Jetzt konnte er nach Herzenslust Muscheln futtern! Ein braunemaillierter Kessel mit einem Berg Muscheln wurde serviert. Sie waren riesengroß, herrlich elfenbeinweiß, fest und zart zugleich und mit Zwiebeln und Sellerie verfeinert.

Ihm fiel auf, daß Germaine, wenn sie schon einmal Muscheln machte, nie Sellerie daran tat.

Im Lokal waren nicht viele Gäste, denn für das Abendessen war es schon zu spät und für die Kino- und Theaterbesucher noch zu früh. Direkt gegenüber flimmerte die Neonschrift eines Großkinos mit einer riesigen Wandelhalle wie vor einer Kirche oder einer Bank.

Er aß und türmte die bläulichen Schalen in eine Schüssel vor ihm. Geraume Zeit verging, bis er die Frau bemerkte, die ganz allein direkt gegenüber in einer Ecke saß und ein Steak mit Pommes frites verzehrte.

Als er sie ansah, blickte sie zurück. Sofort dachte er:

»Warum nicht?«

Sie hatte schon verstanden und sah zum Beweis ein wenig später ein zweites Mal herüber und signalisierte mit ihren Augen eine stumme Frage.

Ihm gefiel, daß sie so mollig war wie das Mädchen im

rosa Badeanzug und die gleiche weiße Haut, die gleichen Grübchen und Pölsterchen hatte. Ganz so jung war sie zwar nicht, aber bestimmt nicht älter als vierundzwanzig. Sie aß sittsam; von Zeit zu Zeit warf sie ihm einen kurzen Blick zu. Sie wußte noch nicht so recht, ob er es ernst meinte. Sie war sanft, bestimmt lieb, willfährig, eine Flämin mit Stupsnase, kornblumenblauen Augen und einem Mund, der wie von allein zu lächeln schien.

Er zwinkerte ihr zu und war nicht sicher, ob sie darauf reagiert hatte.

»Noch etwas?« erkundigte sich der Kellner.

Er zögerte, stellte fest, daß die Frau bestimmt erst in zehn Minuten fertig war, und bestellte sich eine zweite Portion Muscheln.

Nicht schlecht, gleich auf Anhieb eine hübsche, dralle Flämin aufzugabeln … Er trank Bier, das ganz anders schmeckte als in Frankreich. Er zahlte, staunte über die niedrige Zeche und sah dabei ständig zu der Frau hinüber. Sie stand zuerst auf. Er verließ das Lokal nach ihr und sah sie ein paar Meter weiter warten, als stehe seit Ewigkeiten fest, daß sie zusammenkommen sollten.

Mit entwaffnender Selbstverständlichkeit fragte sie als erstes:

»Wo gehen wir hin?«

Er hatte sich das nicht überlegt. Er sagte, es sei ihm egal.

»Du bist doch Franzose?«

»Ja.«

»Bist du nicht im Hotel abgestiegen?«

»Noch nicht.«

Sie musterte ihn, sichtlich erstaunt, daß er kein Gepäck dabei hatte. Es war tatsächlich ungewöhnlich, daß jemand in Strandkleidung verreiste, ohne auch nur einen Hut.

»Gehen wir ins ›Globe‹«, entschied sie. »Das ist ein bißchen teurer, aber sauber...«

Während er ihr folgte, dachte er an Cécile, wie er sie mit einem Unbekannten genauso um eine Ecke hatte biegen sehen wie jetzt die Flämin mit ihm. Die Seitenstraße war dunkel. Nur ein Garagenschild ziemlich weit hinten, und näher, über dem Eingang zu einem spärlich beleuchteten Flur, eine mondähnliche Milchglaskugel mit der Aufschrift ›Hôtel‹.

»Zahlen wir im voraus...«, riet seine Begleiterin.

Sie folgten einem müden Zimmermädchen, das ihnen nicht einmal ins Gesicht sah und das Wechselgeld aus einer Gürteltasche unter der Schürze nahm.

»Bist du aus Paris?«

Er antwortete nicht sofort. Er runzelte die Stirn. Im Bauch, im Magen hatte er eine Art Krampf und spürte, wie Übelkeit in ihm aufstieg. Das Mädchen aber zog sich aus, faltete die Kleider mit peinlicher Sorgfalt zusammen, und er sah, daß sie einen Hüftgürtel trug, aus dem unten die Pobacken herausquollen.

»Ziehst du dich nicht aus?«

Er zögerte erst und tat es dann dummerweise doch. Sein Magen war noch nie besonders gut gewesen. Er hatte eben zuviel Muscheln gegessen.

»Bist du zum erstenmal in Antwerpen?«

»Ja doch!« Warum ließ sie ihn nicht mal einen Moment zufrieden, Teufel noch mal! Er brauchte unbedingt ein paar Minuten Ruhe. Er meinte, im Liegen werde er sich besser fühlen als im Stehen, und streckte sich neben ihr aus. Sie sagte ungeschickt:

»Machst du dich nicht frisch?«

Genau da riß es ihn hoch, und er rannte zum Waschbecken, um sich zu übergeben. Mit einer Handbewegung gebot er ihr, still zu sein, da sie die Angewohnheit hatte, unablässig zu reden, in einem trägen Ton, der ihn ganz fuchtig machte.

»Ich hab mir vorhin schon gedacht, daß du zuviel Muscheln gegessen hast...«

Und sie wartete! Sie blieb liegen, sah zur Decke und hörte zu, was für Geräusche er von sich gab!

Er trat ans Fenster, riß es auf, lehnte sich an die Fensterleibung und starrte auf das menschenleere Trottoir hinaus, auf den Abglanz der Lichter vom Boulevard.

»Ist dir jetzt besser? ... Wenn du dir nichts anziehst, erkältest du dich noch...«

Es machte ihn wütend, regelrecht krank. Diese bleiche, splitternackte Frau, die da auf dem Bett ausgestreckt lag, ekelte ihn an.

»Sei bloß still!« herrschte er sie an.

»Na schön! Wenn du es so nimmst... Franzosen sind sonst aber höflicher...«

Ein paar Minuten schaffte sie es, still zu sein. Dann hielt sie es nicht mehr aus:

»Wenn du das Fenster offen läßt, zieh wenigstens den Vorhang zu... Es braucht nur ein Schutzmann vorbeizugehen... Und ich muß es dann wieder ausbaden!...«

»Hör mal«, setzte er an und drehte sich um.

Er zögerte. Aber ja. Das war das Einfachste.

»Zieh dich wieder an ... Mir ist nicht wohl ... Ich möchte lieber allein sein ...«

»Na hör mal! Du hast sie wohl nicht alle ...«

Ob wohl Cécile in einem solchen Augenblick auch so ordinär war?

»Wir haben das Zimmer doch für diese Nacht bezahlt, oder nicht? Du glaubst doch wohl nicht, daß ich mich anziehe und mir noch mal eins nehme?«

Das Zimmer hatte er bezahlt, verdammt noch mal!

Er merkte, daß er sich noch mal erbrechen würde. Er wollte allein sein und kramte in seiner Brieftasche. Geldscheine raschelten, und sie sah, daß er viel Geld dabeihatte.

»Ja! ... Zieh dich wieder an ... Laß mich allein ...«

»Fünfzig Francs? ... Bist du nicht gescheit? ... Und obendrein bloß französische! ...«

Warum packte ihn plötzlich der Geiz? Warum gab er ihr nicht einen Hundertfrancschein, um sie loszuwerden?

»Los jetzt! Hau ab ...«

»Sei gefälligst ein bißchen höflicher, ja? ... Fünfzig Francs! ... Wo ich doch jetzt keine Straßenbahn nach Hause mehr kriege ... Soll ich vielleicht auch noch das Taxi bezahlen? ...«

Er mußte gleich kotzen. Es wurde dringend, daß sie ging.

»Da! Hier hast du zehn Francs fürs Taxi ...«

»Zehn Francs! Ich ruf gleich die Wirtin, damit sie dir sagt, ob ich mir so was gefallen lassen muß ...«

Er hörte nicht mehr hin. Er war bereits über das

Waschbecken gekrümmt. Immerhin merkte er, daß sie sich anzog, wobei sie ihr Gekeife jedoch nicht einstellte.

»Ein Franzose neulich ...«

Er wußte nicht mehr, ob er die Brieftasche wieder eingesteckt hatte. Das fehlte noch, daß er jetzt bestohlen wurde! Schließlich entdeckte er die Brieftasche auf dem Waschtisch, holte sie sich und steckte sie ein.

»Das ist ja die Höhe! Für wen hältst du mich eigentlich? ...«

Noch auf dem Treppenabsatz hörte er sie dem Zimmermädchen empört ihr Leid klagen.

Er ging zur Tür und schloß ab. Er legte sich hin, stand wieder auf, vergaß das Licht auszumachen, stand noch mal auf, als die Lichter am großen Boulevard schon erloschen waren, um das Fenster zuzumachen, denn er fror.

Endgültig weckten ihn klappernde Wassereimer auf der Straße. Dann das Kratzen eines Schrubbers, mit dem unermüdlich das Kopfsteinpflaster geschrubbt wurde. Von seiner nächtlichen Übelkeit war ihm noch ein wenig flau.

Gestern hatte er sich nicht rasiert. Rasiermesser und Rasierseife hatte er nicht. Er wusch sich das Gesicht und beschloß, einen Barbier aufzusuchen.

Ein Zimmermädchen, nicht das von gestern nacht, scheuerte die blauen Fliesen des Hotelflurs mit reichlich Wasser. Andere Frauen draußen auf der Straße schrubbten die Hauseingänge. Es war schönes Wetter. Das Licht war mild, und die Sonnenstrahlen waren so schmal und scharf, daß sie wie Nadeln durch die Lider stachen. Nahe und ferne Geräusche vermischten sich, vor allem das Poltern von Karrenrädern auf dem Katzenkopfpflaster, das gemächliche Hufgeklapper von Pferden und das anhaltende Geklingel einer Straßenbahn.

Als er an einem Laden vorbeikam und den Duft frischen Grünzeugs und reifen Obstes einsog, war es wie ein Schnitt, und er glaubte sich morgens auf dem Markt in Bugle, war beinahe darauf gefaßt, Germaine zu begegnen, die Émile mit einem Netz voller Lebensmittel am Arm zur Schule brachte. Sogar ein Bierlastwagen stand vor einem Café und versetzte ihn wie mit einem plötzlichen Windstoß in Portals von Licht und Gerüchen erfüllten Brauhof...

Am Ende eines Durchgangs entdeckte er unverhofft Masten, den rotberingten Schornstein eines Dampfers, das Gerüst eines Krans in bläulichem, golddurchwirktem Dunst.

Er war in Antwerpen! Er sah sich wie von außen durch die Stadt gehen: einen eher kleinen, schmalen Mann mit federndem Schritt, der sich ständig voller Staunen umsah.

Ein Barbierbecken aus Messing hing über einer Tür, und er trat ein, setzte sich in einen Frisierstuhl, legte den Nacken auf ein Röllchen Seidenpapier, während ihm sein Abbild aus dem Spiegel entgegenblickte.

Alsbald ragte nur noch sein Kopf aus dem Frisierumhang und dem Kranz von Handtüchern, ein viel zu kleiner Kopf, dann überzog weißer Schaum Wangen und Kinn, und man sah nur noch die dunklen Knopfaugen.

Um diese Uhrzeit herrschte im ›Hôtel Bellevue‹ Kommen und Gehen und Geschrei; durch die Treppenhäuser wurde nach Kindern gerufen, jemand suchte nach einem Liegestuhl oder Spielzeug, die Hotelgäste fragten einander, was sie heute vorhätten und nach Ebbe und Flut.

»Ist Ihr Mann schon da?«

»Er kommt mit dem Elf-Uhr-Zug...«

War Germaine noch da? Oder war sie wieder abgereist? Die Situation war auf jeden Fall lächerlich. Wo doch alle wußten, was los war, und sie mitleidig ansahen!

Die Frau, deren Mann ohne ein Wort gegangen ist...

Wer weiß? Sie und Edna waren imstande, Bekanntschaft zu schließen! Er konnte sich gut vorstellen, wie Edna gekränkt beteuerte:

»Aber ich sage Ihnen doch, ich wollte ihn Ihnen nicht wegnehmen...«

Oder wie Germaine, das zusammengeknüllte Taschentuch in der Hand und rote Flecken im Gesicht, gesenkten Blickes erwiderte:

»Hören Sie, Madame... Ich bin sicher, es ist nicht Ihre Schuld... Sie haben einen Sohn... Sie verstehen mich schon... Ich habe zwei Kinder... Und um der Kinder willen...«

Das Irrsinnigste war, daß sie sich beide völlig falsche Vorstellungen machten. Sie hatten mit den Ereignissen nicht das geringste zu tun. Er war gegangen, weil...

»Würden Sie bitte den Kopf ein wenig drehen...«

Er gehorchte und versuchte dabei, sein Spiegelbild nicht aus den Augen zu verlieren.

Er hätte genausogut sechs Monate oder zwei Jahre früher fortgehen können!

Unverschämt, ihn mit dem Mann aus den Vogesen oder dem Jura zu vergleichen, dem Sägewerksbesitzer und Vater von Monsieur Charles, dem Ehemann der so lieben und freundlichen Dame im weißen Haar.

Im übrigen hatte er nicht die geringste Absicht, seine Frau und die Kinder sitzenzulassen. Er würde ihnen Geld schicken, sobald er welches verdiente. Sie hatten keinerlei Grund, sich unglücklich zu fühlen. Germaine würde sich treu bleiben, mit oder ohne ihn! Mehr noch: Mit einer Prise Unglück würde sie sich noch mehr in ihrem Element fühlen. Sie konnte dann mutterseelenallein an ihrem Herd schniefen und seufzen, rechnen und sparen und sich einreden, wie aufopfernd das war.

Und Annie würde sich interessant machen, indem sie ihren Freundinnen verkündete:

»Mein Vater ist ohne ein Wort fortgegangen.«

Mile würde dabei in erster Linie sein Sonntagsgeld vermissen... Aber jetzt hatte er ja immerhin sein Pfadfinderzelt...

Ihm war, als höre er ihn sonntagmorgens auf der Treppe, mit seinen Nagelschuhen und dem polternden Schritt...

»Darf ich Ihnen die Haare ein wenig auffrischen?«

Er bejahte, nicht, weil sie es nötig hatten, sondern um noch länger im Frisierstuhl sitzen zu dürfen. Ein junger Lehrling kehrte den Salon aus, ein zweiter polierte die vernickelten Scheren. Durch die offenstehende Tür kam ein Luftzug und brachte Straßenlärm mit. Im Frisierstuhl daneben wurde einem wichtigen Mann der Kopf massiert, einem Mann wie Portal, der sicher ein großes Geschäft hatte. Er rauchte eine Zigarre, und die Asche war schneeweiß. Wegen des

Rauchs kniff er die Augen halb zu. Ein Stammkunde. Man wußte, was bei ihm zu tun war und welches Haarwasser er vorzog.

»Fertig, Monsieur de Koening ...«

Er selber dagegen wurde nur gleichgültig gefragt:

»Und was soll ich Ihnen draufmachen?«

»Nichts.«

Wieder zog er die Brieftasche mit den viertausendfünfhundert Francs. Während ihm fünfhundert französische Francs in belgische gewechselt wurden, fiel ihm der Kalender ins Auge. Mittwoch. Unwillkürlich kam ihm der Boulevard de l'Hôpital in den Sinn, die Rekruten in Reih und Glied im Schatten der riesigen Bäume, und wie die Mädchen nacheinander aus der Stadtmitte anmarschierten. Und Kommissar Grosclaude, wie er gemächlich hinterherkam, an seiner Pfeife sog, die Leute unter buschigen Augenbrauen hervor musterte und damit ebenfalls Ruhe und Selbstzufriedenheit ausstrahlte.

»Hatten Sie keinen Hut?«

Nein, hatte er nicht. Brauchte er überhaupt noch einen, jetzt, wo er nicht mehr Doktor Bergelon sein wollte?

Schon auf der Schwelle des Frisiersalons überfiel ihn die Sonne, hüllte ihn ein wie alle anderen Menschen und Dinge und verwandelte die Stadt und ihr Treiben in eine beschwingte Symphonie. Er konnte jetzt nach rechts oder nach links, die Richtung war nicht wichtig. Rechts, ahnte er, lag der Hafen. Die Polizisten trugen weiße Helme und Handschuhe. Sogar die Autos, meinte er, waren größer, glänzender und leiser als in Frankreich.

Überall wurde gewaschen und gewienert, wurden Scheiben und Messingschilder poliert, Türschwellen gewischt, und man vernahm Schiffssirenen und plötzliches Poltern, bei dem man glauben konnte, die Kräne seien umgestürzt.

In seinem Zimmer über dem Schuster war Cosson bestimmt eben erst aufgestanden. Ganz verschwiemelt vom Schlaf, mit verklebten Lidern und taubem Geschmack im Mund vom Schnaps, sah er wohl aus dem Fenster auf die schäbige Straße und die Frau des Polsterers hinunter, die auf dem Trottoir beim Wollekämmen war.

Vielleicht hatte er noch mal geschrieben? War sein Brief im ›Hôtel Bellevue‹ eingetroffen, solange Germaine noch dort war? Sonst machte Germaine mit betonter Ehrpusseligkeit keinen seiner Briefe auf. Sie blieb nur neben Bergelon stehen, während er las, und sah ihn fragend an.

Aber den Brief hatte sie sicher aufgemacht! Was faselte Cosson wohl darin? Und wieviel begriff sie davon?

Er entsann sich, daß er Hunger hatte, und trat in ein Lokal, das er für ein kleines Café hielt, weil er noch nirgends ein Bistro wie in Frankreich mit Körbchen voller Croissants auf dem Tresen gesehen hatte.

Er fühlte sich fremd. Zunächst sah er in dem dunklen Raum mit seiner gewachsten Eichentäfelung und den geprägten Ledersesseln keine Menschenseele. Dann schob sich eine gesetzte Dame lautlos an den Tresen und fragte ihn erst auf Flämisch und dann auf Französisch nach seinem Begehr.

»Könnte ich einen Happen essen?«

»Augenblick ...«

Sie verschwand. Er hörte, wie sie in einem Verschlag mit Tellern klapperte, etwas aufschnitt und etwa fünf Minuten beschäftigt war.

»Edgar!« schrie sie endlich hinter die Kulissen.

Ein junger Mann erschien, blickte kurz ins Café und stopfte sich dabei noch eine weiße Hemdbluse in die schwarze Hose.

»Servieren Sie bitte ... Fragen Sie den Herrn, was er trinken will ...«

Edgar stellte Bergelon einen Teller mit Schinken, Wurst und holländischem Käse hin, dann einen zweiten mit sehr feinem Weißbrot; ein Senftöpfchen; ein Butterteller, so unterteilt, daß um die Butter herum Eis war ...

Wenn Germaine hier wäre ...

Er stellte sich vor, wie sie das alles mit Neugier und einer Mischung aus Staunen und Ablehnung betrachtete.

»Was trinken Sie?«

»Haben Sie Wein?«

»Mosel?«

Ein säuerlicher, grünlicher Mosel in einem langstieligen Glas. Die Wirtin und Edgar tuschelten in dem Verschlag und kamen mehrmals nacheinander heraus, um einen Blick auf ihren kauzigen Gast zu werfen.

Noch nie im Leben hatte er so elegant gefrühstückt. Zur Straße hinaus keine richtigen Fenster, nur runde Butzenscheiben, die alles draußen verzerrten. Der Raum war kühl und gerade dunkel genug, um gemütlich und geheimnisvoll zu wirken. In dem Verschlag wurde irgendwas gebraten, aber was, konnte er nicht erschnuppern. Vielleicht ein Würstchen? Er fragte sich kurz, ob es für ihn sei, aber ihm wurde nichts angeboten. Vielleicht das Frühstück Edgars?

»Was bin ich schuldig?«

»Achtzehn Francs fünfundsiebzig.«

Teuer, aber sei's drum! Ihn verblüffte selbst, wie geizig er plötzlich war. Während er die Straße entlang zur Steen schlenderte, versuchte er auszurechnen, wieviel er seit der Abfahrt ausgegeben hatte. Schon mehr als dreihundert Francs!

Die Schelde lag vor ihm, breit und glitzernd von winzigen Wellen, die von Schleppern oder Motorbooten kurz aufgerührt wurden. Ein paar Frachter lagen vor Anker. Bergelon war ein bißchen enttäuscht, nicht mehr Schiffe und mehr Betrieb zu sehen. Erst nachdem er eine gute Stunde gegangen war, begriff er, daß die Schiffe woanders lagen, in Hafenbecken, deren Anordnung ihm kompliziert vorkam.

Er war in Antwerpen! Er war nicht unglücklich! Er fühlte sich nicht allzu fremd! Ganz im Gegenteil: Diese Fremdheit, bis hin zu den flämischen Worten, die er aufschnappte, entzückte ihn.

Ein wenig angst machte ihm – nein, Angst war zuviel, es war eher eine gewisse Ungeduld, ein Schwindel –, daß ihm das alles etwas unwirklich erschien. Als könnte von einer Sekunde zur anderen ...

Wie in Riva-Bella! ... Dort war der Strand auch nicht wirklicher gewesen, Edna nicht, und auch nicht das dralle Mädchen im rosa Badeanzug ...

Was denn dann? Etwa sein Fahrrad mit den Ballonreifen, mit dem er meist seine Hausbesuche machte, oder das Sprechzimmer, in dem er nach jedem Patienten die Tür aufmachte und die Gesichter der neu Hinzugekommenen im dunkeln Wartezimmer musterte? Oder Madame Pholien und ihr Bauch? Der Ziegenpeter von ...

»Ganz sicher hat er mir geschrieben!« dachte er.

Und Germaine hatte sicher den Brief gelesen und nichts begriffen. Wie Edna – was für ein Name! –, als er sie gefragt hatte, ob sie jemals Lust gehabt habe, aus ihrer Haut zu schlüpfen!

Eben aus dieser Haut konnte er nicht. Er ging weiter und weiter, in wechselnder Kulisse, und doch gab es keinen Augenblick, wo er nicht vertraute Horizonte vor Augen hatte, wie etwa die Lichtung, wo sie vor ein paar Wochen gepicknickt hatten, um Miles Zelt auszuprobieren ... Den Boulevard de l'Hôpital ... Den Innenhof des ehemaligen Gehöfts am Loireufer, den er durchqueren mußte, um den alten Hautois zu besuchen ... Wer weiß? Vielleicht war Hautois in seiner Abwesenheit gestorben, und niemand hatte es gemerkt, weil nur noch Bergelon in die Mansarde hinaufstieg ...

Oder gar Madame Portal mit ihren Beinen in der Emailwanne und ihrer Eifersucht.

»Entschuldigen Sie, Monsieur, ich wollte nur anfragen, ob zufällig eine Stelle als Bordarzt auf einem Ihrer Schiffe frei ist ...«

Das war bestimmt nicht die Lösung! Er sah sich nicht eines der mahagonimöblierten Büros in einem der Gebäude am Hafenkai betreten. *Cunard Line ... French Line ... Compagnie Transatlantique de ... Compagnie d'Exploitations Minières du Haut-Congo ... Société Forestière de ...*

Diese Haut! Aus der Haut schlüpfen können! Ausgerechnet er, der schon rot wurde, wenn sich nur jemand nach ihm umdrehte, weil er Strandkleidung trug.

Noch nie im Leben war er so weit gelaufen. Er fand sich immer noch nicht zurecht, vor allem nicht mit den Hafenbecken, und kam immer wieder an derselben Stelle heraus, vor einer holländischen Bank, deren hohe Fassade ein nur zweistöckiges Café fast erdrückte.

Um diese Uhrzeit war er immer fertig mit der Untersuchung der Mädchen hinter dem Krankenhaus ... Und ging zusammen mit Kommissar Grosclaude durch die Allee mit den großen Bäumen zurück, mit der einen Hand das Fahrrad schiebend, während der andere Pfeife rauchte und die langen Beine bedächtig wie ein Uhrwerk voreinander setzte.

So war das eben. Das erstemal hatte er abhauen wollen, entsann er sich schlagartig vor einem Schiff mit Tropenholz, das gerade entladen wurde, als er dreizehn war, da war er auf dem Gymnasium in der Quinta, paukte gerade den Peleponnesischen Krieg und hatte seinem Vater hundert Francs aus der Brieftasche geklaut, eben weil er nach Le Havre wollte, das ihm jetzt so scheußlich vorgekommen war. Eines Morgens hatte er drei Hemden übereinander angezogen und die Taschen und den Ranzen mit allerlei vollgestopft, was er brauchen konnte.

Er war nicht abgehauen, warum, wußte er nicht mehr. Die hundert Francs, mit denen er nichts mehr anfangen konnte, hatten ihm auf der Seele gelegen. Er hatte sich nicht getraut, sie in die väterliche Brieftasche zurückzustecken. Erst recht nicht, sie auszugeben. Beinahe hätte er sie einem Bettler geschenkt, dem Blinden von St. Nicolas, hatte aber noch rechtzeitig gemerkt, daß auch das riskant war.

Monatelang hatte der Geldschein wie eine Zigarette als Röllchen hinter der Zierleiste verborgen auf dem Kleiderschrank gelegen. Monatelang hatte ihm dieser Schein jeden Abend Höllenqualen verursacht.

Schließlich hatte er ihn sich eines Tages genommen – es war ein Donnerstag, und die Loire hatte Hochwasser gehabt – und um einen Kiesel gewickelt. Im letzten Augenblick hatte er diese Vorsichtsmaßnahme für unzureichend gehalten und mit einer Schnur noch sein Taschentuch darum gebunden und ihn dann so weit wie möglich hinaus in den Strom geworfen.

Und Wochen später bei Niedrigwasser einen Umweg gemacht, um sich zu vergewissern, daß das Taschentuch auf dem Flußgrund nicht zu sehen war!

Er betrat einen Schreibwarenladen, in dem Postkarten verkauft wurden. Seinen Stift hatte er bei sich. *Macht euch keine Sorgen, Vater.* schrieb er auf die eine Postkarte nach Bugle.

Und auf die andere: *Alles bestens. Küsse. Elias.*

Diese Postkarte adressierte er an Germaine Bergelon, ›Hôtel Bellevue‹.

Er hatte noch eine dritte Karte gekauft. Die Adresse hatte er schon angefangen. Doch dann wollte er es sich doch noch einmal überlegen und schob die bereits frankierte Karte in die Tasche.

9

Der Kristallpalast und Clarius, das war am dritten Tag in Antwerpen, und die drei Tage hatten nichts bewirkt, außer daß Bergelon, immer noch in Wartehaltung, sich eingewöhnt hatte.

Auf der Durchreise war er jetzt nicht mehr, sondern ordentlicher Mieter, und das hatte er der Wirtin vom ›Oude Antwerp‹ zu verdanken. Bei seinen Streifzügen durch den Hafen war ihm das Haus aufgefallen, das mit seinem Treppengiebel und den schmalen, messingverzierten Fenstern noch malerischer wirkte als die anderen. War das Haus wirklich alt? Ganz sicher war das nicht. Die zwei Worte ›Oude Antwerp‹, in gotischen Lettern über der Haustür eingemeißelt, bedeuteten jedenfalls ›Alt-Antwerpen‹.

Er war hineingegangen, nachdem er festgestellt hatte, daß es ein Hotel war. Er hatte ein Zimmer verlangt, und die Besitzerin hatte ihn von oben bis untern gemustert und gefragt:

»Für wie lange?«

Gestört hatte ihn weniger die Frage als die Selbstverständlichkeit, mit der ihn diese Frau durchschaute, so selbstverständlich, wie eine Mutter einen Säugling vom Bauch auf den Rücken dreht. Er spürte, daß er in ihren Augen ein Bruder Leichtfuß war.

»Wir vermieten nur für mindestens eine Woche. Bei

uns werden nämlich die Zimmer nach jedem Mieter gründlich saubergemacht ...«

Widerwillig stieg sie die Treppe hoch und blieb immer wieder stehen, als wolle sie ihn eigentlich gar nicht haben.

»Und damit Sie's gleich wissen: Daß Sie mir ja nachts keine Weiber anschleppen ... Wenn Sie Besuch von einer Verwandten bekommen, steht Ihnen unten der Salon zur Verfügung ...«

Schließlich mußte sie ihm doch eine Tür aufschließen. Das Zimmer mit seinen Eichenmöbeln und seinen Nippes hatte mehr Ähnlichkeit mit einem Familienwohnzimmer als mit einem Hotelzimmer.

»Wann bringen Sie Ihr Gepäck?«

Er war rot geworden und hatte eine ausweichende Antwort gestottert. Und während er es eilig hatte, gottweißwohin zu kommen, um sein nicht vorhandenes Gepäck zu holen, versuchte ihn die Frau noch ein letztesmal abzuschrecken.

»Ich muß Ihnen noch sagen, daß es kein Frühstück aufs Zimmer gibt, wie Sie das von Frankreich her kennen. Wenn Sie Kaffee, Brötchen und gekochte Eier haben wollen, können Sie ins Eßzimmer runterkommen ...«

Er war sich einen Koffer kaufen gegangen. Als er mit dem Koffer auf der Straße stand, war ihm eingefallen, seine Vermieterin würde bestimmt merken, wie leer er war. Geld wollte er keines ausgeben. Aber in dieses Haus wollte er unbedingt.

Und da hatte er im Vorbeigehen bei einem Buchtrödler ein paar alte Schwarten gekauft, die dicksten und schwersten, einen lateinischen und einen flämischen, denn die waren am billigsten. Er erstand sie für zusammen dreißig Francs, und der Koffer bekam Gewicht. Dann erwarb er aus einem Sonderangebot einen Rasierapparat, Rasierseife und einen billigen Rasierpinsel. Sein Geld tastete er noch immer nur ungern an. Auch leistete er sich widerwillig zwei Hemden und zwei Paar Socken.

Er hatte zwar das unbestimmte Gefühl, daß das alles nicht recht war, doch brachte er verbissen alle diese Besorgungen hinter sich.

Am Nachmittag schrieb er an Germaine. Wieder eine Postkarte, denn das war das Einfachste.

Mach Dir keine Sorgen. Mir geht's gut. Küsse. Elias.

Diese Karte adressierte er nach Riva-Bella, obwohl immerhin die Wahrscheinlichkeit bestand, daß seine Frau bereits nach Bugle zurückgefahren war. Aus diesem Grund schrieb er eine zweite Karte und schickte diese an Émile und Annie.

Mir geht's gut. Das Wetter ist herrlich. Küßchen. Euer Vater.

Am Abend legte er sich früh schlafen. Am nächsten Morgen ging er, nachdem er eine Weile ziellos in der Stadt herumgelaufen war, in ein Postamt und telegraphierte Cosson schließlich, nachdem er mehrere Telegrammformulare zerrissen hatte, die schlichten Worte:

Bin in Antwerpen. Bergelon.

Seine Adresse anzugeben, traute er sich nicht. Wenn Cosson ihm unbedingt zurückschreiben wollte, sollte er das postlagernd tun.

Am Abend dieses Tages ging er hinter den Fräulein von der Heilsarmee her. Er hatte ganz allein in irgendeinem Restaurant zu Abend gegessen und jede Bewegung mit besonderer Gemessenheit ausgeführt, wie um sie gewichtiger zu machen, obwohl ihm klar war, daß sein jetziges Tun sich weder auf die Vergangenheit noch auf die Zukunft bezog. Ein junges Mädchen in der Uniform der Heilsarmee hatte ihm ein Traktat auf den Tisch gelegt. Er hatte ihr einen Franc gegeben und dabei aufgeblickt und sie angesehen.

Er hatte weitergegessen. Er war ihr mit den Augen gefolgt, während sie von Tisch zu Tisch ging, dann war sie hinausgegangen, während er erst beim Käse war. Hatte er etwa noch an sie gedacht? Eine Viertelstunde später verließ er das Lokal und blieb draußen unentschlossen auf dem Trottoir stehen. Eigentlich hatte er Lust, ins Kino zu gehen, aber das schien ihm lächerlich und unpassend. Die Lichter der Stadt waren gerade angegangen. Er war an einer Straßenecke angelangt und kurz davor, die Straße zu überqueren, als er das junge Mädchen von der Heilsarmee wieder sah. Sie war in Begleitung von zwei weiteren in derselben Uniform.

Mit ihnen zusammen war ein Mann von der Heilsarmee, wohl ein Offizier. Jedenfalls hatte er Bergelon mit seinem bartlosen, nicht sonderlich gut rasierten Gesicht, seiner ungesunden Hautfarbe, seinen verhangenen Augen und der korrekten Haltung eines Mannes, der sich krampfhaft an seine Wohlanständigkeit klammert, an seinen ehemaligen Kompaniespieß erinnert.

Eine Straßenbahn hielt. Die drei Mädchen stiegen ein und er ohne nachzudenken hinter ihnen. Eine Elektrische, wie er sie noch nicht kannte, mit zwei langen Bänken und gelblichen Lampen, die bei jedem Holpern des Wagens flackerten. Durch die Scheiben sah man menschenleere Vorortstraßen, Ladenzeilen und manchmal Familien, die auf Stühlen draußen saßen.

Die Straßenbahn hielt, ruckte wieder an, hielt nach hundert Metern erneut, ohne Rücksicht darauf, ob Fahrgäste aus- oder einstiegen. Wo es hinging, wußte Bergelon nicht. Er saß für sich auf einer der langen Bänke, und die drei jungen Mädchen gegenüber dicht aneinandergepreßt, obwohl Platz genug für fünfzehn Personen war. Sie waren eng zusammengerückt wie tuschelnde Backfische, und in der Tat wisperten sie, unterdrückten das Lachen, platzten endlich heraus, wobei sie ängstlich zu ihm hinsahen, als hätten sie an unpassender Stelle gelacht.

Er hätte gern gehört, was sie sagten. Zwei davon waren nicht älter als dreißig und die dritte, die magerste, schon weit über vierzig. Bisweilen schnappte er das eine oder andere Wort auf. Von der Plattform aus bedachte sie der Schaffner mit einem gleichgültigen Blick, und sicher dachte er nur daran, daß das seine letzte Fahrt heute war.

Sonst passierte nichts. Irgendwo, in einem ausgestorbenen Viertel, wo nur selten Licht in den Fenstern zu sehen war, stiegen die drei aus. Er traute sich nicht, mit ihnen auszusteigen. An der Straßenecke sah er sie noch ein paar Worte wechseln. Die Ältere ging allein in die eine Richtung, und die anderen untergehakt in die andere.

»Endstation!«

So hatte er an diesem Abend die Zeit totgeschlagen. Er hätte in der Straßenbahn bleiben können, die zur Stadtmitte zurückfuhr, wagte es aber nicht, aus Furcht, was der Schaffner denken könnte. Der nutzte die kurze Pause, um ein belegtes Brot zu vertilgen, nahm riesige Bissen und kaute mit vollen Backen. Aus einem Fach des Wagens hatte er eine kleine blaue Kanne gezogen, die offenbar Kaffee enthielt.

Bergelon aber hatte herumgestanden und auf die nächste Straßenbahn gewartet. Ein einziges Schaufenster war erleuchtet, und fünf Minuten lang hatte er die Auslage angestarrt, Berge von Zigarettenschachteln unbekannter Marken. Er hatte nicht gewußt, daß die Straßenbahn auf dieser Strecke um diese Zeit nur alle vierzig Minuten verkehrte. Die letzten zehn Minuten hatte er dann in einem Waggon gesessen, wo für ihn allein vor der Abfahrt nicht einmal das Licht angemacht worden war.

Auf der Post erwartete ihn kein Telegramm von Cosson. Um sicherzugehen, hatte er nachgefragt, ob alle Telegramme automatisch auf der Hauptpost einliefen.

Ein Tag, noch verhangener als die vorangegangenen, der Himmel bedeckt und drückend von einem drohenden Gewitter, das dann doch nicht gekommen war. Er hatte Nierchen in Madeira gegessen, und sie hatten ihm den ganzen Nachmittag im Magen gelegen.

Unweit der Hauptgeschäftsstraße war ihm ein Viertel voller Tanzschuppen und Nachtlokale aufgefallen. Und da war er gegen zehn Uhr abends in eines der größten Lokale gegangen, in den ›Kristallpalast‹.

Eigentlich konnte er behaupten, er habe immer allein gelebt, denn auch in Bugle, wenn er seine Hausbesuche machte oder Sprechstunde hielt, und sogar am Familientisch war er immer in Gedanken versponnen gewesen, bedeutungslose übrigens, hatte sich an Sachen erinnert, sich auf dieses oder jenes konzentriert, auf Geräusche, Lichteffekte, das Gehämmer bei Halkin, den Pausenlärm ... Hier allerdings konnte er nicht auf diese Art allein sein, und manchmal war ihm das richtig peinlich!

Auch im ›Kristallpalast‹. Der Saal war riesig und voller Leute. Zwei Orchester lösten einander ab, und je nachdem, welches spielte, wurde der Saal bläulich oder rosa ausgeleuchtet. Tische rings um die Tanzfläche. Auf beiden Seiten dann Reihen enger Logen.

»Entschuldigen Sie ... Ist der Platz noch frei?«

Im ganzen Lokal saß nur er allein an einem Tisch. Er fühlte sich beobachtet. Er wollte flüchten, und da erkannte er auch noch in einer der Logen ein Gesicht wieder, das der molligen Flämin mit den Muscheln. Er sah sofort weg, hatte aber Zeit genug gehabt, neben ihr verschwommen die Gestalt eines Offiziers der Handelsmarine in weißer Sommeruniform auszumachen.

Machte ihm nichts aus ... Zwischen ihnen war ja nichts gewesen ... Und sie würde ihn nicht ansprechen, um ihren Groll loszuwerden! ... Dennoch blickte er beflissen in die andere Richtung, runzelte dann aber die Stirn. Zweimal hatte jemand gerufen:

»Cricri!«

Umsonst sah er sich um. Schon viele Jahre hatte er diese beiden Silben nicht mehr vernommen. Niemand in Bugle traute sich mehr, ihn bei diesem Namen zu rufen, jetzt, wo er Arzt war. Ein Spitzname, den sie ihm auf dem Gymnasium verpaßt hatten, ohne besonderen Anlaß, vielleicht weil er klein, dürr und hektisch war und wie eine Grille herumsprang und Grillen in der Kindersprache Cricri hießen.

Der Seeoffizier stand auf, beugte sich nach Bergelon vor und rief:

»He! ... Cricri! ...«

Die Leute drehten sich nach Bergelon um, bis er schließlich Clarius erkannte und nicht mehr umhinkonnte, zu seiner Loge hinüberzugehen, gegen das Gedränge, denn die Tanzenden verließen just da die Tanzfläche und kamen ihm entgegen, so daß er ständig stammelte:

»Pardon ... Pardon ...«

Mußte er so tun, als kenne er das mollige Mädchen nicht? Sollte doch sie entscheiden ...

»Hallo, mein alter Cricri? Was treibst du denn hier? ... Setz dich ... Darf ich dir Mina vorstellen, eine Freundin von mir ... Ich erzähl dir das gleich ...«

Man machte ihm Platz, und Clarius blickte sich nach dem Kellner um, um ein Glas bringen zu lassen, denn eine Flasche Champagner stand bereits auf dem Tisch.

»Na was? ...«

Nichts na was! Was konnte Bergelon antworten? Er war nicht nur nicht darauf gefaßt gewesen, Clarius hier zu treffen, sondern erkannte ihn noch immer kaum wieder. Komisch, so von jemand geduzt zu werden, den man vor dreizehn oder vierzehn Jahren das letzte Mal gesehen hat! Mit ihm befreundet war er nie gewesen. Seine Mutter hatte ihm immer wieder eingeschärft:

»Ich verbiete dir, mit diesem kleinen Lausekerl Clarius zu spielen, verstanden? ...«

Denn Clarius' Eltern lebten in wilder Ehe, und die Leute behaupteten sogar, die Mutter sei früher in einem Freudenhaus gewesen.

Clarius wiederum war ein stämmiger und ziemlich hemmungsloser kleiner Schläger gewesen. Er spielte grob, prügelte sich gern, flog mindestens einmal pro Halbjahr vom Gymnasium und am Ende für immer. Ein einziges Mal hatte ihn Bergelon wiedergesehen, mit etwa fünfzehn in Schlossermontur.

»Teufel noch mal, dich hier in Antwerpen zu treffen, darauf war ich nicht gefaßt! ... Ist deine Frau auch da? Ich hab nämlich erfahren, daß du mit der Kleinen vom Ofenhändler verheiratet bist ...«

Clarius war ein massiger und starker Mann geworden, und man hätte ihn dick nennen können, wenn man die Kraft in ihm nicht gespürt hätte.

»Urlaub?«

Er war einer der wenigen Jungs aus dem Viertel, die Bergelon völlig aus den Augen verloren hatte. Er hatte ihn sogar vergessen gehabt. Er erinnerte sich nur noch, daß Clarius mal gesessen hatte, als er etwa zwanzig war. Er glaubte sich auch noch entsinnen zu können, daß er in Toulon zur Flotte gegangen war.

»Na, mein Alter!«

Er klatschte Bergelon aufs Knie. Mina zuckte nicht

zusammen, sie war so gelassen und sanft wie neulich, als sie das Steak mit Pommes frites gegessen hatte.

»Auf dein Wohl... Moment mal, hast du nicht meinen Vater behandelt? Der arme Alte! Er ist letztes Jahr an einer Embolie gestorben, ein schöner Tod...«

Die Nachbarn machten »Pst!«, weil gerade eine Nummer lief, eine spanische Tänzerin mit Kastagnetten, aber Clarius hielt deswegen noch lange nicht den Mund. Das war er schließlich gewöhnt! Es machte ihm überhaupt nichts aus, wenn sich die Zuschauer reihenweise nach ihm umwandten und dabei zornig die Augen verdrehten.

»Du mußt unbedingt zu mir an Bord kommen... Denn zur Zeit kommandiere ich ein Schiff... Einen griechischen Öltanker... Würde zu lange dauern, dir das zu erklären... Du bist nicht mehr in Bugle?...«

»Nein.«

»Endgültig?«

»Tja...«

»Eine Frau? ... Erzähl! ... Da fällt mir ein... Wart mal! Ich werd das schon regeln... Mina!«

Er war aufgestanden und nach hinten in die Loge gegangen, seine Begleiterin hinterher. Leise redete er auf sie ein. Sie stimmte ohne große Begeisterung zu und entfernte sich, während Clarius sich wieder setzte und die Flamencotänzerin, die den Störenfried ausgemacht hatte, bei jeder Pirouette einen giftigen Blick auf ihn abschoß.

»Ein liebes Mädchen... Praktisch... In Antwerpen genau das Richtige für mich... Du mußt wissen, drei oder vier Tage im Monat bin ich Antwerpener... Ist es wirklich wahr, daß du entschlossen bist, aus Bugle wegzugehen?«

»So ungefähr...«

»Und was willst du machen? Weiter Medizin?«

»Ich weiß nicht...«

Bergelon fühlte sich von Clarius erdrückt, der ihm viel zu bestimmend war. Außerdem wurde Bergelon einfach das Mißtrauen nicht los, welches ihm seine Mutter eingebleut hatte.

»Was reden sie in Bugle so über mich? ... Jedenfalls können sie nicht behaupten, daß ich ihnen zu oft dort war... Wie lange habe ich jetzt schon mein Kapitänspatent? Fünf Jahre... In Frankreich lief nichts mehr... Besonders nicht nach meinen Geschichten in Toulon bei der Flotte auf der *Duquesne*... Ich hab mich im Mittelmeer rumgetrieben... Die Griechen haben da eine Masche, die gar nicht so dumm ist... Sie kaufen alte Pötte auf, die in anderen Ländern ausgemustert werden, weil die Versicherungsprämien astronomisch sind... Und lassen sie dann einfach unversichert fahren... Sie haben da unten erstklassige Matrosen für einen Hungerlohn, die sich von Olivenöl, Reis und Kartoffeln ernähren... Mit ein paar Peperoni dazwischen!...«

Er beugte sich vor, um den Saalhintergrund zu beobachten, wo Bergelon Mina im Gespräch mit einer andern Frau erblickte. Die Erörterung schien gequält. Die andere wollte sich nicht bequatschen lassen. Beide warfen Blicke zur Loge herüber.

»Kurzum, ich habe eine Stelle auf einem dieser Seelenverkäufer gefunden... Erdöl... Russisches Erdöl... Batumi–Antwerpen... Antwerpen–Batumi in Ballast... Dann wieder Batumi–Antwerpen... Immer dasselbe... Hier gehe ich zu Mina, die eine nette kleine Wohnung hat und sehr proper ist... In Rußland, was sich so ergibt... Meine Frau dagegen...«

»Du bist verheiratet?«

Das »Du« wollte ihm kaum über die Lippen. Bergelon hatte sich immer schwergetan, andere Leute zu duzen.

»Verheiratet und zwei Kinder... Nicht geschieden, aber getrennt... Meine Frau lebt in Barcelona... Eine Spanierin... Als wir gemerkt haben, daß wir nicht miteinander auskommen, haben wir uns in Freundschaft getrennt und schreiben uns gelegentlich... Da, sieh mal!«

Aus seiner großen Brieftasche voller Papiere zog er eine Fotografie, die einen etwa zehnjährigen Jungen zeigte.

»Mein Ältester! Stell dir vor, er ist bei den Jesuiten. Ist das nicht ein Witz? ... Meine Frau hat einen kleinen Modesalon und kommt ganz gut zurecht...«

»Gestatten Sie?«

Mina betrat mit ihrer Freundin die Loge. Mina stellte sie feierlich vor:

»Meine Freundin Marcelle...«

Sie war schlank und brünett und ähnelte Edna sehr.

»Mein Freund, Kapitän Clarius... Monsieur...«

»Cricri!« unterbrach Clarius. »Das genügt... Ober! ... Noch ein Glas... Die zweite Flasche trinken wir an Bord... Kommt billiger. Es ist kein Zoll darauf... Weißt du, wieviel mich der beste Schampus kostet? ... Dreißig Francs! ... Und das ein Jahrgangschampagner!

Ihr Weiber, wenn ihr tanzen wollt... Wir haben noch was zu bereden...«

Sie fügten sich widerspruchslos. Von Zeit zu Zeit sahen sie herüber und flüsterten miteinander, wie die Mädchen von der Heilsarmee in der Straßenbahn.

»Mal Spaß beiseite... Vielleicht sagst du mir jetzt gleich, ich stecke meine Nase in Dinge, die mich nichts angehen... Suchst du 'nen Job? Hast 'ne Dummheit gemacht, was?... Was war's denn?... Abtreibung?...«

»Nein.«

»Ist ja egal!... Behalt es für dich, wenn du willst... Aber wenn du 'nen Druckposten suchst... Kennst du Trapezunt? ... Na ja, du bist ja nie aus deinem Kaff herausgekommen... Zigarre? ... Nein? ... An Land rauche ich wie ein Schlot. An Bord, mit fünf- oder sechstausend Tonnen Erdöl unterm Arsch, darf man... A propos... Gefällt sie dir ein bißchen, die Kleine?... Die ist für dich!... Aber ja!... Wir gehen jetzt langsam wieder an Bord... Was hatte ich doch gleich gesagt?... Ach ja... Im Prinzip fahren wir die Route ohne Zwischenstation. Allerdings gibt es Wetterlagen, wo man mit so einem alten Pott besser im Hafen Schutz sucht, besonders auf dem Schwarzen Meer... Und auf die Weise hab ich in Trapezunt angelegt...«

»Liegt das in der Türkei?« fragte Bergelon unwillkürlich.

»Türkei, wie du schon sagst... Eine komische Stadt, mit einer abschüssigen Hauptstraße, mit gebratenem Lamm in allen Auslagen, Händlern in weißen Gewändern, die wie stracks aus der Wüste wirken... Du wirst schon sehen!... Ich meine, wenn du hingehst. Alles, was ich dir sagen kann, ist, daß der alte französische Arzt, der alle besseren Leute zu Patienten hatte, da vor kurzem gestorben war... Und sie Ersatz suchen. Jetzt, wo sie Französisch nun mal gewöhnt sind...«

Die beiden Frauen kamen zurück und warteten auf Anweisungen.

»Ober!... Wieviel macht das?... Reichen Sie mir die Karte...«

Er legte Wert darauf, die Zeche nachzuprüfen. Er bezahlte.

»Auf geht's!...«

Und draußen:

»Geht schon mal voraus, ihr zwei...«

Zu Bergelon:

»Ist ganz in der Nähe... Das Vergnügen kommt gleich... Mal ernsthaft, würde dir das zusagen, nach Trapezunt zu gehen?... Dann trag ich dich nämlich in die Mannschaftsrolle ein... Wir laufen morgen mit der Abendflut aus...«

Es war vor allem der Name, der Bergelon gefiel: Trapezunt... Die abschüssige Hauptstraße... Gebratene Lämmer... Kamele... Er sah schon Kamele, obwohl davon gar nicht die Rede gewesen war...

»Keine Sorge! Mina kennt den Weg...«

Er meinte den Weg zum Hafenbecken, wo sein Schiff festgemacht war. Die beiden gingen Arm in Arm vor ihnen her, wie zwei Hausfrauen, die samstagabends aus dem Kino kommen. Noch andere Paare und Grüppchen gingen so durch die Straßen mit dem hallenden Kopfsteinpflaster.

»Bevor wir zum Vergnügen kommen, muß ich dir

unbedingt meine Malereien zeigen ... Erinnerst du dich nicht? ... Schon als ich noch ganz klein war, malte ich Aquarelle ... An Bord, wo tagelang nichts zu tun ist, habe ich wieder damit angefangen.«

»Stopp! ...« schrie er mit einer ganz andern Stimme.

Sie waren am Gitterzaun zum Hafengelände. Er wechselte ein paar Worte mit dem Zöllner und reichte ihm eine Zigarre.

»Vorsicht bei den Trossen ...«

Sie stiegen darüber. Der Hafenkai war nur von Sonnenbrennern erhellt, deren Licht fast grausam grell war.

»Es ist das dritte ... die *Theseus* ... Kannst du noch Griechisch lesen? ... Ich kann alle Sprachen ein bißchen, oder vielmehr eine Mischung aus allen ...«

In der Tat sprach er den Matrosen, der am Fallreep Wache hielt, in einem Idiom an, das Bergelon unbekannt war.

»Achtung! ... Vorsicht jetzt ... Mir nach ...«

Er stieg voraus über stählerne Hindernisse, eine steile Treppe hinauf, die von der Nachtfeuchte glänzte.

»Einen Moment ... Ich mache Licht ...«

Unvermittelt traten sie in einen kleinen, sauberen und gemütlichen Salon mit einem roten Sofa, einem Schreibtisch, Sesseln und Aquarellen unter Glas an den Wänden.

»Achmed! ... Achmed ...«

Ein verschlafener Bursche schlurfte in den Raum.

»Leg zwei Flaschen Champagner auf Eis ... Bring Kuchen, und dann hau ab ...«

Und zu den beiden Frauen:

»Macht's euch gemütlich... Mina! Du weißt Bescheid, nicht wahr?... Wir sind gleich wieder da...«

Ein Augenzwinkern bedeutete Bergelon, ihm in den nächsten Raum zu folgen: Clarius' Kabine.

»Da! Wo wir gerade von Trapezunt geredet haben, da hast du die Küste bei Sturm...«

Ordnung. Sauberkeit. Das Bett schon aufgeschlagen, ein japanischer Seidenpyjama mit einem grünen Drachen darauf. Clarius zog das Jackett aus und fuhr sich mit einem Blick in den Spiegel durchs Haar, nachdem er seinem Begleiter einen Stapel Aquarelle hingeschoben hatte.

»Sag mir ehrlich deine Meinung... Was glaubst du, ganz so schlecht sind sie doch nicht?... Am Anfang habe ich nur nach Ansichtskarten gemalt, aber jetzt wage ich mich schon an Aquarelle nach der Natur... Das ist schwieriger, als man glaubt... Gestattest du...«

Er klinkte an Bergelon vorbei eine Tür auf, die auf die schwach beleuchtete Brücke ging.

»Das einzige, was du nicht darfst, ist rauchen... Wenn man da nicht konsequent ist... Was hältst du von meiner Bleibe? ... Ich komm da kaum raus... Der kleine Salon, den du beim Hereinkommen gesehen hast... Meine Kabine hier... Dann das Kartenschott, wo ich mich die meiste Zeit zum Malen hineinsetze, weil dort drin das beste Licht ist... Da bin ich ungestört... In Batumi schwelge ich in Kaviar, fast geschenkt... Den Mädchen aber bringe ich Pariser Modezeitschriften, und dafür tun sie alles für einen... In Antwerpen habe ich Mina, die mich nicht viel kostet... Und wie sie sonst zurechtkommt...«

Immer noch vor dem Spiegel gurgelte er mit einem rosa Mundwasser, das stark nach Anis roch, und ging dann in die Toilette, aus der Geplätscher und seine Stimme zu hören war:

»Dabei fällt mir ein ... Lebt deine Mutter noch? ... Fühl dich ganz wie zu Hause ... Mach's dir bequem ... Ich biete dir keinen von meinen Pyjamas an, weil die dir zu groß sind ... Wart mal! ... Achmed! ... Achmed, kruzitürken nochmal ...«

Achmed erschien.

»Geh in die Kabine von Monsieur Tedesco ... Du wirst dort schon einen sauberen Pyjama finden ... Und Pantoffeln! ... Na, mach schon!«

Und zu Bergelon:

»Tedesco ist mein zweiter Offizier ... Ein Rumäne, der sicher in irgendeiner Spielhölle sitzt und alles verspielt, was er in einem Monat an Bord verdient hat ...«

Er kam zurück, ein Handtuch in der Hand.

»Und jetzt Schluß mit den ernsten Gesprächen ... Einverstanden? ... Sehen wir mal nach, was die Frauen so machen ...«

Er machte die Tür zum Salon auf. Der war ganz verwandelt. Die beiden Frauen hatten sich in ihrer Abwesenheit ausgezogen und Nachthemden übergestreift, die wie die Pyjamas von Clarius aus Japan oder China stammten. Die Neue fühlte sich unsicher und hatte sich, um Haltung zu bewahren, auf dem Diwan ausgestreckt.

Auf dem Tisch zwei Champagnerflaschen in Sektkübeln, exotische Schachteln mit Naschwerk, Rahat-Iokkum und seltsam geformte Kuchen.

»Bist du verrückt, soviel Licht anzulassen?«

Clarius löschte die Hälfte der Lampen und ließ zum Schluß nur noch eine schwache Leselampe brennen. Er öffnete ein Türchen im Schott, betätigte einen Schalter, und eine Schallplatte begann sich zu drehen.

Er machte sich betulich zu schaffen, ein wenig wie Germaine, wenn sie den sonntäglichen Ritus zelebrierte, die Kinder anzuziehen und die Ausflugsvorbereitungen zu treffen.

»Ist dir auch nicht kalt?« fragte er Minas Freundin, die ein wenig ängstlich in der dunklen Ecke auf ihrem Diwan zu kauern schien.

Und er zwinkerte Bergelon zu.

»Wer hat Durst? ... Mumm cordon rouge, Jahrgang 29 ... Was gibt's, Achmed?«

»Ich hab keinen Pyjama gefunden.«

»So ein Pech! Schläft er halt nackt.«

Er hatte einen Korken knallen lassen und füllte nun die Kelche.

»Wecken um acht, Achmed ... Ich muß unbedingt um neun beim Hafenkommandanten sein ... Meine blaue Uniform, verstanden? Und jetzt hau ab! ...«

Schließlich in fettem Biedermannston:

»Schluß mit den Späßen, Kinder! ... Zeit für ernsthaftere Dinge ... Sag mal, du, wie heißt du? Marcelle? ... Na gut! Marcelle, wenn du Champagner willst, mußt du deine Möpse herzeigen ... Noch näher ... Gut! Recht ordentlich ... Und deine Muschi? Toll! ... Schwarz wie die Sünde ... Gefällt dir das, Cricri? ... Auf dein Wohl! ... Auf ... Trapezunt ... Na, sagst du ja?«

»Ja.«

»Er sagt ja! Großartig! Und jetzt laß uns mal allein ... Kümmer dich ein bißchen um ihn, Marcelle ...«

Das Schreckliche war, daß Bergelon nichts getrunken hatte und ihm alles so grausam deutlich war!

Und er sich nicht einmal traute zu gehen!

10

Es war die Kabine eines der Offiziere, des zweiten oder dritten, er wußte es nicht mehr. Clarius hatte ihm zu dieser Kabine eine Geschichte erzählt. Aber was für eine? Und was scherte es ihn? Alles war weiß, von einem glatten, leuchtenden Weiß mit ein paar anheimelnden Messingreflexen, und die Geräusche, die Bergelon bis in den Schlaf verfolgten, erfüllten mit ihrem metallischen Schlagen noch immer seine Welt. Die Kesselschmiede bei Halkin waren Liliputaner, die mit ihren Hämmerchen und Blechen lächerliches Getingel erzeugten, verglichen mit den kräftigen Schlägen von Stahl auf Stahl, die ständig aus irgendeiner Richtung zu vernehmen waren, mal von fern, mal aus dem Schiff selbst, an dem alle Nieten vibrierten, so daß man glauben konnte, die ganze Welt sei bloß damit beschäftigt, stählerne Massen aufeinanderzuschlagen. Und dennoch machte dieser Radau einen friedlichen Eindruck, den Eindruck einer gesunden und selbstbewußten und keineswegs böswilligen Kraft, und sogar die schrillen Dampfpfeifen hatten nichts Aggressives.

Die Kabine war eng. Alles war in Reichweite. Alles war auf Hochglanz poliert, und als er eine Tür aufmachte, entdeckte Bergelon ein Puppenbadezimmer, wo lauwarmes Wasser aus einer Dusche rieselte, sobald er den Hahn aufdrehte. Er hatte auf seiner Uhr nach der

Zeit gesehen. Es war zehn. Als er in der Badewanne saß und ihn das Wasser umfloß – dieses Wasser roch seltsam nach Metall, sicher, weil es aus den Ballasttanks stammte –, sah er durch ein Bullauge auf die spiegelnde Wasserfläche und einen Kahn, der von einem Seemann gerudert wurde.

Nach ein paar Sekunden runzelte er die Stirn. Erst hatte er geglaubt, der Kahn werde vorwärtsbewegt. Jetzt fragte er sich, wie der Kahn, durchs Bullauge gesehen, stillstehen konnte, wo er doch gerudert wurde. Schließlich dämmerte ihm die Wahrheit: Auch das Schiff war in Bewegung!

Im Handumdrehen trocknete er sich ab, fuhr in seine Kleider, rannte an Deck und versuchte sich zu orientieren, da er den Kai nicht mehr an Ort und Stelle fand und statt dessen ein anderes Schiff erblickte, hoch wie eine Steilwand und überall rostig, an dem sie dicht vorbeifuhren, und schließlich vor dem Tanker einen zwergenhaften Schlepper, der ihn in Richtung Schleuse zerrte.

Sie waren noch im Hafenbecken, das sie in der ganzen Länge durchmessen hatten, während er noch schlief. Matrosen standen herum und hielten Taue, andere hatten die Hand auf den Steuerhebeln einer Winsch.

Angst packte ihn. Er stieg eine stählerne Treppe hoch und fragte einen Mann, dem er begegnete:

»Wo ist der Käptn?«

»Gerade wieder an Bord gekommen ... Er muß mit dem Vertreter von Véritas in seiner Kajüte sein ...«

Von der Brücke aus blickte er durchs Bullauge hinein. Im aufgeräumten Salon mit seiner glänzenden Mahagonitäfelung standen eine Flasche Whisky und Gläser auf dem Tisch, und Clarius, in marineblauer Uniform mit Goldborten an Mütze und Ärmeln, war ins Gespräch mit einem Zivilisten vertieft, der Bergelon den Rücken zukehrte.

Clarius entdeckte den Doktor, erhob sich, sagte etwas zu seinem Gast und öffnete die Tür, die er hinter sich wieder schloß.

»Ich hab beschlossen, mit dieser Flut aus dem Hafenbecken zu laufen.«

Ihm fiel ein, daß er nicht Guten Morgen gesagt hatte, und er drückte seinem Freund die Hand:

»Geht's?«

Und fügte hinzu:

»Auf die Art fahren wir schon mit der Abendflut die Schelde hinunter... Wir ankern dann im Fahrwasser...«

Er war unerwartet ruhig, rosig und frisch, wiederhergestellt durch eine bloße Dusche; seit acht Uhr morgens klapperte er die Behörden ab, und es war keine Spur mehr von den Ausschweifungen der Nacht an ihm, außer vielleicht seinen leicht geschwollenen Lidern.

Er spielte auch nicht mehr darauf an. Das war vorbei, vergessen. Er hatte zu arbeiten. Er mußte etwas mit dem Vertreter von Véritas erörtern.

»A propos... Wenn du gefragt wirst... Ich hab dich als Beauftragten der Reederei in die Stammrolle eingetragen... Du solltest noch mal in die Stadt. Wenn wir in Malta anlegen würden, könntest du dort günstigere Kleidung als überall sonst finden, aber wir legen dort sicher nicht an... Das beste ist, du gehst zu einem Chinesen, den ich kenne. Ich hab dir die Adresse aufgeschrieben... Er hat Leinenanzüge von der Stange... Wenn sie dir nicht passen, ändert er sie binnen einer Stunde... Du brauchst erst gegen zwei an Bord zu sein... Jedes Hafenboot bringt dich zum Schiff...«

Er rief einen vorbeigehenden Matrosen an.

»Bringst du Monsieur bitte an Land?«

Und dann:

»Bis gleich!«

Bergelon mußte über die Reling steigen und über eine Strickleiter an der Schiffswand hinunterklettern. Ein paar Minuten später stand er am Fuß einer von Schlamm ganz grünen Steintreppe.

Er fand sich in den Docks nicht mehr zurecht und war an einem Kai und in einem Viertel gelandet, das er nicht kannte.

Da nahm er trotz seines Widerwillens gegen Geldausgaben ein Taxi.

»Zur Hauptpost!«

Er war von einer leisen, unerfindlichen Regung erfaßt, wie jemand, der gerade einer Gefahr entronnen ist.

»Bergelon... Ich buchstabiere...«, murmelte er und streckte den Kopf durch den Schalter.

Und während der Postbeamte in seinem grauen Hemd einen Stapel Briefe durchsah, zuckten ihm unwillkürlich die Finger.

»Ein Telegramm... Einen Franc fünfundsiebzig Zustellgebühr...«

Er riß in dem düsteren Saal den Umschlag auf, bei den Pulten, wo die Leute ihre Nachrichten schrieben.

Bin vor endgültiger Abreise am 18. nachmittags in Paris. Stopp. Können mich im Restaurant Daumal am Gare du Nord treffen.

Cosson

Datiert war das Telegramm nicht aus Paris, sondern aus Bugle. Er blickte sich nach einem Kalender um und sah, heute war der 17. Zunächst ging er in eine Bar ein Glas Bier trinken. Er hatte nach etwas zu schreiben verlangt. Aber er hatte ja noch Zeit! Er lief bis zum Bahnhof, ohne dieser Erregung Herr werden zu können, die ihm die Knie zittern ließ.

»Der Étoile-du-Nord geht in einer halben Stunde.«

Man hätte meinen können, er fürchte, von einer unbekannten Kraft zurückgehalten zu werden. Eine Viertelstunde vor der Abfahrt des Zuges saß er bereits in einem Zweiterklasseabteil. Clarius hatte er nicht geschrieben. Er war auch nicht zu seiner Vermieterin im ›Oude Antwerp‹ gegangen, um seine Rechnung zu bezahlen und seinen Koffer zu holen.

So war er viel zu früh in Paris, schon am gleichen Tag, während die Sonne noch hoch am Himmel stand. Obwohl er noch vierundzwanzig Stunden warten mußte, erkundigte er sich nach dem Restaurant ›Daumal‹, da er fürchtete, es nicht zu finden, weil er die genaue Adresse nicht hatte.

Aber er fand es sofort, ein ganz kleines Restaurant direkt gegenüber dem Bahnhof.

Es nützte aber nichts, er blieb hippelig, besorgt, als sei er gerade einer großen Gefahr entronnen und diese noch nicht ganz gebannt. Mit einem automatischen Griff vergewisserte er sich, daß er seine Brieftasche nicht verloren hatte, daß sie ihm nicht im Gedränge gestohlen worden war.

Er ging ins Kino, blickte aber nicht auf die Leinwand. Beim Hinausgehen wußte er einen Augenblick nicht mehr, daß er in Paris war, und erkannte auch den Boulevard Magenta nicht wieder, auf dem er sich befand.

Er schlief schlecht und glaubte um sich herum den Hafenlärm zu hören. Zyklopenschläge gegen Stahlblech, und in einem bestimmten Moment fuhr er hoch mit dem Gefühl, sein Bett bewege sich, habe die Leinen losgeworfen und ...

»Kennen Sie einen gewissen Jean Cosson?«

»Wer soll das sein?«

»Er hat sich mit mir bei Ihnen verabredet. Ich nehme an, einer Ihrer Gäste ...«

»Da kommen so viele! Wie sieht er denn aus?«

»Ein großer Schlanker... Noch ziemlich jung, mit langen Haaren ...«

»Kenne ich nicht ...«

Er aß im Restaurant ›Daumal‹ zu Mittag und trank dort auch seinen Kaffee und ein Glas Tresterschnaps. Er hatte sich dicht ans Fenster gesetzt, um keinen Gast zu verpassen. Langsam wurde er ungeduldig. Er stellte sich den Tanker vor, wie er die glitzernde Weite der Nordsee durchfurchte.

Und plötzlich, ein paar Minuten vor fünf, hielt ein Taxi. Cosson stieg aus und zerrte einen Koffer, dann ein Paket und noch weitere ungefüge Packen aus dem Auto. Während er den Fahrer bezahlte, war er auf dem Trottoir von Gepäck umgeben.

Dann erst drehte er sich um, erkannte Bergelon auf der anderen Seite der Scheibe und kam erstmal mit drei Paketen herein.

»Einen Augenblick!«

Er ging die andern holen, wischte sich die Stirn und rief die Bedienung.

»Eine Halbe, schnell!«

Er war schweißgebadet. Sein Gesicht war gerötet, die Augen glänzender als je.

»Uff! ... Mir bleibt bloß 'ne Stunde, bis mein Zug geht ... Ich hab mich gefragt, ob Sie kommen ...«

Er stürzte sein Bier auf einen Zug hinunter, und sein Adamsapfel hüpfte im Rhythmus des Schluckens.

»Noch eine Halbe?« schlug Bergelon vor.

»Ja ... Nein ... Davon schwitze ich bloß noch mehr ... Ich bin heute morgen um neun angekommen und mußte noch alle diese Einkäufe machen ... Zum Glück habe ich einen Trödler gefunden, der fast alles hatte, was ich brauchte ...«

Endlich fiel es ihm ein, den Doktor anzusehen, und sein Blick kam von weit her, er versuchte ein schwaches Lächeln.

»Was haben Sie gedacht, als mein Telegramm kam?«

Er wischte sich immer noch ab, konnte nicht stillsitzen, zog Pakete zu sich her, die den Durchgang behinderten.

»Wollen Sie nicht wissen, wo ich hinfahre?«

In seinen Augen lag eine irre Freude, ein unbändiger Stolz. Er wollte alles heraussprudeln. Er kramte in seiner Brieftasche und zog einen zerfledderten Zeitungsausschnitt hervor.

»Da! Lesen Sie!«

Er suchte in seinen vollgestopften Taschen nach Zigaretten, dann nach Streichhölzern, rief endlich die Bedienung.

»Einen Schnaps mit Wasser... Und Sie, Doktor?«

»Nichts mehr, danke...«, antwortete Bergelon, ganz in seine Lektüre versunken.

Es war vormittags gegen elf gewesen. Das Fenster des Zimmers über dem Schuster stand offen. Alle Fenster in der Rue des Minimes standen offen, und man hörte die Geräusche aus allen Häusern, das monotone Plärren eines Säuglings und von irgendwoher, wie ein Bügeleisen auf das Bügelbrett geknallt wurde.

Cécile saß in Unterwäsche da und schrieb, an dem Tisch, auf dem noch die Kaffeekanne, das Milchkännchen und die leeren Tassen herumstanden, mit Stubenfliegen auf den Zuckerstücken, über denen kein Deckel war. Das Bett war noch nicht gemacht. Das war die Stunde der Schlaffheit und des Sichgehenlassens. Cosson, in Pantoffeln und Hemdsärmeln, hatte seinen Stuhl nach hinten gekippt und las, die Füße auf dem Fenstersims, seine Zeitung, die halb von der Sonne beschienen wurde.

»Was habe ich gesagt, was du holen sollst?«

Eine Hausfrauenstimme im Nachbarhaus. Wie jeden Morgen, ordinär, schrill, unterbrochen nur von Herdgeklapper oder andern Haushaltsgeräuschen.

»Hackfleisch!« piepste ein kleines Mädchen.

»Klar, *Hackfleisch*! Aber wieviel?«

»Hab's vergessen.«

»Du weißt nicht mehr, wieviel du verlangt hast? Also

gut! Ich sag's dir noch mal! Jeden Tag dasselbe. Ein halbes Pfund, hab ich gesagt ...«

»Ein halbes Pfund!« wiederholte das kleine Mädchen, das Cosson kannte und das ein Mondgesicht hatte.

»Na und wie kommt es dann, daß du mir dreihundertfünfzig Gramm bringst? Glaubst du vielleicht, ich kann mir dreihundertfünfzig Gramm Fleisch leisten? Hä? Gib Antwort! Bildest du dir vielleicht ein, daß ich mit den fünfunddreißig Francs, die dein Vater verdient, wenn er sie überhaupt nach Hause bringt, dir das bieten kann ...«

Und in diesem Ton konnte es noch lange weitergehen.

»Glotz mich gefälligst nicht so an und bohr nicht in der Nase!«

Und es endete immer mit Tränen, denn sie schüttelte ihre Tochter, wenn sie nicht mehr weiterwußte.

Reisebericht aus Afrika ...

Auf der zweiten Seite der Zeitung las Cosson einen Artikel, von dem er manche Textstellen wegen des Geschreis der Nachbarin gar nicht aufnehmen konnte. Die Sonne schien nicht nur auf das bedruckte Blatt, sondern auch auf sein Knie, das ganz warm wurde.

Gestern haben wir zufällig eine kuriose Entdeckung gemacht. Unsere kleine Karawane fuhr eine kaum sichtbare Piste entlang, und das Gelände stieg an, während der Pflanzenbewuchs immer spärlicher wurde. Plötz-

lich streckte unser Fahrer den Arm aus und zeigte auf eine Staubwolke vor uns im Sonnenglast. Ein paar Minuten später holten wir ein absolut unerwartetes Gefährt ein.

Einen alten, hochräderigen Kleinlaster von einer Bauart, wie sie heute in Europa kaum noch zu finden ist. Zwei arabisierte Neger fuhren darin, von denen einer eine alte Militärmütze trug und der andere eine Kopfbedeckung, die uns an unsere Gauner von der Bastille gemahnte.

Das Eigenartigste aber war, daß dieser Kleinlaster einen Laden wie von fahrenden Händlern enthielt, die bei uns über Land fahren. In Auslagen und Fächern waren alle möglichen Waren versammelt, darunter so verblüffende wie Kondensmilch, Sockenhalter und schreiend violette Socken. Weil wir seit Stunden kein Dorf gesehen hatten, fragten wir uns, wo dieser rollende Laden wohl hinwollte, und unser Dolmetscher befragte die Insassen. Einer von ihnen sprach leidlich französisch.

»Nach Kibi! ...« sagte er und zeigte auf die Weite vor uns. »Goldgrube ... Viele Leute ... Kommen von überall ...«

Und so entdeckten wir im entlegensten Obervolta ein kurioses Goldgräberlager...

»Der Artikel geht noch weiter«, sagte Cosson und faltete das Papier auseinander.

»Wenn ich ins Krankenhaus komme, stehst du schön da! ...« keifte die Rabenmutter weiter und scheuerte ihre Töpfe mit Sand aus, was ein eintöniges Schaben erzeugte. »Und wenn das so weitergeht, kommt's schon noch soweit! Eine Frau im achten Monat sollte nicht mehr den ganzen Haushalt machen, Wasser und Kohle hochschleppen müssen, vor allem nicht, wenn sie eine nichtsnutzige Tochter hat ... Ist dir klar, was der Vater mit dir macht, wenn ich sterbe? Er bringt dich ins Waisenhaus! Garantiert ...«

Das kleine Mädchen weinte und weinte, ohne zu wissen warum, oder vielmehr, weil das Wort ›Waisenhaus‹, das sie im übrigen nicht verstand, ihr persönlicher Alptraum geworden war und bereits ausreichte, um sie in Tränen ausbrechen zu lassen.

»Da haben wir's! Jetzt flennt sie! ... Das ist wirklich eine große Hilfe ... Es gibt Tage, wo ich mich frage, womit ich das bloß verdient habe ... Wirst du gleich die dreckigen Pfoten aus dem Gesicht nehmen ... Entweder du folgst jetzt, oder ich hau dir eine runter ...«

Cosson las weiter.

Wir waren wirklich baff, so einfach auf eine Goldgrube oder eher eine Schürfstelle zu stoßen, die nicht von Großunternehmen ausgebeutet wird. Wo Gold ist, sind im allgemeinen Engländer. Hier aber kein einziger, obwohl wir uns an der Grenze eines ihrer Protektorate befinden.

Man erklärt uns, diese Fundstätte sei schon lange bekannt und aller Wahrscheinlichkeit schon in Les Pirateries du Capitaine Singleton *erwähnt, an der Stelle, wo die Gefährten des späteren Kapitäns, bevor sie zum Atlantik gelangen, wochenlang auf einer Hochebene Gold aus dem Flußsand waschen.*

Vorübergehend hat die Schürfstelle einer Gesellschaft gehört. Offenbar hat der Ertrag die Kosten nicht gedeckt.

Nachdem sie aufgegeben worden war, hat sie zunächst ein paar Neger angelockt. Dann folgte plötzlich ein Goldrausch im kleinen, fast wie in Amerika im letzten Jahrhundert. Mehrere Negerdörfer stürzten sich mit primitiven Goldwäscherschüsseln auf das Gebiet.

Inzwischen sind es beinahe zweitausend Männer aller möglichen Rassen, die mit den Füßen im Fluß von morgens bis abends unter der sengenden Sonne schuften.

Seltsam muten diese Hütten an, die gleich neben Wellblechbaracken errichtet sind, und diese halbnackten und sogar splitternackten Neger, die Seit' an Seite mit europäisch gekleideten arabisierten Schwarzen arbeiten, Eingeborenen, die einen abgelegten Smoking anhaben oder lediglich ein Hemd mit der ehemals beliebten gestärkten Hemdbrust.

Händler haben sich eingestellt, darunter ein Grieche, der den Goldstaub aufkauft und ihn mit einer kuriosen Waage abwiegt. Ein Portugiese hat eine weitläufige Bretterbar errichtet, in der alles zu haben ist, auch alte Schellackplatten. Den ganzen Tag werden sie abgenudelt, und man wundert sich nicht schlecht, in dieser Einöde von früh bis spät alte Walzer, Opernarien oder Märsche zu hören.

Ich habe mich erkundigt, wieviel die Leute so verdienen. Beim Auswaschen des Sandes gewinnt man täglich Gold für ungefähr zwölf Francs.

Ein Eingeborener kann von etwa zwei Francs leben. Bleiben zehn Francs übrig, aber die gehen meist an den

Schallplattenhändler, an die Bar und an fliegende Händler wie die, denen wir begegnet sind und die von der Küste Ausschußware herbeischaffen. Zu bemerken ist noch, daß wir in dieser farbigen Menge nicht ohne eine gewisse Scham auch ein paar Weiße erkannten, die wie die Schwarzen arbeiten und sich mit ihnen um die besten Stellen balgen …

»Haben Sie's gelesen?«, fragte Cosson und griff eifersüchtig nach seinem kostbaren Zeitungsausschnitt. »Stellen Sie sich vor, Cécile hat in dem Moment, wo ich mit dem Artikel fertig war, den Kopf gehoben und mich gefragt:

›Schreibt man frappant mit zwei p?‹ Ich weiß selbst nicht, was da in mich gefahren ist. Das kleine Mädchen im Nachbarhaus brüllte ohrenbetäubend, und die Mutter versuchte es noch zu überschreien. Mein Knie brannte von der Sonne.

›An wen schreibst du?‹ habe ich da gefragt.

›Weißt du doch!‹

Zum Donnerwetter! An wen hätte sie sonst schreiben sollen, wenn nicht an ihren Mann, der in Poissy sitzt? Sie müssen wissen, daß nicht sie es war, die ich satt hatte. Ich hatte alles satt! Die Straße! Das Kindergeschrei! Das Durcheinander im Zimmer und das flaue Gefühl wie jeden Morgen, weil ich mich abends besoffen hingelegt hatte.

›Ich verbiete dir, ihm zu schreiben.‹

›Aber Jean …‹

›Schluß mit diesem aber Jean, verstanden? … Mir reicht's allmählich …‹

›Was hast du bloß?‹

›Was ich habe? Ich hab die Schnauze voll! Gestrichen voll!‹

Ich hab sie angebrüllt ... Und je ruhiger sie wurde, je geduldiger sie mich angesehen hat, desto mehr bekam ich Lust, sie zu schlagen ... Ich hab's getan ... Ich hab sie so gereizt, daß sie aufgestanden ist und gesagt hat:

›Ich komm wieder, wenn du wieder bei Vernunft bist ...‹

›Komm her!‹

›Nein!‹

›Komm her!‹

Denn sie wollte im Nachthemd rausrennen und zu einer Nachbarin flüchten.

Ich hab sie verprügelt, wie ich noch nie jemand verprügelt habe. Dann habe ich mich angezogen, während sie auf dem Bett gelegen hat und mich aus trockenen Augen angesehen hat, sprachlos vor Verblüffung. Ich hab mir wieder meine Zeitung gegriffen. Ich bin heim zu mir gegangen, und als ich dann im Schlafzimmer mit der Wiege stand und ...

Was soll's! Ich hab geschluchzt wie ein kleines Kind. Ich glaube, ich hab geheult wie ein Schloßhund im Mondenschein, so schlimm, daß der Metzger raufgekommen ist und mich durch die Tür gefragt hat, ob er was für mich tun kann ...

Am nächsten Tag hab ich ihn gefragt, für wieviel er mir die Möbel und meinen Hausrat aus der Wohnung abnimmt ...

Ich bin zu meiner Mutter gefahren und hab ihr gesagt, daß ich für immer weggehe ...

Der Metzger hat mir fünftausend Francs gegeben. Dabei schulde ich bei den Möbeln noch mehrere Raten, aber das ist mir schnurz!

Ich hab mich erkundigt, wie man dorthin kommt. Zunächst muß man nach Grand-Bassam... Mit dem Liniendampfer wird das zu teuer, ganz zu schweigen davon, daß erst in acht Tagen einer von Bordeaux aus abgeht... Ich hab einen Frachter gefunden, der gelegentlich ein paar Passagiere nur für den Preis von Kost und Logis mitnimmt... Er läuft morgen von Boulogne aus...«

Pause. Die Hand zitterte ihm. Die Zeiger der Bahnhofsuhr an der Fassade der Gare du Nord sprangen von Minute zu Minute weiter.

Da fragte Jean Cosson schlicht:

»Und Sie?«

Dieses »Sie« war so natürlich, so beredt, daß Bergelon schlagartig das Blut ins Gesicht schoß. Das war keine gewöhnliche Frage. Sie enthielt mehr, als in einem langen Gespräch gesagt werden konnte.

Wie sollte er sie interpretieren?

»Und Sie?... Zu welchem Schluß sind Sie gelangt?«

Nein! Das war es nicht. Es war viel komplexer.

»Wie weit sind Sie?«

Schon besser.

»Welchen Ausweg haben Sie gefunden?«

Das ungefähr war es!

»Verstehen Sie mich recht, Doktor! Ich fahr da nicht hinunter mit dem Gedanken, mein Glück zu machen, und auch nicht, um wie ein Weißer zu leben... Wenn ich alle diese Pakete aufschnüren könnte, würde Ihnen das klar... Eine neue Ausrüstung war zu teuer... Ich hab mich an einen Trödler auf dem Montmartre erinnert, wo ich im Schaufenster Sachen aus den Kolonien gesehen hatte...

Und bei dem hab ich diesen Koffer gekauft... Und dazu einen alten Tropenhelm und einen Leinenanzug, der ein bißchen zu weit ist... Ein Gewehr hätte ich auch gern gehabt... Er hatte welche, hat aber gesagt, daß man dafür eine Sondergenehmigung braucht...«

Sogar sein Atem kam vor Ungeduld stoßweise!

»Ich weiß nicht mehr, warum ich fast sicher war, daß Sie mitkommen würden... Ich hab mich hier mit Ihnen getroffen, weil mir keine andere Adresse einfiel... Hier haben wir auf der Hochzeitsreise gegessen...«

Er war den Tränen nahe.

»Sagen Sie mir die Wahrheit... Sie hätte leben können, nicht wahr?... Das Kind auch?...«

Bergelon sagte nichts, senkte aber zustimmend die Lider.

»Es gibt Zeiten, wo ich mich frage, ob es nicht besser ist so... Ja, ich frage mich, ob ich bis zum Ende durchgehalten hätte...«

Seine Augen erforschten die Augen des kleinen Doktors. Sie schienen zu sagen:

»Wie Sie, zum Beispiel!...«

Er fuhr fort, sprach abgehackt, weil er von einem Gedanken zum andern sprang und bisweilen besorgt auf die elektrische Bahnhofsuhr blickte.

»Cécile war am Bahnhof... Ich weiß nicht, wie sie erfahren hat, daß ich fortgehe... Sie wollte mir etwas Geld zustecken ... Sie hat mir geschworen, daß sie mir nichts nachträgt, und wenn ich sie eines Tages brauche ... Bei meiner Frau weiß ich nicht, wie lange das gutgegangen wäre ...«

Seine Augen schweiften von einem Gegenstand zum andern, von einem Passanten zu seinem Glas oder zur Bedienung und immer wieder zu Bergelon.

»Und was machen Sie jetzt?«

Darin war so viel enthalten, das er nicht aussprechen wollte oder konnte.

»Kommen Sie nicht ...«

»Nein!« Er wandte den Kopf ab. Hatte er etwa sagen wollen:

»Kommen Sie nicht mit mir?«

Und dann, um seinem Gefühlsaufruhr ein Ende zu machen, scherzte er und schwadronierte:

»Wissen Sie, daß ich Sie umgebracht hätte? ... Es gab eine Zeit, da war mir alles egal. Da war das eine fixe Idee von mir ... Und passen Sie gut auf, es ist mir nicht mal in den Sinn gekommen, Ihren Kollegen Mandalin umzubringen ... Ich weiß nicht warum ... Vielleicht weil das nichts mit mir zu tun hat ... Sie waren es! Und als ich die Bombe aufs Tapet brachte, habe ich das ernsthaft überlegt ... Ich hatte sogar eine leere Konservenbüchse aufgehoben, in der Erbsen gewesen sind ... Sie muß immer noch unter Céciles Bett liegen ... Da unten wird jetzt ein Weißer mehr unter den Negern sein ... Offenbar brennt die Sonne so herunter – ich hab das in einem Roman gelesen und vielleicht stimmt das gar nicht –, so heftig, heißt es, daß ein Reisender blind geworden ist von der Spiegelung der Sonne auf einer Eisenbahnschiene. Gummiabsätze schmelzen... Das Komischste ist, daß meine Mutter erleichtert war... Raten Sie mal, was sie zu mir gesagt hat! Daß sie mich lieber tot sähe als entehrt und den ganzen Tag zu Gott bete, daß...«

In einer Gefühlsaufwallung versagte ihm die Stimme, und er blickte versonnen auf die Straße hinaus.

»Als ich in Bugle in den Zug gestiegen bin...«

Nein! Der Hals wurde ihm eng. Er konnte nicht weiterreden. Er wollte trinken, aber sein Glas war leer. Er betrachtete sich im Spiegel gegenüber, setzte ein betont bitteres Lächeln auf, das er dann zu einem aggressiven Grinsen umstilisierte.

»Ich hab sie alle satt!« stieß er hervor.

Der Blick löste sich vom Spiegel über Bergelon, welcher beschämt den Kopf senkte. Bilder vom Krieg, wie ihn ihm die Eltern geschildert hatten, stiegen in ihm auf.

»Das wär's! Ich mach mich auf! Und du?«

Genau auf dieselbe Art hatte Cosson vorhin gefragt:

»Und Sie?«

Dazu immer noch dieser fragende Blick.

Und er? Was würde er jetzt machen?

Cosson fuhr weg! Cosson machte sich auf! Cosson lebte sein Leben aus!

Er hatte Angst, spürbar Angst. Darum bestellte er auch einen weiteren Schnaps – um sich zu stärken! Das bewies auch der verzagte Blick, mit dem er das Vorrükken der Uhrzeiger verfolgte.

Noch zwanzig Minuten... Noch zwanzig Minuten durchhalten, dann saß er im Zug... Er würde in Boulogne ankommen... Und zu dem Frachter stürzen...

Dann war er schon fast am Ziel!

Bergelon spürte im Kopf etwas wie ein langsames Gleiten, er sah einen Kahn, der nicht am Bullauge vorbeikam, obwohl ein Männchen ruderte...

Das war jetzt der Abschied... Für Cosson hatte der Abschied schon begonnen, und er wußte nicht, was er ihm sagen sollte, er sah ihn mit ängstlichem Respekt an, auch mit einem Kribbeln wie von Scham.

»Stellen Sie sich vor, Ihre Tochter hat mich neulich auf der Straße erblickt und ist Hals über Kopf davongerannt, als hätte sie den Teufel gesehen... Vor dem Haus hat sie mit dem Briefkasten geklappert und an der Tür gerüttelt; sie war dermaßen außer sich, daß ich stehengeblieben bin, um ihr Zeit zu lassen, bis Ihre Frau aufgemacht hatte...«

Bergelon sah die Szene so deutlich vor sich, als habe er sie selbst erlebt. Vielleicht hatte er Annies blasses Gesicht noch nie so deutlich vor sich gesehen, nicht einmal, wenn sie vor ihm gestanden hatte.

»Was bin ich schuldig?«

»Nicht doch... das übernehme ich...«

»Aber nein!...«

»Doch!« Bergelon bestand darauf, die Getränke zu bezahlen. Er zog rasch einen Tausendfrancschein aus der Tasche. Da kam ihm eine Idee. Wäre es nicht bloß recht und billig...?

Er zögerte. Cosson blickte woanders hin.

Er hatte noch fast viertausend Francs... Aber er scheute sich! Er dachte, wenn er sie anböte, gebe er zu, daß er selber nicht die Traute hatte...

»Fahren Sie nach Antwerpen zurück?«

»Ich weiß noch nicht...«

Es war Zeit. Bergelon belud sich beflissen mit der Hälfte der Pakete, aber Cosson wollte unbedingt die schwersten tragen.

»Stellen Sie sich vor, niemand konnte mir Auskunft über Goldwäscherschüsseln geben ... Ich hab einfach verschieden große Blechschüsseln gekauft ...«

Sie blieben stehen, um eine Karawane von Bussen und Taxis vorbeizulassen. In ein paar Minuten würde Bergelon allein über den gleichen Fußgängerüberweg zurückgehen.

Er wußte, daß sein Gefährte enttäuscht war, irgendwie gehofft hatte ...

»Ich glaube, Bahnsteig 8 ...«

Sie schlurften durch den grauen Bahnhofstaub, stießen gegen Koffer, hastende Reisende. Was hätte er sagen müssen? Wartete Cosson vielleicht bis zur letzten Minute auf ein Wort, das ihn von der Reise abhalten würde?

Er erschien ihm größer, hagerer und knochiger als sonst.

»Dritte Klasse!« verkündete er, als sie die Waggons entlanggingen.

Dann, ohne Bitterkeit, aber mit ironischem Unterton:

»Da unten werde ich nicht mal mehr in der vierten Klasse sitzen ... Sagen Sie mal! Wenn ich Ihnen schreiben sollte ...«

Er hatte gezögert, die Frage zu stellen. Er wußte, daß keine Antwort möglich war.

»Schreiben Sie mir postlagernd nach Paris ...«

»Welches Postamt?«

Er mußte eine Zahl nennen: »42 ...«

Die Waggons dritter Klasse waren überbelegt.

Cossons Pakete verstopften den ganzen Gang. Cosson selber blieb eingeklemmt zwischen einem Soldaten und einem jungen Mädchen am Fenster stehen.

»Wenn Sie nach Bugle zurückfahren ...« fing er an.

Er trat zurück unter dem Vorwand, daß ein Reisender an ihm vorbeiwollte. Als er wieder auf den Bahnsteig hinausblickte, war von Bugle nicht mehr die Rede.

»Die guten Leute haben keine Ahnung ...« murmelte er und beugte sich hinaus.

Die Schaffner rannten und schlugen die Türen zu. Bergelon wich nicht vom Fleck. Eine Frau wedelte neben ihm mit dem Taschentuch und fuhr ihre Tochter an:

»Heul nicht so, na! Du weißt doch genau, daß du es ihm nur noch schwerer machst ...«

Er sah nicht zu ihnen hin. Er blickte Cosson an. Cosson hatte einen Zweitagebart, längere Haare als je zuvor, eine ungesunde Gesichtsfarbe und rotgeränderte Augen. Er grinste.

»Ich denke gerade an die Neger! ...« warf er hin.

Er wollte bis zum Schluß durchhalten, und der Zug wollte und wollte nicht losfahren. Auch Bergelon war ungeduldig, um ein Haar hätte er sich wütend nach der Lokomotive umgesehen.

»Hören Sie mal! ...«

Genau in diesem Moment wurde Dampf abgelassen, nicht nur aus der Lokomotive, sondern aus allen Bremskupplungen, und der Zug ruckte an. Bergelon tat ein paar Schritte. Cosson, der den Kopf abwenden wollte und sich nicht traute, wedelte mit der Hand vor dem Gesicht.

»Heul nicht, dumme Pute!« sagte die Frau zu ihrer Tochter. »Wart wenigstens, bis er dich nicht mehr sieht...«

Und plötzlich stand Bergelon fast allein auf dem Bahnsteig, von dem die Menge fort zum Ausgang drängte. Er fand seine Bahnsteigkarte nicht gleich, durchsuchte seine Taschen.

Schließlich fiel die Karte aus seinem Taschentuch, und er bückte sich, um sie aufzuheben.

11

Einmal Schinken! ... Einmal Eintopf ... Zwei Spiegeleier ... Einmal Käse ...«

Es war kein regelrechter Speisewagen, sondern ein volkstümlicher Büffetwagen, etwas herausgeputzt durch einen hellgrünen Anstrich der Innenverkleidung. Sie war bereits angeschmutzt. Sogar sauber, ohne Brotkrumen und Weinflecken auf dem gerippten Papier, das als Tischtuch diente, roch es nach Allerweltscafé, wo man allerhand auf den Boden wirft oder an die Wand kritzelt. In der Mitte eine Bar, von Männern umlagert, die alle gleichzeitig zu reden schienen, nach dem Lärm zu schließen, den die kleine Blase veranstaltete. Zwei Soldaten trugen die erdbraune Uniform, die Achselschnüre und das schwarze Käppi der Kolonialtruppen. Ein anderer Soldat in Blau, noch nicht so recht an seine Kluft gewöhnt, fuhr wohl zum erstenmal auf Urlaub nach Hause.

Es roch nach abgestandenem Tabakrauch und aufgewärmtem Eintopf, und in einer Nische sah man einen kränklichen Kellner in schmieriger Schürze und mit ins Gesicht fallenden Haaren damit beschäftigt, auf einem Kocher die bestellten Gerichte zusammenzuschmurgeln.

Das Ganze war von der Sonne beschienen, von einer sprunghaften Sonne, die im Vorbeifahren von mageren

Telegrafenstangen oder Pappeln verdeckt wurden, mit plötzlichen Augenblicken kühlen Schattens, wenn der Zug eine Kurve nahm und die Fenster auf der einen Seite dunkler wurden und sich kurz darauf die auf der andern Seite erhellten.

»Habe ich vielleicht Angst gehabt, ihm Bescheid zu stoßen? Na, Frédéric?... Er redete und redete... Lauter theoretisches Zeug, so daß man glauben konnte, er allein könnte die Welt verändern.«

Der Sprecher am Tisch vor ihm hatte einen abstoßenden Stiernacken, dichtbehaart und von einem Rosa, das ins Violette spielte. Seine dicken Spreizbeine waren dem Kellner ständig im Weg. Er redete laut, mit gutturaler Stimme und mittelfranzösischem Akzent. Ein Schlächter, ein Viehhändler oder Metzger...

Das roch nach Wahlen, und aus einer herumliegenden Zeitung hatte Bergelon bereits ersehen, daß tatsächlich in Moulins eine Nachwahl stattfand. Gar nicht weit von Bugle entfernt. Dieselbe Gegend.

»Also habe ich ihn ganz plötzlich unterbrochen, ohne mich zu genieren – frag Frédéric, wenn du's nicht glaubst –, und gerufen:

›Wenn du so schlau bist, wie kommt es dann, daß du gehörnt worden bist?...‹«

Er schlug sich klatschend auf den Schenkel, stieß seinen Gesprächspartner in die Rippen und blökte:

»Haha! ... Was meinst du? Laß ich mich etwa ins Bockshorn jagen? Sag schon!«

Zwei Tische dahinter saß ein hagerer, wohlerzogener Mann von fünfunddreißig oder vierzig, gut gekleidet, ein Anwalt, Syndikus oder Richter mit dem schmalen

Bändchen der Ehrenlegion am Revers seines streng-geschnittenen Jacketts, dunkle Krawatte, steifer falscher Kragen, gepflegte Hände und Dokumente, die er aus seiner Mappe genommen hatte, vor sich neben den Spiegeleiern. Ein dünnes Lächeln umspielte seine Lippen, ein Lächeln, das er für überlegene Ironie hielt. Er konnte sich nicht enthalten, Bergelon, den er als gleichgestellt erachtete, derart zuzulächeln und sich dabei über die Oberlippe zu streichen.

Bisweilen gingen andere Reisende durch den Gang und blieben stehen, um die Esser durch die Scheibe zu betrachten, und alle hatten an diesem Vormittag eine fusselige Blume im Knopfloch, eine Stoffblume oder ein Edelweiß.

Es war Sonntag. Es war der Sonntag, an dem für die Tuberkulosekranken gesammelt wurde, und die Blume war dieses Jahr das Alpenedelweiß. Junge Mädchen verkauften sie in ganz Frankreich. Kinder, junge Leute mit einer Armbinde starrten die Passanten auf der Straße auffordernd an und schüttelten blecherne Sammelbüchsen. Die Landschaft wurde welliger. Wiesen fielen zu schmalen Bächen hinab, und verstreut standen weiße Kühe, das Maul im hellgrünen Gras, alle mit dem Kopf in dieselbe Richtung.

Bergelon wurde plötzlich von Angst erfaßt wie von einem Schwindel. Wie weit war er von Bugle entfernt? 150, 100 Kilometer? Und dennoch drückte ihm eine unbegründete Panik die Luft ab, als stecke ein Fremdkörper in seiner Luftröhre.

Weiße Hände... Mäuerchen und Gärten, Spaliere, Gemüsebeete... Zwischendurch kam hinter einer

Schranke ein halbes Dorf ins Blickfeld, mit sonntäglich herausgeputzten Jungs in Marineblau oder Schwarz, Mädchen in Weiß, Rosa oder Himmelblau und Männern, die schwerfällig aus der Wirtschaft schlurrten, wobei sich ihre gestärkte Hemdbrust und der weiße Kragen von der ziegelbraunen Haut und dem braunen Genick mit den vielen Fältchen abhob ...

Irgendwo marschierte auch ein Gesangverein mit flatternder Fahne einen Hang hinunter. Woanders gab es ein Karussell und eine Schießbude, aber es war noch nicht die Zeit, und man sah nur zwei Kinder auf dem Karussell, das sich ohne Musik drehte.

Wiesen, Felder, Schlösser, die man plötzlich durch die Stämme von Bäumen hindurch erblickte, oder auch Autos, die auf schwarzvioletten Straßen dahinfuhren.

»Ich sage dir, du kannst mir glauben, ich hab eine Nase dafür, daß er hundert Stimmen weniger kriegt als im ersten Wahlgang und Martin gewählt wird ... Einer ein Strolch wie der andere, aber Martin hat wenigstens ...«

Bergelon stand im Gang an einem heruntergelassenen Fenster, und der Luftzug ließ seine Haare flattern, als er den Fußballplatz mit seiner grauen Einzäunung erblickte, seinen verstreuten Spielern, Reihen stehender Leute und Gruppen, die im Gras saßen. Dann kam der letzte Bahnübergang, das Gaswerk, Straßen mit steiler Böschung ...

Er wußte, daß es nicht bloß der Sonntag der Tuberkulosesammlung war, sondern auch der Sonntag der Wallfahrt zu unserer lieben Frau von Herbemont.

Wo war er letzten Sonntag gewesen? In Riva-Bella ... Er sah sich noch auf dem Balkon sitzen, während allmählich ein feiner Nieselregen fiel, mehr ein Nebel, und die Menschen aus dem Umland aus der Kleinbahn strömten.

Erst eine Woche ... Und der Sonntag zuvor? ... Am Sonntag zuvor war er in Bugle gewesen und die ganze Familie im Wald von Méran ...

Dennoch war er sich nicht bewußt, nur eine so kurze Reise gemacht zu haben: Riva-Bella, Antwerpen, Paris ... Es gab schließlich auch Trapezunt, das ebenfalls eine Realität war, die abschüssige Straße dort und die gebratenen Lämmer auf den Verkaufsständen und die Kamele, die aus der Wüste kamen ...

Und auch noch diese andere Wüste, deren Namen er vergessen hatte, diese sonnendurchglühte Hochebene, diesen Fluß mit den zweitausend Schwarzen, die in Sand und Schlamm wühlten, die Baracken, das Trichtergrammophon des Portugiesen, bei dem alles zu haben war, auch Schallplatten.

Er bekam Lust loszurennen! Und da setzte er schon den Fuß auf den Betonbahnsteig, in dem vertrauten Halbdunkel, ging an der Sitzbank vorbei, auf der er so oft schon gewartet hatte, hielt seinen Fahrschein hin ...

Der Ort war fast menschenleer, die Luft zum Schneiden dick. Sonntag in Bugle. Aber er war noch nicht in seinem Viertel, und unwillkürlich ging er schnell, überquerte die Brücke, ging eine Straße entlang, dann noch eine, der einzige Passant auf den Trottoirs mit ihren heißen Pflastersteinen.

Er wußte – es konnte unmöglich anders sein –, daß seine ganze Familie, Germaine, Annie, Mile in Herbemont waren. Im Mund konnte er Herbemont schmekken, den besonderen Geschmack der Wallfahrt. Jedes Jahr, soweit er überhaupt zurückdenken konnte, war es heiß gewesen. Immer dieselbe drückende Schwüle: die Luft stand still, und gegen Ende des Nachmittags drohte ein Gewitter, das sich immer genau dann entlud, wenn sie wieder in der Stadt waren.

Morgens zogen sie immer gleich nach der Zehnuhrmesse los, beladen mit Eßwaren. In diesem Jahr verkaufte Mile als Pfadfinder sicher am Weg zum Kalvarienberg Abzeichen.

Am Fuße des Hügels an der Loire waren Hunderte von Autos geparkt, vor allem Autos, die man gewöhnlich nicht sah und die vom flachen Land kamen, mit Planen, oder sogar Lastwagen, auf deren Ladefläche Stühle gestellt worden waren.

Unter Zeltdächern wurden Rosenkränze und Medaillons verkauft, Limonade und Humpen lauwarmen Biers.

Der Weg war schmal, steinig und sehr steil und verlief zwischen ganz gewöhnlichen Hecken, die aber an diesem Sonntag mit Fähnchen behängt waren.

Alle hundert Meter stand auf einem Sockel eine Art gläserner Schaukasten, in welchem Gipsfiguren eine Station des Kalvarienberges darstellten, vor denen sich Blumen häuften, Frauen niederknieten und die Lippen bewegten, während Hunderte von Rosenkränzen gebetet wurden.

Annie machte immer als erste schlapp. Sie mußten dann in der prallen Sonne stehenbleiben, während die Füße der Menschenmenge einen feinen Staub aufwirbelten, der nach Prozession roch.

Oben an der Kapelle schließlich war es immer ein Kampf, bis man ein Stückchen Wiese und dann einen Baum fand, wo man das Essen auspacken konnte ...

Er ging am Haus der Portals vorbei, aber die Durchfahrt war verschlossen, denn es war Sonntag. Er ging an andern Häusern vorbei, die er kannte, beschleunigte den Schritt und war plötzlich in seiner eigenen Straße und sah sein Haus, die Läden geschlossen. In der ganzen Straße waren die Läden zu, sie war leer wie eine Kammerschleuse. Er wollte losrennen, und auf der Schwelle steckte er die Hand in die Tasche und stellte fest, daß er keinen Schlüssel dabeihatte.

Er läutete. War vielleicht Monsieur Charles zufällig daheimgeblieben? Die Klingel gellte durchs leere Haus. Er blickte durchs Schlüsselloch, sah den halbdunklen Flur und hinten die Glastür zur Küche.

Es gab noch eine Möglichkeit, die er häufig genutzt hatte, als er noch klein war. Man konnte bei Madame Pholien durch, die hinten im Garten ein Stückchen gemeinsame Gartenmauer mit den Bergelons hatte. Er stieg dann auf einen Stuhl und sprang, weil er wußte, daß die Küchentür offenstand. Aber auch Madame Pholien war in Herbemont! Er blickte durch ihr Schlüsselloch, wie er es bei sich getan hatte, und sah auf dem Fußabtreter eine weiß- und braungefleckte Katze, die sich gerade putzte.

Es war vier Uhr. Germaine und die Kinder würden nicht vor halb sieben zurückkommen. Er setzte sich in Bewegung. Auch die verkommenen kleinen Bars gegenüber dem Kino waren menschenleer. Er ging nicht hinein. Er bog um die Ecke und befand sich in der Rue des

Minimes, wo ein paar Familien, vor allem alte Leute, auf Stühlen auf den Trottoirs saßen. Ein Eisverkäufer schob seinen Karren vor sich her, blieb manchmal stehen und blies in eine kleine Trompete. Diesen Karren hatte er schon geschoben, als Bergelon noch ein Kind war. Er war Italiener. Malereien verzierten die Seiten des Karrens, und auf einer davon war ein Vesuvausbruch dargestellt.

Bergelon hob den Kopf, sah, daß das Fenster im ersten Stock über dem Schuhmacher offenstand. Der Laden unten war geschlossen. Der Hausflur aber war immer auf.

Er ging hinein, stieg die Treppe mit ihrem Armeleutegeruch hinauf und blieb auf Céciles Fußabtreter kurz stehen. Sie hatte ihn sicher hochkommen hören. Er klopfte.

»Wer ist da?«

Und in dieser Frage kam sie schon an die Tür und machte sie mit einer seifigen Hand auf.

»Sie sind es!« sagte sie, kaum erstaunt. »Kommen Sie rein. Machen Sie die Tür zu. Es zieht ...«

Tatsächlich war das Fenster eben fast zugeknallt.

»Wenn Sie Jean besuchen wollen, er ist nicht mehr da ...«

Auch für sie war Sonntag, also ein anderer Tag als sonst. Sie hatte nur Unterwäsche auf dem Leib. Sie hatte sich heute noch nicht gekämmt, und die Haare hingen ihr in den Nacken.

In einer Waschschüssel auf dem Tisch war sie mit Wäschewaschen beschäftigt, und Bergelon erkannte die Bluse, in der er sie immer sah.

»Setzen Sie sich ... Legen Sie das aufs Bett ...«

Denn die beiden Stühle waren belegt.

»Ich hab geglaubt, Jean trifft sich mit Ihnen in Paris ...«

»Ich hab ihn gestern gesehen!« sagte er.

Hätte er auch nur erklären können, warum er bewegt war? Denn er war bewegt. Er blickte um sich, und sein Blick blieb am Fenstersims hängen, auf das Cosson die Füße gelegt hatte, als er den Artikel gelesen hatte. Würde nicht gleich die Nachbarin anfangen, ihre Tochter auszuschelten?

»Sie gestatten doch, daß ich weitermache? Meine Waschlauge ist noch heiß ...« Sie beobachtete ihn und fragte sich sicher, warum er gekommen sei, ließ sich aber nichts anmerken.

»Was hat er Ihnen erzählt?«

»Daß er nach Afrika geht ...«

»Ich hab immer gewußt, daß es eines schönen Tages so enden würde. Ein Junge wie er konnte hier nicht bleiben ...«

Sie sprach sehr laut, ohne Haß, ohne Trauer, ohne Groll. Sie stellte lediglich fest. Vielleicht ein Anflug von Melancholie?

»Wissen Sie, das wäre so oder so passiert ... Er fühlte sich nirgends wohl ... Er war nie zufrieden ... Er hatte das Bedürfnis, sich zu verausgaben ...«

Sie hörte kurz auf, die Wäsche in den Händen zu rubbeln, und blickte Bergelon an. Dieser schämte sich plötzlich. Ihm schien, als wollte Cécile mit diesem Blick sagen:

»Und Sie?«

Es war ein bißchen, als hätte er ihn verraten, im Stich gelassen. Er war schließlich hier! Er war zurückgekommen!

»Haben Sie daran geglaubt, daß er Sie umbringt?«

»Nein!«

»Sie irren sich ... Er hätte es getan ... Wie er auch imstande gewesen wäre, mich umzubringen ... Streichhölzer suchen Sie? ... Auf dem Regal, links, in dem Töpfchen ...«

Warum fühlte er sich nach diesen Worten und der Bewegung, mit der er die Streichhölzer aus dem Töpfchen nahm, wieder wohl? Es war ein Zeichen, daß seine Anwesenheit anerkannt wurde, daß sie nicht ungewöhnlich schien, daß ihm in der Intimität der Stube Platz gemacht wurde.

Er rauchte, ging hin und schaute zum Fenster hinaus, wie ein trauter Gast des Hauses.

»Den Sonntag nutze ich immer für meine kleine Wäsche«, erläuterte sie.

Ihre durchscheinende Unterwäsche machte ihr nichts aus. Wurde sie denn nicht jeden Mittwoch von Bergelon untersucht? Sie zündete den Kocher an und goß Wasser in einen Kessel. Unten am Ende der Straße erklang die Trompete des Eisverkäufers.

»Ich glaube nicht, daß er da unten bleibt!« murmelte Bergelon, ohne sich seiner Feststellung sicher zu sein.

»Und ich bin sicher, daß er dortbleibt ...«

Das Bett war seit heute morgen noch nicht gemacht. Kurz dachte er daran ... Er zögerte ... Nein! Jetzt lieber nicht! Er hatte ja Zeit genug ... Im übrigen war er nicht hauptsächlich deswegen hergekommen ...

»Geben Sie mir mal bitte die Wäsche dort auf dem Stuhl? ... Ich glaube, daß ich die einzige war, die ihn kannte ... Schön! Wo hab ich die Seife hingelegt?«

Sie fand das Stück Kernseife wieder, das vom Rand der Waschschüssel verdeckt gewesen war.

Und wieder vertickten Minuten sacht in eine Art Leere, in der ihre Stimmen wie das Schnurren einer zufriedenen Katze klangen.

Es war wie morgens beim Aufwachen, als Bergelon mit seiner Taschenuhr in der Hand plötzlich auffuhr und ausrief:

»Ich muß jetzt gehen ...«

Sie sagte nicht ja. Sie sagte nicht nein. Es war ihr egal.

»Wenn es Sie nicht stört, komme ich Sie von Zeit zu Zeit besuchen ...«

Sie blickte ihn an. Hatte sie so was erwartet? Erschien ihr das merkwürdig?

»Wenn Sie wollen ... Nachmittags nicht ...«

Wußte er doch.

»Auch nicht vor zehn Uhr morgens, denn ich stehe spät auf ...«

Dennoch würde er gelegentlich mit Absicht vor zehn Uhr kommen, um sie im Bett zu überraschen und die Milchflasche und das Einpfundbrot vor der Tür mit hereinzubringen ...

»Auf Wiedersehen, Cécile ...«, sagte er und hielt ihr die Hand hin.

Sie gab ihm nur ihren Ellenbogen, wegen der Seifenlauge.

»Auf Wiedersehen ...«

Was anderes konnte sie nicht sagen. Sie folgte ihm

beim Hinausgehen mit den Augen, und dann hatte sie allein vor ihrer Waschschüssel voller Wäsche alle Muße zum Nachdenken, ohne Hektik, ohne Eile, dann ging sie ihre Wäsche auf den Draht in der Fensteröffnung hängen, wie sie das jeden Sonntag tat.

Bergelon war gelassen. Zum erstenmal seit langer Zeit fühlte er sich körperlich und geistig frei und blieb stehen, um die Auslagen anzusehen, denn er hatte immer noch eine gute halbe Stunde vor sich.

Er war fast verblüfft bei dem Gedanken, welche Rundreise er gemacht, welchen sinnlosen Gefahren er sich ausgesetzt hatte, zum Beispiel mit Edna, die ihn nicht interessierte und mit der ihm die Liebe nicht einmal Spaß gemacht hatte; dann in Antwerpen ... Was hielt wohl Clarius von ihm, der irgendwo auf dem Meere schwamm? ... Wenn er sich vorstellte, daß er fast nach Trapezunt gegangen wäre!

Trapezunt! Das Wort allein hatte so etwas völlig Unsinniges an sich!

Das Trottoir war im blauen Schatten gebadet. Zum erstenmal hatte es bei der Wallfahrt nach Herbemont kein Gewitter gegeben. Die Menge stieg in einer Staubwolke mit weißüberpuderten Schuhen den Berg wieder herunter. Morgen ... Nein! Nicht so schnell ... Übermorgen würde er Cécile einen Besuch machen ... Das würde sanft ablaufen, wie zwischen guten Kameraden ... So ein Weib war sie nicht, daß sie bei der Untersuchung vor den andern und vor Kommissar Grosclaude vertraulich tun würde ... Er würde ihr ein bißchen zuzwinkern, zulächeln ...

Wenn ihn jemand das Haus in der Rue des Minimes

betreten sah, konnte er sich immer auf einen Krankenbesuch hinausreden... Vor seiner Tochter aber mußte er sich am meisten vorsehen... Sie blickte viel besser durch, als man glaubte, aber sie phantasierte sich in manchen Dingen auch viel zusammen...

Er grüßte automatisch. Wen hatte er denn da gerade gegrüßt? Er drehte sich um und erkannte den breiten Rücken von Thioux.

Er hatte einen Hut. Er hatte ihn in Paris gekauft, denn er traute sich nicht, ohne Hut nach Bugle zurückzukommen, und schon gar nicht nach Hause. Wieder so ein Detail, das weder Annie noch gar Mile verstehen würden. Ihr Vater ohne Hut! Bei derselben Gelegenheit hatte er sich ein weißes Hemd gekauft.

Manche Leute waren bereits zurück, denn die Fensterläden waren aufgeklappt. Manche bemerkten sicher, wie er vor seinem Haus auf und ab schritt. Was dachten sie wohl, wo er gewesen war?

Und wo war er letztendlich gewesen? Nirgends! Er hatte einen riesigen Halbkreis um Bugle beschrieben, nur um von zu Hause in die Rue des Minimes zu gelangen. Sonst nichts.

Nur Cosson, ein Überspannter, hatte Afrika nötig! Wie die Leute, die eine Krankheit bewußt bis zum Ende treiben, während andere sich mit einem kurzen Fieber begnügen, einer Art Impfung.

Auch Madame Pholien war jetzt daheim, aber es lohnte sich nicht mehr, sie zu stören. Er wußte, warum Germaine und die Kinder ein wenig später kamen als die andern. Weil sie einen Umweg machten, um bei Metzger Doutaud Schinken zu kaufen. Germaine wäre es wie ein sozialer Abstieg vorgekommen, Schinken zu essen, der nicht von Doutaud stammte. Und sonntags, besonders am Sonntag von Herbemont, gab es zum Abendessen Schinken mit Salat.

Er brauchte gar nicht erst in die Küche zu gehen. Die Suppe stand auf dem Gaskocher bereit zum Aufwärmen. Der geputzte Salat wartete in seinem Drahtkorb. Annie oder Mile würden ihn im Hof ausschleudern und eine feuchte Spur auf die Pflastersteine zeichnen. Eine Scheibe Schinken für jeden; eine etwas dickere für ihn, Germaine legte Wert darauf, weil er ein Mann war und seine Kraft brauchte.

Er sah sie um die Straßenecke biegen, vom Loireufer her, während das Abendrot tiefer wurde. Ein wenig pikiert war er – ohne daß er nachgedacht hätte –, als er sah, daß Monsieur Charles, grau gekleidet und hochgewachsen, in der Mitte ging und das Päckchen vom Metzger trug. Mile hampelte mit einem Fuß auf dem Bordstein und dem andern auf der Straße und war noch gar nicht zurechtgewiesen worden:

»Du nutzt deine Schuhe ab!«

Annie war erschöpft und schlapp wie jeden Sonntagabend, denn sie ging nicht gerne zu Fuß.

Er fragte sich, ob er ihnen entgegengehen oder vor der Haustür warten sollte. Sie hatten ihn schon gesehen. Mile fing an zu rennen und faßte ihn an der Hand.

»Guten Tag! ... Du bist zurück? ... Mama hat letzte Nacht davon geträumt ...«

Mile roch nach Landluft, nach Heu, nach zerdrückten Gräsern, mit einem leisen Hauch Weihrauch.

»Weißt du, wie viele Edelweiß ich verkauft habe? ... Rat mal! ...«

Das war so ein Tick von Mile: die Leute raten lassen.

»Rat mal ... Wieviel, glaubst du? ... Fünfzig? ... Jules Chantier hat zweiundfünfzig verkauft ...«

Die andern kamen näher, ihre Gesichtszüge wurden deutlicher.

»Ich habe hundertfünf verkauft ... Und obendrein hat mir ein alter Herr einen Fünfzigfrancschein in die Büchse gesteckt ...«

Annie ließ die Hand von Monsieur Charles erst zehn Schritt von ihrem Vater entfernt los, dann kam sie würdevoll herbei, um ihm Küßchen zu geben. Vielleicht war sie ein bißchen enttäuscht? Vielleicht wäre ihr der Ersatzvater lieber gewesen?

Beinahe hätte Germaine diesem den Vortritt gelassen.

»Guten Abend, Elias ...«

Sie hielt ihm die eine Wange hin, dann die andere und kramte dabei in ihrer Handtasche nach dem Schlüssel.

»Guten Abend«, sagte Monsieur Charles, immerhin leicht verlegen.

Das war bereits alles! Außer daß noch Monsieur Charles dabei war, war es ein Sonntagabend wie alle andern, mit dem vertrauten Mief, der einem entgegenschlug, wenn man die Tür aufstieß und über die Schwelle trat, Germaine, die in die Küche stürzte und den Kocher anzündete, um die Suppe aufzuwärmen, bevor sie auch nur den Hut abnahm.

Annie begann wie gewohnt damit, stöhnend die Schuhe auszuziehen. Mile pfiff schrill auf seiner Pfadfinderpfeife.

»Stell dir vor, ich habe letzte Nacht geträumt...«

»Mile hat's mir schon gesagt.«

»Gib doch zu, daß das merkwürdig ist.«

Sie traute sich nicht, ihm ins Gesicht zu sehen. Vielleicht hatte sie sich nicht ganz in der Hand und fürchtete loszuschluchzen?

»Ich geh mich schnell umziehen... Gestatten Sie, Monsieur Charles?«

Und dieser, zu hochgewachsen für dieses Haus, wußte nicht, wohin mit sich, blieb stehen, berührte mit dem schütteren Blondhaar die Fensterstürze.

»Wissen Sie schon«, verkündete er mit seinem Elsässer Akzent, der seine Worte noch ernster klingen ließ, »Madame Portal ist heute nacht gestorben...«

Also war die Brauerei deswegen verschlossen gewesen?

»Ihr Mann ist um zwei Uhr morgens heimgekommen, als alles schon vorbei war...«

Von oben kam Germaines Stimme:

»Annie! Deck schnell den Tisch, Kind...«

Und Annie murrte:

»Immer ich! ... Daß Mimile ein Junge ist, ist kein Grund, daß er nie...«

Sie hatte rote Augen, aber sie lächelte. Oben hatte sie sicher ein bißchen geweint, dann hatte sie sich die Augenlider gebadet. Sie hatte sogar daran gedacht, wieder Puder aufzulegen, und lächelte hartnäckig, sie sah Bergelon ständig an und schien dabei zu sagen: »Da siehst du's!... Sie sind alle sehr zufrieden... Du bist zurück... Es ist sehr schön...«

Ein bißchen störend war nur, daß Monsieur Charles

dabeisaß, der umgesetzt worden war, denn es war klar, daß er in Bergelons Abwesenheit dessen Platz gegenüber dem Fenster und dem Hühnerauslauf eingenommen hatte.

»Hat man dir schon gesagt, was mit der armen Madame Portal ist?«

Sie hatte sich immer noch nicht gefangen. Sie gab vor, keinen Hunger zu haben, denn es war jetzt eine Scheibe Schinken zuwenig da, weil ihr Mann zurückgekommen war.

»Deine Postkarten haben wir bekommen, die Kinder und ich ... Ich hab ihnen erklärt, daß du zu einem Kongreß nach Antwerpen gefahren bist und das genutzt hast, um ...«

Sie schluckte, schaffte es, nicht zu weinen und weiterzulächeln. Sie warf Monsieur Charles einen kurzen Blick zu, wie um sich zu entschuldigen und ihm nochmals zu danken, denn er war offenbar eingeweiht.

»Warum hast du uns nichts mitgebracht?« beschwerte sich Mile stirnrunzelnd.

»Euer Vater hatte keine Zeit ...«

»Hast du dein Gepäck in Riva-Bella gelassen?« wunderte sich die mißtrauische Annie.

»Aber sicher! Natürlich!« rief Germaine. »Wo wir doch nächste Woche dorthin fahren ...«

Daran hatte er nicht gedacht: Die richtigen Ferien hatten noch gar nicht angefangen.

»Ich weiß nicht, ob ich Zeit habe ...«

Wußte sie also nicht, daß Edna ...

»Monsieur Charles bleibt gern den ganzen Monat hier... Seine Mama kommt und leistet ihm Gesellschaft... Du hast meinen Brief erhalten, nicht wahr? Wenn du wüßtest, was für eine großartige Frau das ist...«

Erspürte sie seine Unruhe?

»Als ich in Riva-Bella war, wie du mich gebeten hattest, habe ich eine deiner Patientinnen getroffen – Madame Edna Chevrières oder Chennevières...«

Sie wurde rot, als sie den Namen aussprach.

»... Sie mußte Ende der Woche mit ihrem Sohn abreisen, in den Midi...«

Die arme Germaine! Sie wollte es unbedingt wissen! Sie wollte das sofort abschließen, vor allen andern, in Andeutungen, um nicht mehr darauf zurückkommen zu müssen, wenn sie allein waren. Er spürte genau, daß sie das Vorgefallene ihm gegenüber nie wieder ansprechen würde. Vielleicht würde sie sich bei einem Streit gerade mal einen Seufzer oder einen Blick, eine leise Anspielung erlauben.

»Mimile hofft, daß er zwei Preise und ein Lob bekommt...«

»Du hast mir eine Armbrust versprochen!« ergänzte Mile.

»Aber ja! ... Noch ein bißchen Salat, Monsieur Charles?...«

Sie machte sich Vorwürfe, weil sie nicht zuerst ihrem Mann welchen angeboten hatte.

»Und du, Elias? ... Ich hab ihn mit Walnußöl angemacht...«

»Ich hab's gemerkt...«

»Wer holt die Cremespeise aus dem Keller?«

Denn es war auch eine Wallfahrtstradition, daß am

Vorabend eine Cremespeise gemacht und im Keller kühlgestellt wurde.

»Ich!«

»Ich!«

Die Kinder stritten sich regelmäßig wegen der Cremespeise, und sie rissen die Kellertür so heftig auf, daß das ganze Haus erzitterte.

»Du kriegst trotzdem nicht mehr davon!« hörte man Annie sagen.

»Du auch nicht!«

»Laß die Platte los!«

Man hätte Licht machen können. Aber man schob es noch hinaus. Die drei Erwachsenen genossen die paar Augenblicke Alleinsein im Eßzimmer.

Monsieur Charles war es peinlich, daß er ein Stückchen Schinkenknorpel im Mund hatte. Er traute sich nicht, es herauszutun, und schluckte es darum tapfer hinunter.

Germaine lächelte ihren Mann derweil an; es war kein richtiges Lächeln, mehr eine Miene der Zufriedenheit, der Ruhe, ein Dank, ein Stoßgebet ...

»Lieber Gott, mach, daß ...«

Wie viele Rosenkränze hatte sie halblaut gebetet, als sie den steinigen Weg von Herbemont erstiegen und vor allen Stationen des Kalvarienbergs niedergekniet war? Das einzig Mißliche war, daß er in den Ferien nicht in die Rue des Minimes gehen konnte. Aber er würde seine Abreise vier oder fünf Tage hinauszögern. Es wäre abgeschmackt, Cécile nach Riva-Bella kommen zu lassen. Außerdem zu teuer ...

Er hatte so wenig Geld ausgegeben wie möglich.

Germaine würde sogar staunen, wenn sie in seinen Geldbeutel sah... Weniger als dreitausend Francs! ... Zweitausenddreihundert oder zweitausendvierhundert... Ohne das Hemd und die Krawatte, den Hut und seine neuen Schuhe zu zählen... Ohne den Koffer, den er im ›Oude Antwerp‹ zurückgelassen hatte...

»Mach Licht, Annie...«

Annie knipste das elektrische Licht an, das wegen des Lampenschirms einen rosigen Schimmer verbreitete. Mile hatte die Platte mit der Cremespeise auf den Tisch gestellt.

»Nimm dir, Élie...«

Élie wandte sich höflich an seinen Vertreter.

»Bedienen Sie sich, Monsieur Charles...«

Und Cosson war währenddessen...

Aber warum an Cosson denken, der immer unwirklicher wurde? Und an seine Goldgrube mit den zweitausend mehr oder minder in Lumpen gekleideten Schwarzen, mit den Verschlägen, den Hütten, den Baracken, dem Phonographen mit Walzern, Märschen und Opernarien und dem Portugiesen hinter seiner Bar!...

Er wurde rot. Gerade war ihm ein Wort eingefallen, er hatte es sogar gehört, als ob es jemand laut ausgesprochen hätte:

»Trapezunt...«

Und Germaine flötete – mit der Stimme, die sie sich zulegte, wenn sie besonders liebenswürdig sein wollte und distinguiert die Lippen spitzte:

»Bedienen Sie sich, Monsieur Charles... Ich selber

nehme nichts davon ... Ich esse sehr wenig Süßspeisen ...«

Trapezunt, laß fahren dahin!

Nieul-sur-Mer, 1939

Stanley G. Eskin
Simenon
Eine Biographie

Aus dem Amerikanischen
von Michael Mosblech

Stanley G. Eskins Biographie stützt sich auf Gespräche mit Simenon, mit Verwandten, Freunden, Verlegern des Autors sowie auf das riesige, erst bruchstückhaft erschlossene Material des Simenon-Archivs in Lüttich.

»Eskin erzählt so anschaulich, als habe er von dem Gegenstand seiner Studien die einfache, farbige, spannende Erzählweise gelernt.«
Frankfurter Allgemeine Zeitung

»Mit dem Index, den zahlreichen Anmerkungen, der vollständigen Bibliographie der Werke und der Verfilmungen wird dieser Band sicher die große umfassende Biographie des Schriftstellers werden. Eskin hält auch mit persönlichen Urteilen nicht zurück; sein Buch verdient daher Aufmerksamkeit und Hochachtung.«
Die Welt, Bonn

»Ich konnte nie glauben, daß Simenon wirklich existiert. Seine ungeheure Produktion, mein immer neues Staunen über die Vollkommenheit seiner Erzählungen, die psychologische Genauigkeit seiner unendlich vielen Figuren, die Eindrücklichkeit der Landschaftsbeschreibungen vermittelten mir stets das Bild eines hinreißenden Schriftstellers, das aber so ungreifbar und unbestimmt blieb wie etwa das Bild des Frühlings, des Meeres, das Bild von Weihnachten – Bilder, die man mit Vergnügen und unbewußtem Wohlbehagen in sich aufnimmt und erlebt, ohne daß sie imstande wären, die Begriffe in ihrer Dinghaftigkeit und Identität vollständig zu verkörpern.« *Federico Fellini*

»Mit Sicherheit das umfassendste Werk, das je über mich geschrieben wurde.« *Georges Simenon*

Georges Simenon im Diogenes Verlag

● Romane

Drei große Romane
Der Mörder / Der große Bob / Drei Zimmer in Manhattan. Deutsch von Linde Birk und Lothar Baier. detebe 21596

Brief an meinen Richter
Roman. Deutsch von Hansjürgen Wille und Barbara Klau. detebe 20371

Der Schnee war schmutzig
Roman. Deutsch von Willi A. Koch
detebe 20372

Die grünen Fensterläden
Roman. Deutsch von Alfred Günther
detebe 20373

Im Falle eines Unfalls
Roman. Deutsch von Hansjürgen Wille und Barbara Klau. detebe 20374

Sonntag
Roman. Deutsch von Hansjürgen Wille und Barbara Klau. detebe 20375

Bellas Tod
Roman. Deutsch von Elisabeth Serelmann-Küchler. detebe 20376

Der Mann mit dem kleinen Hund
Roman. Deutsch von Stefanie Weiss
detebe 20377

Drei Zimmer in Manhattan
Roman. Deutsch von Linde Birk
detebe 20378

Die Großmutter
Roman. Deutsch von Linde Birk
detebe 20379

Der kleine Mann von Archangelsk
Roman. Deutsch von Alfred Kuoni
detebe 20584

Der große Bob
Roman. Deutsch von Linde Birk
detebe 20585

Die Wahrheit über Bébé Donge
Roman. Deutsch von Renate Nickel
detebe 20586

Tropenkoller
Roman. Deutsch von Annerose Melter
detebe 20673

Ankunft Allerheiligen
Roman. Deutsch von Eugen Helmlé
detebe 20674

Der Präsident
Roman. Deutsch von Renate Nickel
detebe 20675

Der kleine Heilige
Roman. Deutsch von Trude Fein
detebe 20676

Der Outlaw
Roman. Deutsch von Liselotte Julius
detebe 20677

Die Glocken von Bicêtre
Roman. Neu übersetzt von Angela von Hagen. detebe 20678

Der Verdächtige
Roman. Deutsch von Eugen Helmlé
detebe 20679

Die Verlobung des Monsieur Hire
Roman. Deutsch von Linde Birk
detebe 20681

Der Mörder
Roman. Deutsch von Lothar Baier
detebe 20682

Die Zeugen
Roman. Deutsch von Anneliese Botond
detebe 20683

Die Komplizen
Roman. Deutsch von Stefanie Weiss
detebe 20684

Die Unbekannten im eigenen Haus
Roman. Deutsch von Gerda Scheffel
detebe 20685

Der Ausbrecher
Roman. Deutsch von Erika Tophoven-Schöningh. detebe 20686

Wellenschlag
Roman. Deutsch von Eugen Helmlé
detebe 20687

Der Mann aus London
Roman. Deutsch von Stefanie Weiss
detebe 20813

Die Überlebenden der Télémaque
Roman. Deutsch von Hainer Kober
detebe 20814

Der Mann, der den Zügen nachsah
Roman. Deutsch von Walter Schürenberg
detebe 20815

Zum Weißen Roß
Roman. Deutsch von Trude Fein
detebe 20986

Der Tod des Auguste Mature
Roman. Deutsch von Anneliese Botond
detebe 20987

Die Fantome des Hutmachers
Roman. Deutsch von Eugen Helmlé
detebe 21001

Die Witwe Couderc
Roman. Deutsch von Hanns Grössel
detebe 21002

Schlußlichter
Roman. Deutsch von Stefanie Weiss
detebe 21010

Die schwarze Kugel
Roman. Deutsch von Renate Nickel
detebe 21011

Die Brüder Rico
Roman. Deutsch von Angela von Hagen
detebe 21020

Antoine und Julie
Roman. Deutsch von Eugen Helmlé
detebe 21047

Betty
Roman. Deutsch von Raymond Regh
detebe 21057

Die Tür
Roman. Deutsch von Linde Birk
detebe 21114

Der Neger
Roman. Deutsch von Linde Birk
detebe 21118

Das blaue Zimmer
Roman. Deutsch von Angela von Hagen
detebe 21121

Es gibt noch Haselnußsträucher
Roman. Deutsch von Angela von Hagen
detebe 21192

Der Bürgermeister von Furnes
Roman. Deutsch von Hanns Grössel
detebe 21209

Der Untermieter
Roman. Deutsch von Ralph Eue
detebe 21255

Das Testament Donadieu
Roman. Deutsch von Eugen Helmlé
detebe 21256

Die Leute gegenüber
Roman. Deutsch von Hans-Joachim Hartstein. detebe 21273

Weder ein noch aus
Roman. Deutsch von Elfriede Riegler
detebe 21304

Auf großer Fahrt
Roman. Deutsch von Angela von Hagen
detebe 21327

Der Bericht des Polizisten
Roman. Deutsch von Markus Jakob
detebe 21328

Die Zeit mit Anaïs
Roman. Deutsch von Ursula Vogel
detebe 21329

Der Passagier der Polarlys
Roman. Deutsch von Stefanie Weiss
detebe 21377

Die Katze
Roman. Deutsch von Angela von Hagen
detebe 21378

Die Schwarze von Panama
Roman. Deutsch von Ursula Vogel
detebe 21424

Das Gasthaus im Elsaß
Roman. Deutsch von Angela von Hagen
detebe 21425

Das Haus am Kanal
Roman. Deutsch von Ursula Vogel
detebe 21426

Der Zug
Roman. Deutsch von Trude Fein. detebe 21480

Striptease
Roman. Deutsch von Angela von Hagen
detebe 21481

45° im Schatten
Roman. Deutsch von Angela von Hagen
detebe 21482

Die Eisentreppe
Roman. Deutsch von Angela von Hagen
detebe 21557

Das Fenster der Rouets
Roman. Deutsch von Stefanie Weiss
detebe 21558

Die bösen Schwestern von Concarneau
Roman. Deutsch von Ingrid Altrichter
detebe 21559

Der Sohn Cardinaud
Roman. Deutsch von Linde Birk
detebe 21598

Der Zug aus Venedig
Roman. Deutsch von Liselotte Julius
detebe 21617

Weißer Mann mit Brille
Roman. Deutsch von Ursula Vogel
detebe 21635

Der Bananentourist
Roman. Deutsch von Barbara Heller
detebe 21679

Monsieur La Souris
Roman. Deutsch von Renate Heimbucher-Bengs. detebe 21681

Der Teddybär
Roman. Deutsch von Ingrid Altrichter
detebe 21682

Die Marie vom Hafen
Roman. Deutsch von Ursula Vogel
detebe 21683

Der reiche Mann
Roman. Deutsch von Stefanie Weiss
detebe 21753

»... die da dürstet«
Roman. Deutsch von Irène Kuhn
detebe 21773

Vor Gericht
Roman. Deutsch von Linde Birk. detebe 21786

Der Umzug
Roman. Deutsch von Barbara Heller
detebe 21797

Der fremde Vetter
Roman. Deutsch von Stefanie Weiss
detebe 21798

Das Begräbnis des Monsieur Bouvet
Roman. Deutsch von H.J. Solbrig
detebe 21799

Die schielende Marie
Roman. Deutsch von Eugen Helmlé
detebe 21800

Die Pitards
Roman. Deutsch von Ingrid Altrichter
detebe 21857

Das Gefängnis
Roman. Deutsch von Michael Mosblech

Malétras zieht Bilanz
Roman. Deutsch von Irmgard Perfahl
detebe 21893

Das Haus am Quai Notre-Dame
Roman. Deutsch von Eugen Helmlé
detebe 21894

Der Neue
Roman. Deutsch von Ingrid Altrichter
detebe 21895

Die Erbschleicher
Roman. Deutsch von Renate Heimbucher-Bengs. detebe 21938

Die Selbstmörder
Roman. Deutsch von Linde Birk. detebe 21939

Tante Jeanne
Roman. Deutsch von Inge Giese. detebe 21940

Der Rückfall
Roman. Deutsch von Ursula Vogel
detebe 21941

Am Maultierpaß
Roman. Deutsch von Michael Mosblech
detebe 21942

Der Glaskäfig
Roman. Deutsch von Stefanie Weiss
detebe 22403

Das Schicksal der Malous
Roman. Deutsch von Günter Seib
detebe 22404

Der Uhrmacher von Everton
Roman. Deutsch von Ursula Vogel
detebe 22405

Das zweite Leben
Roman. Deutsch von Ingrid Altrichter
detebe 22406

Der Erpresser
Roman. Deutsch von Linde Birk
detebe 22407

Die Flucht des Monsieur Monde
Roman. Deutsch von Barbara Heller
detebe 22408

Der ältere Bruder
Roman. Deutsch von Ingrid Altrichter
detebe 22454

Doktor Bergelon
Roman. Deutsch von Günter Seib
detebe 22455

Die letzten Tage eines armen Mannes
Roman. Deutsch von Michael Mosblech
detebe 22456

Sackgasse
Roman. Deutsch von Stefanie Weiss und Richard K. Flesch. detebe 22457

Die Flucht der Flamen
Roman. Deutsch von Barbara Heller
detebe 22458

Die verschwundene Tochter
Roman. Deutsch von Renate Heimbucher
detebe 22459

● Maigret-Romane und -Erzählungen

Weihnachten mit Maigret
Zwei Romane und eine Erzählung. Leinen

Der Goldene Gelbe 88
Einmalige Sonderausgabe. Enthält folgende Romane: Maigret amüsiert sich / Mein Freund Maigret / Maigret und die junge Tote. Deutsch von Renate Nickel, Annerose Melter und Raymond Regh. detebe 21597

Maigrets erste Untersuchung
Roman. Deutsch von Roswitha Plancherel
detebe 20501

Maigret und Pietr der Lette
Roman. Deutsch von Wolfram Schäfer
detebe 20502

Maigret und die alte Dame
Roman. Deutsch von Renate Nickel
detebe 20503

Maigret und der Mann auf der Bank
Roman. Deutsch von Annerose Melter
detebe 20504

Maigret und der Minister
Roman. Deutsch von Annerose Melter
detebe 20505

Mein Freund Maigret
Roman. Deutsch von Annerose Melter
detebe 20506

Maigrets Memoiren
Roman. Deutsch von Roswitha Plancherel
detebe 20507

Maigret und die junge Tote
Roman. Deutsch von Raymond Regh
detebe 20508

Maigret amüsiert sich
Roman. Deutsch von Renate Nickel
detebe 20509

Hier irrt Maigret
Roman. Deutsch von Elfriede Riegler
detebe 20690

Maigret und der gelbe Hund
Roman. Deutsch von Raymond Regh
detebe 20691

Maigret vor dem Schwurgericht
Roman. Deutsch von Wolfram Schäfer
detebe 20692

Maigret als möblierter Herr
Roman. Deutsch von Wolfram Schäfer
detebe 20693

Madame Maigrets Freundin
Roman. Deutsch von Roswitha Plancherel
detebe 20713

Maigret kämpft um den Kopf eines Mannes
Roman. Deutsch von Roswitha Plancherel
detebe 20714

Maigret und die kopflose Leiche
Roman. Deutsch von Wolfram Schäfer
detebe 20715

Maigret und die widerspenstigen Zeugen
Roman. Deutsch von Wolfram Schäfer
detebe 20716

Maigret am Treffen der Neufundlandfahrer
Roman. Deutsch von Annerose Melter
detebe 20717

Maigret bei den Flamen
Roman. Deutsch von Claus Sprick
detebe 20718

Maigret und das Schattenspiel
Roman. Deutsch von Claus Sprick
detebe 20734

Maigret zögert
Roman. Deutsch von Annerose Melter
detebe 20757

Maigret und die Bohnenstange
Roman. Deutsch von Guy Montag
detebe 20808

Maigret und das Verbrechen in Holland
Roman. Deutsch von Renate Nickel
detebe 20809

Maigret und sein Toter
Roman. Deutsch von Elfriede Riegler
detebe 20810

Maigret beim Coroner
Roman. Deutsch von Wolfram Schäfer
detebe 20811

Maigret, Lognon und die Gangster
Roman. Deutsch von Wolfram Schäfer
detebe 20812

Maigret und der Gehängte von Saint-Pholien
Roman. Deutsch von Sibylle Powell
detebe 20816

Maigret und der verstorbene Monsieur Gallet
Roman. Deutsch von Roswitha Plancherel
detebe 20817

Maigret regt sich auf
Roman. Deutsch von Wolfram Schäfer
detebe 20820

Maigret und der Treidler der ›Providence‹
Roman. Deutsch von Claus Sprick
detebe 21029

Maigrets Nacht an der Kreuzung
Roman. Deutsch von Annerose Melter
detebe 21050

Maigret hat Angst
Roman. Deutsch von Elfriede Riegler
detebe 21062

Maigret gerät in Wut
Roman. Deutsch von Wolfram Schäfer
detebe 21113

Maigret verteidigt sich
Roman. Deutsch von Wolfram Schäfer
detebe 21117

Maigret erlebt eine Niederlage
Roman. Deutsch von Elfriede Riegler
detebe 21120

Maigret und der geheimnisvolle Kapitän
Roman. Deutsch von Annerose Melter
detebe 21180

Maigret und die alten Leute
Roman. Deutsch von Annerose Melter
detebe 21200

Maigret und das Dienstmädchen
Roman. Deutsch von Hainer Kober
detebe 21220

Maigret im Haus des Richters
Roman. Deutsch von Liselotte Julius
detebe 21238

Maigret und der Fall Nahour
Roman. Deutsch von Sibylle Powell
detebe 21250

Maigret und der Samstagsklient
Roman. Deutsch von Angelika Hildebrandt-Essig. detebe 21295

Maigret in New York
Roman. Deutsch von Bernhard Jolles
detebe 21308

Maigret und die Affäre Saint-Fiacre
Roman. Deutsch von Werner De Haas
detebe 21373

Maigret stellt eine Falle
Roman. Deutsch von Angela von Hagen
detebe 21374

Sechs neue Fälle für Maigret
Erzählungen. Deutsch von Elfriede Riegler
detebe 21375

Maigret in der Liberty Bar
Roman. Deutsch von Angela von Hagen
detebe 21376

Maigret und der Spion
Roman. Deutsch von Hainer Kober
detebe 21427

Maigret stellt eine Falle
Roman. Deutsch von Angela von Hagen
detebe 21374

Sechs neue Fälle für Maigret
Erzählungen. Deutsch von Elfriede Riegler
detebe 21375

Maigret in der Liberty Bar
Roman. Deutsch von Angela von Hagen
detebe 21376

Maigret und der Spion
Roman. Deutsch von Hainer Kober
detebe 21427

Maigret und die kleine Landkneipe
Roman. Deutsch von Bernhard Jolles und Heide Bideau. detebe 21428

Maigret und der Verrückte von Bergerac
Roman. Deutsch von Hainer Kober
detebe 21429

Maigret, die Tänzerin und die Gräfin
Roman. Deutsch von Hainer Kober
detebe 21484

Maigret macht Ferien
Roman. Deutsch von Markus Jakob
detebe 21485

Maigret und der hartnäckigste Gast der Welt
Sechs Fälle für Maigret. Deutsch von Linde Birk und Ingrid Altrichter. detebe 21486

Maigret verliert eine Verehrerin
Roman. Deutsch von Ingrid Altrichter
detebe 21521

Maigret in Nöten
Roman. Deutsch von Markus Jakob
detebe 21522

Maigret und sein Rivale
Roman. Deutsch von Ingrid Altrichter
detebe 21523

Maigret und die schrecklichen Kinder
Roman. Deutsch von Paul Celan
detebe 21574

Maigret und sein Jugendfreund
Roman. Deutsch von Markus Jakob
detebe 21575

Maigret und sein Revolver
Roman. Deutsch von Ingrid Altrichter
detebe 21576

Maigret auf Reisen
Roman. Deutsch von Ingrid Altrichter
detebe 21593

Maigret und die braven Leute
Roman. Deutsch von Ingrid Altrichter
detebe 21615

Maigret und der faule Dieb
Roman. Deutsch von Stefanie Weiss
detebe 21629

Maigret und die verrückte Witwe
Roman. Deutsch von Michael Mosblech
detebe 21680

Maigret und sein Neffe
Roman. Deutsch von Ingrid Altrichter
detebe 21684

Maigret und Stan der Killer
Vier Fälle für Maigret. Deutsch von Inge Giese und Eva Schönfeld. detebe 21741

Maigret und das Gespenst
Roman. Deutsch von Barbara Heller
detebe 21760

Maigret in Kur
Roman. Deutsch von Irène Kuhn
detebe 21770

Madame Maigrets Liebhaber
Vier Fälle für Maigret. Deutsch von Ingrid Altrichter, Inge Giese und Josef Winiger
detebe 21791

Maigret und der Clochard
Roman. Deutsch von Josef Winiger
detebe 21801

Maigret und Monsieur Charles
Roman. Deutsch von Renate Heimbucher-Bengs. detebe 21802

Maigret und der Spitzel
Roman. Deutsch von Inge Giese. detebe 21803

Maigret und der einsamste Mann der Welt
Roman. Deutsch von Ursula Vogel
detebe 21804

Maigret und der Messerstecher
Roman. Deutsch von Josef Winiger
detebe 21805

Maigret hat Skrupel
Roman. Deutsch von Ingrid Altrichter
detebe 21806

Maigret in Künstlerkreisen
Roman. Deutsch von Ursula Vogel
detebe 21871

Maigret und der Weinhändler
Roman. Deutsch von Hainer Kober
detebe 21872

● Erzählungen

Der kleine Doktor
Erzählungen. Deutsch von Hansjürgen Wille und Barbara Klau. detebe 21025

Emil und sein Schiff
Erzählungen. Deutsch von Angela von Hagen. detebe 21318

Die schwanzlosen Schweinchen
Erzählungen. Deutsch von Linde Birk
detebe 21284

Exotische Novellen
Deutsch von Annerose Melter. detebe 21285

Meistererzählungen
Deutsch von Wolfram Schäfer u.a.
detebe 21620

Die beiden Alten in Cherbourg
Erzählungen. Deutsch von Inge Giese und Reinhard Tiffert. detebe 21943

● Reportagen

Die Pfeife Kleopatras
Reportagen aus aller Welt. Deutsch von Guy Montag. detebe 21223

Zahltag in einer Bank
Reportagen aus Frankreich. Deutsch von Guy Montag. detebe 21224

● Biographisches

Intime Memoiren und Das Buch von Marie-Jo
Aus dem Französischen von Hans-Joachim Hartstein, Claus Sprick, Guy Montag und Linde Birk. detebe 21216

Stammbaum
Pedigree. Autobiographischer Roman
Deutsch von Hans-Joachim Hartstein
detebe 21217

Simenon auf der Couch
Fünf Ärzte verhören den Autor sieben Stunden lang. Deutsch von Irène Kuhn
Mit einer Bibliographie und Filmographie und 43 Abbildungen. detebe 21658

Außerdem liegen vor:

Stanley G. Eskin
Simenon
Eine Biographie. Mit zahlreichen bisher unveröffentlichten Fotos, Lebenschronik, Bibliographie, ausführlicher Filmographie, Anmerkungen, Namen- und Werkregister. Aus dem Amerikanischen von Michael Mosblech
Leinen

Über Simenon
Zeugnisse und Essays von Patricia Highsmith bis Alfred Andersch. Mit einem Interview, mit Chronik und Bibliographie. Herausgegeben von Claudia Schmölders und Christian Strich. detebe 20499

Das Simenon Lesebuch
Erzählungen, Reportagen, Erinnerungen
Herausgegeben von Daniel Keel
detebe 20500